Clare Sestanovich

Objekte des Begehrens

Clare Sestanovich

Objekte des Begehrens

Erzählungen

Aus dem Englischen
von Claudia Voit

claassen

Wir verpflichten uns zu Nachhaltigkeit

- Klimaneutrales Produkt
- Papiere aus nachhaltiger Waldwirtschaft und anderen kontrollierten Quellen
- ullstein.de/nachhaltigkeit

Die Originalausgabe erschien 2021
unter dem Titel *Objects of Desire*
bei Alfred A. Knopf, New York

Die Arbeit der Übersetzerin am vorliegenden Text wurde
im Rahmen des Programms »NEUSTART KULTUR« aus Mitteln
der Beauftragten der Bundesregierung für Kultur und Medien vom
Deutschen Übersetzerfonds gefördert.

MIX
Papier
FSC FSC® C014496

claassen ist ein Verlag
der Ullstein Buchverlage GmbH

ISBN: 978-3-546-10020-5

Gesetzt aus der Granjon LT Std
Satz: Pinkuin Satz und Datentechnik, Berlin
Druck und Bindearbeiten: GGP Media GmbH, Pößneck

Für meine Mutter und ihre Mutter

Inhaltsverzeichnis

Verkündigung

Als sie zum ersten Mal über die Feiertage nach Hause fliegt, findet Iris zwei Freunde. Sie sitzt zwischen einem Ehepaar, weil der Mann das Fenster und die Frau den Gang bevorzugt, und sie sind, wie Iris schnell feststellt, Menschen mit starken Vorlieben. Iris hat eher schwache Vorlieben – solche, die sich problemlos denen eines anderen unterordnen lassen. Als der Mann an ihr vorbeiklettert, um zur Toilette zu gehen, zieht Iris das Kinn ein, schließt die Augen, ihr macht das gar nichts aus. Ein paar Minuten später folgt ihm die Frau, und Iris bleibt allein in der Mitte der Reihe zurück.

Sie ist achtzehn und lebt ein halbes Land entfernt von ihren Eltern. Ihr College ist nicht groß und nicht günstig. Es gibt dort weder die Hauptfächer Kommunikationswissenschaften und Betriebswirtschaftslehre noch ein Footballteam. Ihre Eltern sind sich einig, und das sind sie selten, dass das nicht ihrer Vorstellung von Bildung entspricht.

Der Mann kommt rechtzeitig zurück auf seinen Platz, um die Bordverpflegung abzulehnen. Während Iris von den verschiedenen Komponenten ihres Abendessens die Folie abzieht – Lasagne, grüne Bohnen und ein halbes Dutzend in Flüssigkeit schwimmende Mandarinenspalten –, kehrt die Frau zurück und verkündet, sie sei schwanger. Sie streckt den Arm über Iris' Schoß hinweg aus, wobei ihr Ärmel gefährlich nah über einem offenen Schälchen Mousse au Chocolat baumelt, und wedelt mit einem Plastikstäbchen vor dem Gesicht ihres Mannes herum.

»Ein Plus!«, sagt sie.

»Ja, Wahnsinn!«, sagt er.

Er legt seine Hand um ihre, und sie halten zusammen das Teststäbchen. Schließlich lässt er los, und sie lehnt sich zurück. Verzückt starrt sie auf den postkartengroßen Bildschirm vor sich, auf dem sich ein Flugzeug langsam über eine Landkarte bewegt.

»Herzlichen Glückwunsch«, sagt Iris höflich und zersägt die grünen Bohnen mit einem Plastikmesser.

In einem bekannten Restaurant in der Stadt, von der aus sie abgeflogen sind, hat der Mann Burritos gekauft. Iris kennt sie von Bildern, weil niemand dort essen geht, ohne Fotos davon zu machen. In echt sind sie gar nicht so beeindruckend – zu viel Füllung und milchig von der Sour Cream. Der Ehefrau tropft Saft von den schwarzen Bohnen über die Hand.

Sie erzählen Iris, dass sie es schon seit Monaten versuchen. Sie erzählen ihr auch, dass sie Namen aus der Antike mögen.

»Theodora.«

»Cicero.«

Sie bieten ihr Guacamole an.

»Und ihr wollt wirklich nicht nebeneinandersitzen?«

So leise wie möglich kaut Iris einen Tortilla-Chip. Sie fragt sich, ob das Knuspern für die anderen auch so laut ist, wie es sich für sie im Kopf anhört.

»Süße«, sagt die Ehefrau, »du gehörst jetzt dazu.«

»Marcus«, sagt der Ehemann und wischt sich Salsa aus dem Mundwinkel. »Oder gleich Aurelius.«

Iris' Mutter holt sie am Flughafen ab. Sie trägt einen eleganten Mantel und Stiefel mit Pfennigabsatz, weil sie es nicht leiden kann, wenn Leute im Schlabberlook reisen. Das Ehepaar bittet Iris, nicht fortzugehen, ohne sich zu verabschieden, aber während die beiden an der Gepäckausgabe warten, tut sie es trotzdem. Einmal dreht Iris sich um, die Räder ihres Koffers klackern im Takt der Schuhe ihrer Mutter, da sieht sie die beiden zum ersten Mal nebeneinanderstehen und stellt überrascht fest, dass die Frau größer ist als der Mann. Er hat ihr den Arm um die Taille gelegt, und sie lehnt sich an ihn. Ihr Kopf ruht sanft auf seinem.

Im Auto erzählt Iris ihrer Mutter von dem Paar. Sie nennt sie nicht ihre Freunde, was ihr vorkommt, als würde sie etwas verlieren – als würde sie ein Steinchen aus dem Schuh entfernen und dann das unangenehme Drücken vermissen. Das Steinchen wieder hineinzulegen wäre verrückt.

Sie erwähnt das Baby, während ein Flugzeug so nah über ihnen fliegt, dass sie die Räder erkennen kann.

»Was?«, fragt ihre Mutter über das Dröhnen hinweg.

Iris wiederholt es.

»Das hätten sie dir nicht sagen sollen.«

Das Auto erreicht die Auffahrt zum Highway. Laut rauscht der Verkehr an ihnen vorbei, und Iris erscheint es unmöglich, sich einzufädeln.

»Mindestens drei Monate lang sollten sie das niemandem erzählen. Dieses *Baby*« – ihre Mutter spricht das Wort in dem Tonfall aus, der Dingen vorbehalten ist, denen sie nicht traut: die *Zeitung*, die *Wettervorhersage*, dein *Vater* –

»ist vielleicht morgen schon nicht mehr da.« Das Auto nähert sich dem Ende des Beschleunigungsstreifens, und kurz sieht es so aus, als könnten sie nirgendshin. Dann sind sie, Iris weiß nicht, wie, Teil des Stroms. Im Spiegel taucht ein anderes Auto in der Auffahrt auf, und schon reiht es sich ebenfalls in das anonyme Getümmel ein. Sie rasen an immer gleicher Landschaft, Betonabsperrungen, dünnen Bäumchen und einer im Wind wehenden blauen Plane vorbei, und Iris ist sich sicher, dass die Worte ihrer Mutter das Baby getötet haben. Das Auto wechselt die Spur. Morgen wird die Ehefrau mit einem Gefühl aufwachen, das sie nicht beschreiben kann, und der Ehemann wird sagen, das ist nichts, schon gut, *alles ist gut*, und natürlich wird Iris sie nie wiedersehen.

Kurz vor dem Collegeabschluss geht Iris mit einer Jungfrau aus. Die Prüfungen sind vorbei, und es gibt nichts mehr zu tun, außer auf Partys zu gehen und Sachen wegzuwerfen. Auf dem Gehweg stehen Lampen ohne Schirm neben Postern ohne Rahmen. Iris hievt ihr Bett aus dem Fenster, weil es nicht in einem Stück durch die Tür passt. Am helllichten Tag fangen sie und ihre Freunde zu trinken an, und am Nachmittag dösen sie beinahe ein, inmitten von Schüsseln mit eingetrocknetem Hummus und Wassermelonenschalen – die Billigversion einer Feier.

Die Jungfrau ist ein Junge namens Ben.

»Aber er ist reich«, sagt Iris' beste Freundin, während sie ihn auf der anderen Seite des Gartens beobachten.

Charlotte ist die erste beste Freundin, die Iris jemals hatte. Anders als andere beste Freundinnen haben sie sich nicht am ersten Tag des Studiums kennengelernt. Ein ganzes Jahr musste Iris allein durchstehen. Charlotte ist, genau wie Ben, aus Manhattan. Von dort hat sie ihr Wissen über Musik und Alkohol und darüber, wie man die ganzen Zeichen entschlüsselt, die Geld hinterlässt. Sie ist diejenige, die Iris geraten hat, Schwarz und Weiß oder alternativ Herbstfarben zu tragen, nach Wodka-Shots Essiggurkenwasser zu trinken, Burger, Bagels und Bacon zu essen – nichts setzt ein so deutliches Statement, hat sie gesagt, wie männliche Gerichte mit weiblicher Anmut zu essen –, aber auf Milchprodukte zu verzichten. BHs mit Spitze und ohne Blumen zu tragen, einen Vibrator zu kaufen und alles in allem dankbar zu sein, dass sie nie von einem Teenagerjungen befummelt wurde.

Der erste Kuss mit Ben ist allzu kinoreif. In dem Moment, in dem sich ihre Lippen berühren, geht hinter ihnen der Rasensprenger an.

»Schau mich nicht so an«, sagt sie.

»Wie denn?«

Ihre Schuhe werden vollgespritzt. Iris' Socken sind feucht.

»Als würden wir im Mondlicht tanzen.«

Er sieht ein wenig gekränkt aus, was irgendwie beruhigend ist.

»Als wäre das Schicksal.«

Ein paar Sekunden lang hält er die Augen geschlossen, und Iris weiß, dass er sich wünscht, jemand anders zu sein oder wenigstens auszusehen wie jemand anders, wenn er sie wieder öffnet. Sie widersteht dem Impuls, ihn an der Hand zu berühren oder an der glatten Haut über der Hüfte.

Als Iris Ben kennenlernt, hat sie schon eine Menge Sex

gehabt. Manchmal guten, manchmal schlechten, und sie hat sich antrainiert, sich nicht zu viele Gedanken über die Qualität zu machen. Um sich keine Gedanken zu machen, braucht man in der Regel Willenskraft. Sie gibt sich selbst Aufgaben: Erdnussbutter direkt aus dem Glas essen, Lippenpflege aus der Drogerie klauen. Sie hat LSD eingeworfen, geschwänzt und einem Jungen erlaubt, Kreise um ihre Rosette zu lecken. Inzwischen liegen in ihrer Sockenschublade Dutzende Lippenpflegestifte, und manchmal nimmt sie sie heraus und guckt sie einfach nur an.

Iris versucht hinter den Grund für Bens Jungfräulichkeit zu kommen, aber ohne Erfolg. Attraktiv und nett genug ist er. Mit den meisten anderen mittelschweren Lastern, von denen Iris weiß, dass Männer sie mögen, hat er sich angefreundet: trinken und rauchen und von Oralsex schwärmen. Ein paar Tage lang küssen sie sich an Orten, an die sie später zurückdenken werden. In der Bibliothek, im Geviert und auf dem Dach der Kapelle, wo niemand hindarf, aber trotzdem alle hingehen. Sie fragt sich, warum es kein Wort für das Vorausahnen von Nostalgie gibt.

»Findest du mich kitschig?«

Er schüttelt den Kopf.

In der Nacht vor dem Abschluss liegen sie zum ersten Mal nackt auf Iris' Matratze. Die Laken hat sie schon eingepackt und die Kissenbezüge mit dem peinlichen Gelbton weggeworfen.

Als er kommt, schließt sie die Augen, aber als sie sie wieder öffnet, hat er das Gesicht noch immer in einer Mischung aus Schmerz und Lust verzogen. Der Mund ist offen. Am Morgen ziehen sie die Talare an, und Iris findet ihr Barett nicht. Ihre Mutter wird im Publikum sitzen, ihr

Vater nicht, und Iris wird nur auf Fotos zu sehen sein, die die Großeltern anderer Absolventen schießen.

»Hier, du kannst meins haben«, sagt Ben.

Wenn sie gut geschlafen hätte, wenn sie anständig gegessen hätte, wenn sie sein Gesicht nicht im unkontrollierten Zustand gesehen hätte, dann, sagt sie sich, hätte sie nicht geweint. Er legt den Arm um sie. Anstatt ihn anzusehen, betrachtet sie die Reißnagellöcher in der Wand und die Klebestreifen, die sie vergeblich abzuziehen versucht hatte. Beim Abschied sagen sie *Herzlichen Glückwunsch.*

Charlotte bringt ihr bei, darüber zu lachen: Iris ist schwanger.

»Ein One-Night-Stand mit einer Jungfrau«, sagt sie. »Ich habe den Film schon vor Augen.«

»Das war kein One-Night-Stand.« Iris geht stärker in Verteidigungshaltung als beabsichtigt.

»Du weißt doch, wie ich das meine.«

Sie wohnen zusammen in Charlottes altem Kinderzimmer, denn sie haben weder Zukunftspläne noch Geld. Solange Iris ihre Bibliotheksgebühr nicht bezahlt, hat sie noch nicht einmal ein Abschlusszeugnis.

»Also, was ist die Moral von der Geschichte?«

»Enthaltsamkeit!«

Charlottes Urkunde hängt schon an der Wand. Daneben haben ihre Eltern ihre Schulfotos angeordnet – dreizehn Jahre vom Anfang bis zum Schluss. Der Pony wächst, das Gesicht wird schmaler. Eine Brille taucht auf und verschwindet wieder. Am besten gefällt Iris, dass Charlottes Lächeln nie gleich ist. Zusammengepresste Lippen, dann ein offener Mund. In einem Jahr ein falsches Lächeln, im nächsten ein finsterer Blick. Sie zeigt ihre Zahnspange, neonfarbene Gummis und Spucke. Auf dem letzten trägt sie Lippenstift in der Farbe einer offenen Wunde.

Charlotte hat eine Fernbeziehung und einen Metallgegenstand in der Gebärmutter, und beides erfordert einen gewissen Grad an Vorstellungskraft.

»Wie kannst du dir sicher sein, dass das funktioniert?«, fragt Iris.

Charlottes Eltern füllen den Kühlschrank mit ihrem Lieblingsessen. Wenn sie zu lang schläft, kratzt ihre Katze an der Tür. Es war noch nie schwer, erklärt sie Iris, dem zu vertrauen, was echt ist.

»Oh nein«, sagt Charlotte, weil Iris wieder weint.

»Meine Mutter weiß nicht, was ich am liebsten esse.«

»Du musst nicht jetzt sofort darüber lachen.« Charlotte streicht Iris über den Rücken. »Das können wir später immer noch.«

Ab und zu simst ihr Ben. Fragen ohne Satzzeichen, spätnachts. *Was gibt's. Wie läuft's.* Sie antwortet nicht, weil die akzeptablen Antworten nichts mit ihr oder sonst wem zu tun haben. *Gut*, *Okay* oder *Ok*.

Iris zwingt sich, mit dem Weinen aufzuhören, denn sie weiß nicht genau, warum sie überhaupt angefangen hat, und sie hat sich geschworen, in diesem neuen Lebensabschnitt keinen Raum für Interpretation zu lassen.

»Ich weiß ja nicht einmal selbst, was ich am liebsten esse.«

In Raten zahlt sie Charlottes Eltern das Geld für den Schwangerschaftsabbruch zurück, obwohl sie betont haben, das sei nicht nötig. Sie bewirbt sich um einen Job, weil in der Stellenausschreibung steht, dass man ein Auge fürs Detail braucht. Meistens verbessert sie Fehler in irgendwelchen Kalkulationstabellen. Wenn im Büro Mittagessen bestellt wird, ist Iris diejenige, die Bescheid weiß, wer welche Soße mag und wer auf Avocados allergisch ist. Neun Monate nach dem Abschluss schickt sie Ben eine Nachricht – *Hey* –, obwohl ihr klar ist, dass sie das nicht tun sollte. Wie peinlich es wäre, wenn Charlotte wüsste, dass sie die Monate gezählt hat. Zwei Tage später hat Ben noch nicht geantwortet, und inzwischen hat Iris sich eingeredet, dass er das nie tun wird – darum ist es möglich, geradezu leicht, so zu tun, als hätte es die Nachricht nie gegeben.

Im Mai erzählt ihre Mutter, dass sie das Haus entrümpelt. Sie will gereinigte Abflüsse und Fenster, die so blitzblank sind, dass sie die Vögel verwirren. Aus Iris' Kinderzimmer soll ein Gästezimmer werden. In der Garage soll nur noch das Auto stehen und sonst nichts.

»Du könntest nach Hause kommen«, sagt sie, was eigentlich nicht nach einer Einladung klingt. »Und mit anpacken.«

Iris sagt nicht, dass schon seit Jahren kein Besuch mehr im Haus war. Sie kommt mit einem halb vollen Koffer und trägt jeden Tag dasselbe Kleid. Es ist schlicht. Blau, fast schwarz.

»So blass, wie du bist, solltest du nichts Dunkles tragen«, sagt ihre Mutter.

Das Haus ist das einzige, in dem Iris je gewohnt hat. Ein kleiner Kasten in einer Straße mit anderen kleinen Kästen. Winzige Unterschiede sollen die Individualität der Bewohner ausdrücken. Die Hecken sind gepflegt oder ungepflegt, die Weihnachtsbeleuchtung wird im Januar abgenommen oder bleibt das ganze Jahr hängen, die blechverkleidete Fassade ist weiß oder grau oder pastellgelb. Vanille nennt es ihre Mutter.

Sie meint, Eleganz ist ein Geisteszustand, simst Iris an Charlotte, die jetzt in Kalifornien lebt.

Zwar ist das Haus nicht ganz leer – die Möbel sind nicht weg, die Wände nicht kahl –, aber irgendwie wirkt es schal, wie wenn man von einer langen Reise zurückkehrt, und die üblichen Gebrauchsspuren sind zu etwas Unheilvollem geworden: *Spuren von Leben.* War der Fliesenfußboden schon immer so kalt?

Hinter dem Haus ist ein Pool ohne Wasser mit großen, prähistorisch wirkenden Rissen am Boden. Demnächst werde sie ihn mit Beton ausgießen, sagt ihre Mutter. Als Kind mochte Iris den Pool nicht so gern, wie sie sollte. Davon wurden ihre Haare grün und die Fingerkuppen schrumplig. Aber sie war so gut darin, so zu tun, als würde es ihr Spaß machen, dass sie jetzt, als sie die Beine ins Nichts baumeln lässt und Sonnenbrand hinter den Ohren bekommt, beinahe selbst glaubt, dass es so war. Sie hat Durst. Bald wird ihre Haut rosa und empfindlich sein. Einen Moment lang kommt ihr der Gedanke geradezu religiös vor: Licht ist zugleich Hitze.

Iris lässt es klingeln, bis Charlotte rangeht.

»Da war was mit ihr und einem Mann«, sagt Iris.

»Hat sie das gesagt?«

»Natürlich nicht.«

Ihre Mutter hat nie offen über die Liebe gesprochen. Im Laufe der Jahre gab es einen Kinderarzt, einen Anwalt für Personenschäden und ein paar Männer mit großen Ideen.

Die Worte *mein Freund* sind nie gefallen. Sie hat versprochen, ihre Ideen niemals auszuplaudern.

»Je chaotischer ihr Liebesleben, desto aufgeräumter das Haus«, erklärt Iris.

In Los Angeles ist es noch nicht einmal Mittag, aber Charlotte ist schon unter Leuten. Im Hintergrund sind Restaurantgeräusche zu hören. Ein Brunch, bei dem Cocktails serviert werden. Sie ist da, um Leute kennenzulernen, die wiederum da sind, um berühmte Leute kennenzulernen. Es gehört Chuzpe dazu, sagt sie, gleich die Spitze anzusteuern. Iris sagt nie *Chuzpe*, weil sie sich nicht merken kann, wie man das ausspricht.

»Du bist heute aber fatalistisch drauf«, sagt Charlotte und nimmt geräuschvoll einen Schluck.

Iris lässt sich in den Pool hinab. Am tiefen Ende, das nur etwa eins achtzig oder zwei Meter tief ist. Jemand sagt Charlottes Namen, redet auf sie ein. Dann sagen mehrere Leute ihren Namen, sie lacht. Sie muss los.

Als Iris auflegt, ist das Handy voller Schweiß. In der Mitte des grellweißen Pools blendet die Sonne. Auf dem Boden sind keine Blätter, kein Schmutz, kein Schimmel und keine blassen Streifen vom Regen. Bei genauerem Hinsehen erkennt sie, dass die Risse sauber geschrubbt sind.

Ihre Mutter ruft aus dem Haus, und Iris kommt sich kurz wie ein Kind vor, das sich versteckt. Die Mutter ruft noch einmal, und als Antwort bellt ein Hund. Zum Verstecken ist der Pool zu hell und zu heiß.

Am Abend essen sie eine ausgewogene Mahlzeit. Etwas Grünes, etwas Braunes und Hühnchen. Iris' Nase schält sich schon. Sie überlegt, was sie ihrer Mutter erzählen soll. Von der Mitbewohnerin, die nicht viel von Monogamie hält, von dem Kollegen, der Kokain verkauft und die Leute verhext, von der Astrologin, die Hochzeiten und Wucher voraussagt, oder von dem Jungen, der neben ihrem Bett stand und noch im Halbschlaf, mit geschlossenen Augen, ihr Bettzeug vollgepinkelt hat. Sie überlegt, wie ihre Mutter wohl zum Thema Schwangerschaftsabbruch steht. Pro Selbstbestimmung oder pro Schutz des ungeborenen Lebens? Über die Auswahlmöglichkeiten muss sie fast lachen.

Stattdessen fragt sie: »Bist du noch immer mit dem Unternehmer zusammen?«

Ihre Mutter schiebt die Garnierung an den Tellerrand. Eine Cocktailtomate – als Farbtupfer.

»Nein, der hatte sein Leben nicht im Griff.«

Vor Jahren war er Samenspender, erklärt sie. Früher, als man dafür Geld bekam und es noch keine Gentests gab. Er zog oft um. Das Sperma landete in vielen verschiedenen Bundesstaaten. Schließlich wurde er sesshaft, unweit des Wohnorts von Iris' Mutter, er heiratete, ließ sich scheiden, heiratete wieder, ließ sich wieder scheiden. Aber Kinder hatte er keine.

»Seine Ex-Frauen wohnen alle in der Nähe«, sagt Iris' Mutter. »Er hatte das Gefühl, die Welt würde immer kleiner werden.«

Als sie ihn dann kennenlernte, war er im Internet aktiv – so wie alle.

»Und ständig tauchten irgendwelche Söhne und Töchter auf.« Sie isst den letzten Bissen Hühnchen. Der Teller ist leer, abgesehen von der unversehrten Tomate, die sie wegwerfen wird.

»Und dann?«, fragt Iris. »Wollte er die Kinder kennenlernen?«

Ihre Mutter legt Messer und Gabel auf vier Uhr. »Mich hat das nicht interessiert.«

Am letzten Tag des Monats fliegt Iris zurück – sie ist sich nicht mehr sicher, was *nach Hause* fliegen bedeutet. Die Frau zwischen ihr und dem Fenster hat einen kecken Pferdeschwanz und einen bunten Rucksack. Sie könnte ein wenig älter sein als Iris oder ein wenig jünger. Kaum sind sie angeschnallt, fängt sie auch schon zu reden an. Iris setzt sich Kopfhörer auf und lächelt ausdruckslos. Sie nimmt sich vor, den gesamten Flug über die Augen nicht zu öffnen, weil sie das für eine extreme, aber nicht unmögliche Herausforderung hält. Ab und zu nickt sie ein, und wenn sie wach ist, erscheint ihr hinter den geschlossenen Lidern ein Bild von ihrer Mutter, die auf allen vieren den Boden des Swimmingpools schrubbt.

Iris hat in der Wohnung eines Ehepaars ein Zimmer, das nicht größer ist als ihre Matratze. Ein Teil ihrer Kleidung ist in einem Wandschrank im Wohnzimmer, und den Rest sammelt sie auf dem Bett als Haufen ungebügelter Kleider, der wie ein Körper neben ihr liegt. Das Ehepaar ist in einer Beziehung mit einem anderen Ehepaar, das ein paar Häuser weiter wohnt.

»Du kannst uns gern alles fragen, wenn du wissen willst, wie das geht«, sagt eine der Ehefrauen.

»Du hast bestimmt viele Fragen«, sagt die andere.

Sie sehen Iris erwartungsvoll an, weshalb ihr erst recht nichts einfällt. Sie zuckt die Achseln.

Manchmal versammeln sich die Paare in der Küche. Sie bereiten aufwendige Gerichte zu, die langes Warten erfordern – langsam gegartes Fleisch, Brot aus zweimal aufgegangenem Teig – oder aber Schnelligkeit und perfektes Timing. Thunfischfilet, das in der Mitte noch rosa ist, oder Schokoladenkuchen mit halb flüssigem Kern.

»Wen wollen die damit beeindrucken?«, fragt Iris Charlotte, die immer noch am anderen Ende des Landes lebt und deren Freunde mittlerweile alle halb berühmt sind. Vielleicht ist auch Charlotte halb berühmt.

»Ich liebe Schoko-Lavakuchen.«

»Kalifornier essen keinen Nachtisch.«

»Vielleicht wollen sie sich bloß selbst beeindrucken.«

Die Paare laden Iris immer ein mitzuessen, aber meistens lehnt sie ab, obwohl sie sonst nichts vorhat. An solchen Abenden kauft sie sich im Kiosk an der Ecke eine Literflasche Selter und eine Tüte Sonnenblumenkerne. Sie geht durch die Stadt, lutscht von den Kernen einzeln das Salz ab und malt sich die Dekadenz in der Küche aus. Die Hitze des Backofens, Knoblauchluft, Schweiß und Butter, ein Ehemann mit der Frau von einem anderen. Sie knackt die Kerne mit den Zähnen auf und spuckt die Schale aus. Als Iris zurückkommt, stapelt sich das Geschirr in der Spüle, und die Paare sind betrunken. Sie sagen, sie freuen sich, sie zu sehen, aber sie glaubt ihnen nicht so richtig. Sie stiehlt sich in ihr Zimmer davon.

An Silvester ist Charlotte bei ihren Eltern zu Besuch. Iris stellt sich vor, den Abend dort zu verbringen, nur ein paar Meilen und eine Brücke entfernt. Ein alberner Film, Sekt aus Kaffeetassen. Stattdessen lädt sich Charlotte selbst zum Abendessen ein. Sie will alles über die Paare wissen. Wer schläft in wessen Bett, wer bezahlt welches Essen, wer stellt die Regeln auf, und wer bricht sie. Darüber hat sich Iris noch keine Gedanken gemacht, aber es ist ihr peinlich, die Antworten nicht zu kennen – angesichts von Charlottes Fragen scheint ihr eigenes Leben unbedeutend und ereignislos.

»Na klar«, sagt die Ehefrau am anderen Ende des Flurs. »Je mehr, desto besser.«

Den ganzen Nachmittag sind die Paare mit Vorbereitungen beschäftigt. Iris hackt Koriander und sieht zu. Sie fangen früh mit dem Trinken an, stellen die Gläser ab und nehmen sie, ohne zu gucken, wessen Glas das ist. Die Ränder sind verschmiert von den Lippen von allen. Schon bald fahren sie sich an. Der Knoblauch muss gepresst werden, nicht gehackt. Wir brauchen Blutorangen, keine normalen. Das Öl zischt und spritzt und verbrennt jemanden am Handgelenk. Iris ordnet die Ehepartner nach Attraktivität. Oder Unattraktivität – die Gesichter sind alle zu groß. Dann überlegt sie, wie Charlottes Rangliste aussehen würde. Als es klingelt, funkeln die Paare sich an.

»Wer ist das?«, fragt ein Ehemann vorwurfsvoll den anderen.

»Ich«, sagt Iris. »Also, eine Freundin, meine ich.«

Sie erinnern sich wieder. Sie streichen sich die Schürzen glatt. (Was ist das richtige Alter, fragt sich Iris, um sich eine Schürze zu kaufen?) Jemand schaltet die Umluftfunktion aus, und so leise war es den ganzen Tag nicht. Das Öl brutzelt vor sich hin.

Charlotte trägt das perfekte kleine Schwarze. Das bestätigen beide Ehefrauen. Sie verbieten ihr mitzuhelfen und bringen ihr Wein in einem Glas, in einem richtigen Weinglas.

»Also«, sagt Charlotte, die den Stiel elegant zwischen den Fingern hält, »wie habt ihr euch alle kennengelernt?«

Einen Augenblick lang betrachten die Paare die jungen

Frauen von der anderen Seite der Kochinsel aus. Iris fängt wieder an zu hacken, und bevor sie antworten, durchdringt das rhythmische Geräusch von Metall auf Holz die Stille.

In der Woche nachdem Charlotte mit den Ehepaaren Sex hatte – sie ist schon wieder in L. A. und schickt Bilder von den Grapefruits in ihrem Garten –, schläft Iris in der U-Bahn ein und wacht in einem Viertel auf, in dem alte reiche Leute wohnen. Alle Apartmenthäuser haben Namen und alle Hunde einen Haarschnitt. Auf einer Straße mit breitem Mittelstreifen guckt sie auf das Navi auf ihrem Handy und dreht sich mal in die eine, mal in die andere Richtung. Der blaue Punkt auf dem Display springt unentschlossen hin und her.

Ohne bestimmtes Ziel geht Iris los. Wenn die Autos Rot haben, überquert sie die Straße, sodass sie im Grunde immer in Bewegung bleibt. So läuft sie im Zickzack quer durch die Stadt. Iris stellt sich das Ende der Reise vor – wenn sie lange genug unterwegs ist, wenn ihr die Füße stark genug wehtun, wenn das Licht über ihrer Tür warm leuchtet, wenn ihr Kopf vor Erschöpfung leer ist, dann wird sie bestimmt das Gefühl haben, nach Hause zu kommen –, da bleibt sie abrupt an einer Ecke stehen, als sie Ben in einem Anzug sieht.

Er steht auf der anderen Seite eines Restaurantfensters. Das Restaurant ist voll mit Menschen in grauen Jacketts und dunklen Kleidern, und eine alte Frau stützt sich auf ihn. Er sieht Iris nicht sofort, aber als er es tut, werden seine Augen groß und das Gesicht sanfter. Sie empfindet vor allem Schuldgefühle. Er wird sich fragen, wie lange sie da schon steht. Er wird sich fragen, ob Haar und Krawatte richtig sitzen. Er wird sich fragen, ob es überhaupt möglich ist, jemals völlig unbeobachtet zu sein.

»Tut mir leid«, sagt sie, aber das Fenster ist zwischen ihnen.

Als Ben winkt, schaut die Frau an seinem Arm auf. Sie ist nicht so alt, wie Iris dachte, aber sie hat einen krummen Rücken und schlaffe Haut. Ohne den Blick von Iris abzuwenden, sagt sie etwas zu Ben, lässt den Arm los und richtet sich ein wenig auf. Er zögert, und sie sagt es noch einmal. Ein Befehl. Er verschwindet in dem Meer aus dunkler Kleidung, und dann, ein paar Sekunden später, geht die Restauranttür auf, und er steht vor Iris.

»Na.«

Die Fußgängerampel über ihm wechselt von Weiß zu Orange. Ein letztes Auto braust über die Kreuzung.

»Jemand ist gestorben«, sagt sie.

Er nickt. Seine Großmutter.

»Noch ein paar Tage, und sie wäre hundert geworden.«

»Bewundernswert.«

»Was ist bewundernswert?«

»Na ja, eben keinen Wert darauf zu legen, den Meilenstein zu erreichen.«

Ben lacht, und sie spürt, wie sich ihre Anspannung löst.

»Du musst mit reinkommen«, sagt Ben. »Sie besteht darauf.«

Sie ist seine Tante. Sie setzen sich an einen freien Tisch, auf dem ein unberührtes Brotkörbchen und die Handtasche von jemandem stehen.

»Wenn man lange genug lebt«, sagt sie Iris, »glauben alle, deine Mutter wäre deine Schwester.«

Unschlüssig bleibt Ben hinter dem Stuhl seiner Tante, aber sie schickt ihn mit einer Handbewegung weg.

»Hol was zu trinken«, sagt sie, und er macht sich auf den Weg zur Bar.

Die Tante sieht Iris aufmerksam an. Sie hat unergründliche braune Augen, aber keine Brauen. Mit Daumen und Zeigefinger knetet sie ein rosa Tütchen Zucker oder vielleicht auch Süßstoff.

»Er ist ein guter Junge.«

Iris nickt.

»Aber wahrscheinlich kein großartiger Junge.«

Ein paar Minuten verstreichen, und Ben kommt nicht von der Bar zurück. Sie warten schweigend, oder womöglich glaubt Iris auch nur, sie würden warten. Vielleicht hat er irgendwo angehalten und spricht mit einem Großonkel oder Urgroßonkel. Vielleicht hat er beschlossen zu fliehen. Das würde sie ihm nicht übel nehmen.

»Wenn alte Leute sterben, werden immer nur Bilder aus jungen Jahren gezeigt«, sagt die Tante und deutet auf verschiedene Stellen im Raum.

Sie hat recht. Überall im Restaurant sind mit Schwarz-Weiß-Fotos beklebte Papptafeln. Unwillkürlich muss Iris an eine Schulausstellung denken. Die Frau auf den Bildern hat lockiges Haar und trägt hübsche Sommerkleider. Sie liegt am Strand, lehnt sich aus dem Fenster, hält ein Baby im Arm.

»Die Bilder sind schön«, sagt Iris.

»Damals kannte ich sie noch nicht einmal.« Die Tante lässt den Zucker von einer Seite zur anderen rieseln. »Bei unserem größten Streit ging es um mein Hochzeitskleid.«

Iris sieht sie mitfühlend an, und sie lacht.

»Nein, nein. Warum ist Streit denn immer etwas Schlechtes?«

Die Tante erzählt Iris, dass ihr Brautkleid langärmelig und hochgeschlossen war. Von vorne war es altmodisch, sogar ein bisschen hässlich, aber der Rücken war tief ausgeschnitten, bis hinunter zur Taille. Jeder Zentimeter Haut war sichtbar. Ihre Mutter war entsetzt.

»Aber für mich war das ein Trostpreis.« Der Himmel draußen wird allmählich dunkel. Im Fenster werden ihre Spiegelbilder sichtbar. »Ich hatte einen schönen Rücken. Die Haltung einer Tänzerin.«

»Trost wofür?«

Stirnrunzelnd betrachtet die Tante ihre Spiegelung.

»Wir waren in einer historischen Kirche«, sagt sie, als hätte sie Iris nicht gehört. »In so einer Stadt, in der jeder Vorfahren hat, die mit der *Mayflower* gekommen sind.«

Sie stand hinten in der Kirche und sah, wie sich alle Gesichter zu ihr umdrehten. Eine dramatische Pause, in der nur Rascheln und Atmen zu hören war, dann erwachte mit einem Mal die Orgel zum Leben. Sie schritt zum Altar. Vor ihr wurde gelächelt, genickt, Tränen wurden abgetupft, oder man tat so, als würde man sich Tränen abtupfen, und hinter ihr schnappte eine Reihe nach der anderen nach Luft.

»So viel Haut.« Die Tante lacht wieder. »Damals war das ein Skandal.«

Ein paar Sekunden lang glaubt Iris, das Lachen werde unkontrollierbar. Zucker rieselt aus dem rosa Papier. Ihr Körper ist ein zitternder Vogel. Und dann ist er plötzlich ruhig.

Sie schweigen eine Weile, dann fragt Iris noch einmal:

»Trost wofür?«

Die Tante klopft sich den Zucker von den Händen.

»Ach, du weißt schon.« Sie schaut Iris in die Augen. »Für den Ehemann, das Kinderkriegen. Das alles eben.«

Ben taucht hinter der Tante auf, und er hält unbeholfen drei Weingläser wie einen Strauß. Die Tante dreht sich zu ihm um. Das Zinnenmuster der Wirbelsäule drückt sich durchs Seidenkleid.

»Fünfzig Jahre lang war ich verheiratet«, sagt sie und blickt ihn unverwandt an. »Aufs Jahr genau.«

Ben lächelt freundlich, und Iris weiß nicht, ob die Tante zurücklächelt. Man kann kaum noch durchs Fenster sehen. Sie muss sich konzentrieren, um draußen Umrisse zu erkennen – Passanten, die durch ihre Spiegelung laufen. Unvermittelt steht Iris auf, und die Gläser in Bens Hand klirren.

»Ich hab's weit bis nach Hause.«

»Oh«, sagt er, sieht aber eigentlich nicht überrascht aus. »Okay.«

Die Tante dreht sich um. Ihr Gesicht ist ruhig, die Hände sind ordentlich auf dem Schoß gefaltet.

»Nicht verschütten, Benjamin.«

Vorsichtig stellt er den Wein ab. Im Sitzen beugt sie sich nach vorn, das Kinn beinahe auf der Tischdecke, und pustet. Der Zucker wirbelt davon.

Vorsatz

Ihr Sohn und seine künftige Ehefrau luden Suzanne zum Mittagessen ein und baten sie, ihre Hochzeitseinladungen zu gestalten. Vor nicht allzu langer Zeit war sie eine erfolgreiche Grafikdesignerin gewesen. Ihre eigene Chefin. Sie wollten ihr unbedingt das Gefühl geben, nützlich zu sein. Als das Essen gebracht wurde, war das Gemüse in lange hauchdünne Streifen geschnitten, ein Bänderhaufen in Orange, Grün und Rot.

Suzanne durchschaute ihren Sohn. Die Arbeitslosigkeit schärfte ihre Sinne, wie sie mehreren Freunden erzählt hatte. Aber Spencer achtete sehr darauf, diskret vorzugehen. Wahrscheinlich hatte ihm jemand weisgemacht, dass Erwachsene sich eben so verhielten.

Suzannes Stil war elegant und unaufdringlich. Manchmal eine Spur zu schlicht.

»Wie du sicher noch weißt«, sagte sie zur künftigen Ehefrau, während sie sich Karottenspäne auf die Gabel häufte, »war schlechter Geschmack nicht der Grund, warum ich meinen Job verloren habe.«

Die künftige Ehefrau hieß Allegra. Sie erinnerte Suzanne an einen Hund mit gutem Stammbaum, etwa an einen kleinen englischen Windhund. Sie hatte makellose Haut und schaffte es, sogar in Jeans schick auszusehen. Ihre Handtasche hatte unzählige kleine Innenfächer; sie fand immer, wonach sie suchte.

»Oh«, sagte Allegra ein wenig betroffen. »Wir mögen deinen Geschmack.«

Als die Teller abgeräumt waren, setzte Spencer ein ruhiges Lächeln auf und gab dem Kellner ein Zeichen, die Rechnung zu bringen. Die Geste widerte Suzanne an. Fast unmerklich hob er einen Finger, dazu ein flüchtiges Grinsen. Hätte sie ihm doch nur gesagt, wie abstoßend das war, als sie die Gelegenheit dazu gehabt hatte und er noch jung genug gewesen war, um sich Abneigungen anzueignen.

»Kinder haben noch Anstand«, sagte Suzanne wehmütig.

Zur Inspiration gaben sie ihr ein paar Mustereinladungen. Cy und Julep, Booker und Tolu – die Namen klangen alle nicht echt. Als sie vom Tisch aufstanden, ärgerte Suzanne sich darüber, dass sie ihre Erleichterung versteckten.

Suzanne selbst hatte es hinausgezögert zu heiraten. Nach Spencers Geburt waren sie und Jeb stolz auf ihr unkonventionelles Zusammenleben: Sie wohnten in einem billigen Bungalow, studierten etwas Brotloses und bezeichneten auch ihre Pflanzen als Kinder. Was sollte eine Heirat schon groß ändern?

Als Spencer zwei war, gehen und auf einmal auch sprechen konnte, hatte Suzanne eine Fehlgeburt. Das war nicht ungewöhnlich, wie sie wusste – später recherchierte sie die Statistik –, aber mit so viel Blut hatte sie nicht gerechnet. Auf dem Weg zum Arzt wurde das Handtuch unter ihr rot und fing an zu riechen. Die Krankenschwestern beruhigten sie. Sie könne es wieder versuchen.

Jahrelang hatte sie alles ausprobieren wollen. Parasailing und Akupunktur, Buddhismus, Judaismus und ein Kunststudium. Pfefferkörner, von denen die Lippen taub wurden, und Drogen, von denen man sich die Seele aus dem Leib kotzte. Sie wollte erst in Patagonien und dann in Peking leben, weil das fast exakte Antipoden waren. Dazwischen gab es einen Tunnel unter der Erde; fang nur an zu graben.

Ihre Freundinnen verdrehten die Augen. Ihre Mutter sagte: *Mach langsam.* Ihre Mutter sagte auch: *Mit einem Säugling kannst du doch nicht zelten gehen.*

Ein paar Monate nach der Fehlgeburt setzten bei Suzannes und Jebs Nachbarin die Wehen ein. Vor der Fahrt ins Krankenhaus rief der Mann der Nachbarin an: Die anderen Kinder brauchten Abendessen und mussten gebadet werden. Er erzählte Suzanne, welche Bücher sie mochten, welche Zahnpasta sie nicht hinunterschluckten, wer die Tür offen haben wollte und wer geschlossen.

Sie brachte es nicht über sich hinzugehen. Stattdessen ging Jeb. Suzanne sah zu, wie er die Straße überquerte, und dann beobachtete sie ihn durchs Fenster. Die Küche von jemand anderem, die Kinder von jemand anderem, das warme gelbe Licht von jemand anderem. Er kochte Makkaroni und spülte ab. Mit Willenskraft versuchte sie ihn dazu zu bewegen aufzusehen, aber das tat er nicht.

Danach ging Suzanne den Nachbarn aus dem Weg. *Sei nett*, sagte Jeb – und das war sie. Sie winkte in der Einfahrt, sie legte ihnen eine Tüte mit Zucchini auf die Veranda, wenn sie sicher wusste, dass sie nicht zu Hause waren. Im Garten wimmelte es nur so von Zucchini.

»Ich bin erschöpft«, sagte sie Jeb. Irgendwo hatte sie gelesen, dass die amerikanische Durchschnittsfamilie 1,5 Kinder hatte. »Das sind wir.«

Er runzelte leicht die Stirn und schwieg.

»Reicht das nicht?«, fragte sie.

Ihre Hochzeit feierten sie nur als Gartenparty. Suzanne trug das Babyfon mit sich herum, bis Spencer eingeschlafen war, dann stellte sie es zu den Häppchen – Atemgeräusche neben der Käseplatte. Die kinderlosen Gäste kifften, und die, auf die zu Hause ein Babysitter wartete, hatten Beilagen dabei: Salate mit Dressing aus der Flasche, selbst gemachte Dips mit gekauften Chips. Alle zeigten nur halb so viel Einsatz wie nötig. Suzanne trug einen Rock – nicht Weiß.

Nach der Feier gingen Suzanne und Jeb ins Bett, ohne aufzuräumen, und hatten Sex, ohne die Oberteile auszuziehen. Am Morgen roch das Haus nach Wein und Salsa. Sie schrubbten das verkrustete Geschirr, stellten außerhalb von Spencers Reichweite Duftkerzen auf und waren dankbar für die kleinen Veränderungen.

Sie klärten nicht genau, was sie sich vom Bund fürs Leben erhofften. Anfangs war Suzanne – insgeheim – begeistert von etwas Rechtsverbindlichem. Sie dachte an Kleber. Die Vorstellung, mit jemandem fest verbunden zu sein, gefiel ihr.

Jeb beauftragte einen Steuerberater. Zum Gärtnern war nie Zeit, darum kaufte er im Supermarkt Kräuter in Plastikverpackungen, die man nicht aufbekam. Jeb war der Meinung, an einer Ehe müsse man arbeiten, und ihn störte es nicht, wenn diese Arbeit langweilig war. Suzanne blieb lang im Büro. Sie ging ins Fitnessstudio, weil sie gern spürte, wie ihr das Herz bis zum Hals klopfte. Der Adrenalinkick nach wichtigen Meetings machte sie selbstsicher und ruhelos, und ständig vergaß sie, zu Mittag zu essen.

Suzanne gründete ein Designbüro, und Jeb hätte beinahe promoviert. Sie plante den Sommerurlaub, und er erledigte die Einkäufe zum Schulbeginn. Beides bezahlte sie, aber das erwähnte nie jemand. Er fing an, sich abends Joints zu drehen, um besser einschlafen zu können. Irgendwann drehte er sich auch morgens welche.

Suzanne hätte nie gedacht, dass man so viele Gelegenheiten hatte, *mein Mann* zu sagen. Wahrscheinlich gab es genauso viele, *meine Frau* zu sagen. Aber diese Bezeichnungen verwendeten sie vor allem, wenn der andere nicht dabei war, und so blieb es immer seltsam, sie laut ausgesprochen zu hören.

Jahrelang delegierten sie Aufgaben – meine Frau hat reserviert, mein Mann ist spät dran –, dann zog Spencer aus, und sie waren allein.

Spencer schloss das College ab, und Suzanne versuchte ihren Neid zu verdrängen. Wann hatte sie zuletzt einen Meilenstein erreicht? Eine Professorin in Talar samt Quaste, eine Koryphäe auf ihrem Gebiet, sagte: *Die Welt steht Ihnen offen*, und Suzanne fühlte sich ausgeschlossen. Ihr war klar, dass sie eigentlich stolz sein sollte.

Spencer mietete eine Wohnung in einer Stadt in der Nähe und rief häufiger an. In seinem neuen unabhängigen Leben hatte er eine Menge Fragen. Stellt man Sojasoße in den Kühlschrank? Darf man die Frau seines Chefs anlügen?

Ein oder zwei Monate nachdem er Allegra kennengelernt hatte, brachte er sie übers Wochenende mit nach Hause. Das tat er sonst nicht. Eine offizielle Vorstellung.

»Er wird erwachsen«, sagte Jeb.

»Er schickt Nachrichten mit Satzzeichen«, stimmte Suzanne zu.

Sie servierten glutenfreies Abendessen und danach edle Sorten Eis. Jeb rührte nervös in seinem, bis es anfing zu schmelzen und die Farben zu einer scheußlichen Suppe verliefen. Er packte einen Joint aus und bot ihn Allegra an. Sie hatte den Löffel im Mund. Einen Moment lang stellte Suzanne sich vor, Allegra würde Ja sagen. Oder Nein, und zwar aus tiefster Überzeugung. Vielleicht versteckte sie etwas – ein heimliches Talent, eine Szene zu machen.

Allegra schluckte runter, dann lehnte sie höflich ab. Der Löffel, den sie auf dem Tisch ablegte, war sauber. Nun saß sie wieder einfach da mit ihren dünnen Oberschenkeln und kleinen Ohren, die Art von Mädchen, die Suzanne früher einmal gehasst hatte oder vielleicht selbst einmal gewesen war; sie wusste nicht mehr, was davon. Allegras Eisbecher war noch halb voll. Spencer warf ihr einen beruhigenden Blick zu.

Nach dem Abendessen sagte er, er wolle Allegra die Highschool zeigen.

»Spencer ist gern zur Schule gegangen«, sagte Suzanne geringschätzig, während sie blaues Spülmittel auf den Tellerberg spritzte.

»Spence war in seinem Jahrgang Zweitbester.« Jeb klopfte ihm auf den Rücken.

»Er hatte null Zukunftsängste.« Suzanne tauchte die Hände in den Schaum. »Und null Akne.«

»Allegra muss unbedingt mal mit zur Laufbahn«, sagte

Spencer. »Richtig toll wäre es, wenn sie die Flutlichter sehen könnte.« Er lächelte bei der Vorstellung.

Allegra lächelte ebenfalls. »Schon okay. Ich kenne das aus Footballfilmen.«

Als sie weg waren, holte Suzanne den Tritthocker aus dem Keller, damit sie oben an die Hausbar kam. Als ihr T-Shirt hochrutschte, zupfte sie am Saum. Die richtigen Gläser waren nicht, wo sie sein sollten, darum schenkte sie den Whiskey in Sektflöten. Verlegen zog Jeb den Kopf ein.

»Nein danke.«

»Ach komm schon.«

»Ich krieg bloß wieder Kopfschmerzen«, sagte er, während sie das erste Glas in einem Zug leerte.

Sie hob das zweite in die Höhe.

»Auf unseren Sohn.«

»Susie.«

Als sie sich später im Bad hinunterbeugte, um die elektrische Zahnbürste aufzuladen, hörte Suzanne, dass Spencer und Allegra auf der anderen Seite der Wand Sex hatten. Das Bett knarzte. Das Geräusch war ihr peinlich, als wäre alles eine Parodie. Es wurde weder getuschelt noch gestöhnt, aber sie hörte die Saug- und Schmatzgeräusche der Haut, wie Füße im Schlamm.

Obwohl das Budget es eigentlich nicht hergab, beschloss Suzanne, einen weiteren Designer anzustellen. Laird war siebenunddreißig und hatte eine breite Brust. Er trank abends Kaffee und verlor die Beherrschung, wenn er mit dem Kabelnetzbetreiber telefonierte. Seine Arbeit machte er erstaunlich gut.

In den ersten Monaten nachdem sie ihn engagiert hatte,

ging Suzanne bewusst zwei-, dreimal am Tag um den Block, um sich davon abzulenken, dass sie sich zu ihm hingezogen fühlte. Sie sagte sich, dass das sowohl vorhersehbar als auch demütigend war. Beim Gehen betrachtete sie ihre Spiegelung in den neuen verchromten Gebäuden: Immer fand sie etwas, das ihr nicht gefiel. Auch das war vorhersehbar. Sie sah eine andere Frau, die sich im Starbucks-Schaufenster die Haare richtete – Haare, die von Hitze, Farbe und der Zeit spröde geworden waren –, und floh in die entgegengesetzte Richtung, bevor ihr eigenes Abbild auf dem Glas auftauchte.

Im Gastronomiebereich eines Einkaufszentrums standen Angestellte aus den umliegenden Büros in langen Schlangen für Salate an, die man sich nach Wunsch zusammenstellen lassen konnte. Suzanne saß gern in der Nähe und beobachtete sie. Die meisten waren junge Leute mit ungebügelter Kleidung und affektierter Stimme.

»Ich habe ein Date mit einer von der Garderobe«, erzählte eine Frau einer anderen.

Auf Suzannes Tisch lagen Krümel. Sie kaute Kaugummi, bis er den Geschmack verlor, dann lutschte sie daran herum.

»Möchten Sie ein Topping?«, fragte der Mann hinter der Salatbar die Frauen.

Beide entschieden sich für Sonnenblumenkerne und gingen ein Stück weiter.

»In der Handtasche habe ich immer einen Zettel mit meiner Handynummer«, sagte die zweite Frau.

»Beim nächsten Mal bist du vorbereitet.«

»Ist das altmodisch?«

»Proteine?«, fragte der Mann.

»Altmodisch kann ja auch süß sein.«

Mit einem großen Messer hackte der Mann ihnen den Salat klein, und Suzanne ging zurück ins Büro. Ein heftiger Wind blies ihr die Haare ins Gesicht, und sie sah kaum noch etwas. Auf dem Rückweg ging sie alle Telefonnummern durch, die sie auswendig kannte. Die ältesten waren am leichtesten. Ihre Schwester, ihre Schwägerin. Die Nachbarn in Berkeley mit dem Ersatzschlüssel und dem Sauerteig. Spencers Kinderärztin. Inzwischen waren die Nummern nutzlos. Ihr Handy wusste sie alle.

Im Büro konnte Suzanne nicht still sitzen. Ihr taten die Füße weh, darum zog sie die Schuhe aus. Schlichte Lederstiefel, von denen eine jüngere Suzanne enttäuscht gewesen wäre. Die Schlichtheit sollte die Kostspieligkeit widerspiegeln.

»Früher haben mein Mann und ich uns gegenseitig die Hornhaut an den Füßen entfernt«, erzählte sie den Büroangestellten, und ihr entging nicht, dass sie sich nicht trauten, ihren Ekel zu zeigen. Als Laird ihr eine Tasse heißes Wasser brachte, hielt Suzanne sie sich an die Wange und hoffte, dass ihre Haut vom Wind rosarot und voller Leben aussah.

In einem alten italienischen Restaurant feierten sie ihr neuestes Projekt – eine Alumni-Zeitschrift für ein College in Maine. Das neue Design solle, so die Herausgeber, junge Förderer ansprechen. Junge Leute, die mit Saugrobotern, recycelbaren Sneakers oder Keksen aus Fleisch reich geworden waren. Wochenlang hatte Suzanne Bilder von idealtypischen Bachelorstudierenden vor sich. Lesend auf dem Rasen oder über Felsen kletternd, lächelnd am Atlantik. Das Meer, fand sie, wirkte grau und unfreundlich.

Im Restaurant gab es Lederbänke und dickwandige Glaskaraffen. Seit Kurzem galt das Restaurant dank der Retro-Einrichtung als authentisch und cool. Zum ersten Mal war es schwer, einen Tisch zu bekommen. Nach der Vorspeise ging Suzanne mit ausgestreckten Händen zur Toilette, ihre Fingerspitzen glänzten vom Calamari-Fett. Als sie die Tür öffnete – sie war unverschlossen, wie sie sich später in Erinnerung rufen würde –, lehnte Laird am Waschbecken und hielt sich einen Haustürschlüssel unters linke Nasenloch.

»Scheiße«, sagte er.

»Scheiße«, wiederholte sie, weil ihr sonst nichts einfiel.

Er steckte den Schlüssel ein und sah sie abwartend an. Die Party auf der anderen Seite der Tür klang wie jede andere Party auch: Geklimper, Gelächter und Gespräche, die mühsam am Leben erhalten wurden. Der Wasserhahn tropfte, und als Laird ihn abdrehte, herrschte auf ihrer Seite der Tür Stille. Sie hatte nicht den Eindruck, dass er beunruhigt aussah.

Sie küsste ihn, sie küssten sich. Mit fettigen Fingern fuhr sie ihm durchs Haar, und mit gepuderten Fingern strich er ihr übers Zahnfleisch. Das Kokain schmeckte metallisch, wie der Nachgeschmack von Erbrochenem. Als sie seinen Gürtel öffnete und ihn – warm und noch nicht ganz steif – in den Mund nahm, wollte sie ihn bis ganz hinten in den Hals schieben, wo Spucke und Säure waren.

Das tat sie nicht. Nach ein paar Sekunden und ein paar halbherzigen Stößen stand sie auf. Er zog sich die Hose hoch, sie wusch sich die Hände, und sie gingen zurück zur Party. Sie sah, wie er seinen Mantel holte und einen roten Schal aus dem Ärmel zog. Der Schal bedeckte seinen

Mund und die halbe Nase, und dann war er weg. Am Tisch tauchte Suzanne ein Stück Brot ins Weinglas. So aß sie ein ganzes Körbchen, das Brot war purpurn und aufgeweicht und klebte ihr zwischen den Zähnen.

Mehr war mit Laird nie gelaufen. Er nahm spontan eine Woche Urlaub und postete ein einziges Foto – einen Sonnenuntergang in typischen Rot- und Goldtönen. Er hätte überall sein können. Später bekam jemand mit, dass er sein Handy gegen die Wand warf, aber Suzanne ließ die Sache auf sich beruhen. Sie drehte weiter ihre Runden um den Block und kaufte sich Schuhe, die aussahen wie die alten. Er zog ohne Job nach Berlin, und sie versicherte ihm, er könne sich zu gegebener Zeit auf ihre Empfehlung verlassen.

Als Ersatz stellte Suzanne eine Frau ein. Eine mit gutem Abschluss, ruhiger Stimme und einer Tochter im Kindergartenalter. Suzanne hätte sie nicht ausstehen können, wenn sie die Energie dazu gehabt hätte.

Spencer und Allegra zogen zusammen. In eine Wohnung mit Teppichboden und Gummibäumen in der Ecke, die nicht genug Licht bekamen. Inzwischen hatte Suzanne aufgehört, nach Laird zu suchen. Die meisten Leute konnte man leicht im Auge behalten: Nachrichten, Tweets und sogenannte Storys, die eigentlich gar keine Storys waren. Solche Spuren hinterließ Laird nicht. Vielleicht war er still geworden oder war es leid. Vielleicht hatte er sich auch einfach zurückgezogen. Sie hätte sich mehr Mühe geben können, ihn zu finden, aber Suzanne wollte nicht den Eindruck erwecken – nicht einmal sich selbst gegenüber –, dass sie es zu krampfhaft versuchte. Jeb vernetzte sich mit sämtlichen Nichten und Neffen. Er wollte wissen, was es mit Hashtags auf sich hatte.

Suzanne nahm ein Antidepressivum. Sie recherchierte seltene Krankheiten mit diffusen Symptomen.

»Hirnnebel«, sagte sie eines Morgens in der Küche, als sie durch beunruhigende Suchergebnisse scrollte.

»Kein Nebel«, sagte Jeb. »Vielleicht nur Dunst.«

Wenn man ihn danach fragte, sagte Jeb, er habe sich zur Ruhe gesetzt. *Wovon*, wollte Suzanne erwidern, ließ es aber bleiben. Er hatte mehr Energie als je zuvor. Er ging barfuß joggen und bezeichnete Rezepte als Projekte. Mit dem Mörser machte er Currypulver selbst.

Ende Februar – in einem Schaltjahr – wurde die Klage erhoben. In dem Winter hatte es nicht geschneit. Um sich an das launenhafte Wetter anzupassen, hatte Suzanne im Büro sowohl einen dicken als auch einen dünnen Mantel im Schrank.

Sexuelle Belästigung.

Gerade hatte Spencer ihr seinen überarbeiteten Lebenslauf per Mail geschickt.

Feindselige Arbeitsatmosphäre. Anzügliche Kommentare.

Was ist der Unterschied, hatte Spencer geschrieben, *zwischen Aktiv und Passiv?*

Sie ging im falschen Mantel spazieren. In der Kniekehle und unter den Brüsten bildeten sich Schweißperlen.

Sie machte zeitig Feierabend und googelte Laird wie früher. Mittlerweile gab es Dutzende Fotos. Sie scrollte, bis sie den Sonnenuntergang fand, und arbeitete sich von dort bis in die Gegenwart vor. Berggipfel und Cupcakes und ein Mädchen mit langem kupferrotem Pferdeschwanz. Nach sechs Monaten Abstinenz hatte er ein Selfie gepostet und noch eins nach zwölf. Er trug eine Brille, lächelte breit. Irgendwann hatte er sich einen Hund mit zwei verschiedenen Augenfarben angeschafft.

Suzanne überarbeitete den Lebenslauf. Spencer bekam die Stelle. Manchmal passte das Wetter zu ihrer Stimmung, und an diesen Tagen war Suzanne ruhig. Der Frühling kam, und die Sonne hörte gar nicht mehr auf zu scheinen, und so gab sie ihr Büro auf, bevor etwas Schlimmeres passieren konnte. Sie nahm sich einen Anwalt, der viele teure E-Mails schrieb. Ihre alte Kleidung – Seide, Leinen und Wolle – sortierte sie aus und kaufte sich Outfits aus synthetischen Materialien.

»Was kostet der Codex?«, fragte Suzanne eine Verkäuferin.

Sie gehörte nun zu den Leuten, die ins Einkaufszentrum gingen.

»Meinen Sie Goretex?«

Suzanne kaufte wasserdichte Jacken und Hosen, aber der Regen kam nie. Die Jacke ließ sich zu einem winzigen Ball zusammendrücken. Es wurde Sommer, der heißeste seit Beginn der Wetteraufzeichnungen. Sie saß auf der Veranda, während Jeb las. Mittlerweile las er nur noch dicke Wälzer. Das war eine Frage des Prinzips: Geschichten, die langfristiges Engagement erforderten. Mit einer ungeöffneten Zeitung auf dem Schoß saß sie da und funkelte ihn jedes Mal an, wenn er umblätterte.

»Wir stehen das durch«, sagte Jeb, als er das Kapitel beendet hatte.

Suzanne antwortete nicht. Sie ging hinein, um noch ein paar Eiswürfel zu holen.

»Wir haben schon wesentlich Schlimmeres durchgestanden«, rief er ihr hinterher.

Niemand verstand, warum Laird so lang gewartet hatte. Ständig fragte irgendwer: *Warum jetzt.*

Suzanne konnte das nicht mit Sicherheit sagen. Sie durfte ihn weder treffen noch anderweitig Kontakt mit ihm aufnehmen. Seit Wochen hatte er kein Bild mehr von sich gepostet.

»Weil es an der Zeit war«, sagte sie sozusagen stellvertretend für ihn.

Ihr Anwalt war jünger als sie. Zerzauster Bart, zu weiter grauer Anzug. Sie versuchten alles per E-Mail zu klären, aber schließlich trafen sich die Mediatoren in einem Gebäude mit reihenweise identischen Konferenzräumen. Suzanne musste allein in einem leeren Zimmer warten, in den jemand einen Krug mit lauwarmem Wasser, aber keine Becher gestellt hatte. In der Mittagspause wiederholte der Anwalt die Frage wie ein Mantra: *Warum jetzt, warum jetzt, warum jetzt.* Suzanne öffnete den Klappdeckel einer Menübox, und der Salat kleckerte überallhin.

»Manchmal dauert es eine Weile, bis etwas zu einem durchdringt«, sagte sie.

Der Anwalt runzelte die Stirn. »Sie wollen aber schon, dass ich den Fall gewinne, oder?«

Laird zu geben, was er wollte, erschien ihr wie die natürlichste Sache der Welt. In Suzannes Vorstellung stand er irgendwo im Gebäude, trank direkt aus dem Plastikkrug, und Wasser tropfte ihm am Hals hinunter. Sie trug Turnschuhe zu Kleidung aus Elasthan, und obwohl man ihr davon abgeraten hatte, streifte sie durch die Gänge. Jeb schickte ihr eine Nachricht, sie tippte eine Antwort und löschte sie wieder. Alle anderen Zimmer in dem Stockwerk waren verschlossen. Ein paar Stunden später kam der Anwalt zurück und sagte, alles sei geklärt. Er packte seine Tasche.

Bis ganz zum Schluss hielt Suzanne an der Hoffnung fest, dass Laird auftauchte. Sie wartete auf den Aufzug, der aus der Eingangshalle hochratterte, und als die Türen sich öffneten, war sie sich sicher, dass er darin stehen würde. Noch lange nachdem der Anwalt nach Hause gefahren war, blieb sie auf einer Bank vor dem Gebäude sitzen und beobachtete die Passanten. Ihre Handtasche lag am anderen Ende der Bank, und sie fragte sich zerstreut, ob sie wohl jemand stehlen würde. Ein Bus hielt an, aber niemand stieg aus.

Suzanne stellte sich vor, dass Laird auf sie zurannte, als hätte er sie überall gesucht. Er würde schreien. Er würde sie am Handgelenk packen oder vielleicht an den Schultern. Er würde weiterschreien, selbst wenn sie schon direkt voreinanderstünden. Schreckliche, ehrliche Dinge, die er schon seit Jahren hatte loswerden wollen.

Ein Wachmann trat aus dem Gebäude und sperrte die Türen zweifach ab.

»Alles in Ordnung?«, fragte er, als er sie sah.

Der Mann war jünger als sie, aber nicht jung.

»Alles ist geklärt«, sagte sie.

Er nickte mitfühlend. Sie nahm die Zigarette, die er ihr wie eine Art Entschuldigung anbot. Als er wegging und sie ihre Handtasche genommen hatte, wiederholte sie es nur für sich selbst: »Geklärt.«

Am Abend saßen sie und Jeb wieder auf der Veranda –

sie schwitzten sogar noch nach Sonnenuntergang. Als sie ihm mitteilte, sie wolle die Scheidung, legte er den Finger auf die Seite, damit er nicht in der Zeile verrutschte. Er sah sie traurig an und sagte Okay.

Suzanne zog in eine Wohnung in einem Hochhaus. Die anderen Mieter waren in Spencers Alter und arbeiteten im Marketing, als Programmierer oder in der Suchmaschinenoptimierung. Im Gemeinschaftsgarten gab es einen Grill und eine Hängematte. Statt Schlüssel hatten sie Karten.

»Edelstahl«, sagte Jeb bei einem Besuch. »Eine Midlife-Crisis sieht eigentlich anders aus.«

»Was hast du denn erwartet?« Suzanne kaufte schlichtes weißes Geschirr und einen Fernseher mit einer komplizierten Fernbedienung. »Einen Komposteimer? Zu viele Haustiere?«

Als Spencer noch klein war, fuhren Jeb und Suzanne ein Auto, das mit Pflanzenöl lief. Es fuhr weder besonders weit noch besonders schnell, und der Kraftstoff roch nach brennendem Wachs. Immer wenn sie im Haus Kerzen anzündeten, sagte Spencer: *Brumm, brumm.*

Zum Einzug schenkte Jeb ihr eine winzige Sukkulente in einem Töpfchen in der Größe eines Schnapsglases.

»Das eigentliche Risiko ist, zu viel zu gießen, nicht zu wenig«, erklärte er.

»Kein Überbemuttern.«

Unschlüssig sah Suzanne sich nach einem passenden Platz für die Pflanze um, dabei mangelte es ihr nicht an freien Flächen. Beistelltische ohne Lampen, leere Bücherregale, übertrieben saubere Arbeitsplatten. Sie umfasste den kleinen Topf mit beiden Händen, als würde er sie wärmen.

Suzanne hielt die Pflanze am Leben und kaufte ihr Gesellschaft. Zwei Kakteen und einen Topf mit Farn. Spencer und Allegra gaben ihre Verlobung etwa zu der Zeit bekannt, als ihre *Rebutia* blühen sollte, es aber nicht tat. Suzanne arbeitete an den Hochzeitseinladungen, während sie mit einem Gartenbauexperten chattete. Sein Rat war, der Pflanze eine Winterruhe zu gönnen. An einem kühlen, dunklen Ort lagern.

Spencer rief an und bat sie, ihn zur Anzuganprobe zu begleiten. Bis zur Hochzeit waren es noch acht Monate.

»Warum?«

»Na, als moralische Unterstützung«, sagte er. »Zum Komplimentemachen.«

»Dein Vater ist derjenige, der nähen kann.«

»Mom.«

»Okay.«

Am Abend vor der Anprobe blieb Suzanne lange wach und machte unmerkliche Veränderungen an den Einladungskarten. Sie hatte ganz vergessen, dass das am schwierigsten war: zu wissen, wann man fertig war. Sie druckte drei Versionen aus und sah sie zu lange an.

Am Morgen – sie dachte, die Entscheidung würde ihr im Traum oder unter der Dusche kommen – lagen sie ausgebreitet auf dem Tisch, wo sie sie hingelegt hatte. Auf die Entfernung waren es einfach leere Quadrate. Sie wusste, was jetzt kam: Sie würde sie erneut betrachten, aus der einen Perspektive, aus einer anderen, in einer bestimmten Reihenfolge, in einer anderen. Sie würde sich zwingen, sich zu konzentrieren. Dazu, eine Entscheidung zu treffen. Doch fürs Erste blieb sie, wo sie war, und bewunderte die leeren Formen.

Bedingungen

Vor meinem Fenster wird ein Haus gebaut, und zwar so nah, dass nach der Fertigstellung nur noch das Gebäude in meinem Blickfeld sein wird. Der langsame Fortschritt ist faszinierend. An einem Vormittag beobachtete ich, wie zwei Männer ein halbes Dutzend Etagen Gerüst aufbauten. Die Arbeiter waren Akrobaten in Schuhen mit Stahlkappen und vielen verschiedenen Westen. Vor Kurzem wurde nach zig Monaten das Gerüst entfernt, und zum Vorschein kam eine riesige graue Wand ohne ein einziges Fenster. Auf die Wand sehe ich jetzt gerade – das tue ich praktisch den ganzen Tag.

In meiner ersten Erinnerung an dich sitzt du an Nicoles Küchentisch und schreibst eine Geschichte, die dir Ärger mit deiner Freundin einbringen wird. Später hast du dich daran erinnert – an die Küche, die Geschichte, die Freundin, aber nicht daran, dass ich auch da war.

Ich kam auf einen Sprung vorbei, weil Spontanbesuche für Nicole eine Art Loyalitätsbeweis waren, vor allem, wenn sie einsam war – in der Übergangszeit zwischen zwei Freundinnen oder zwei Aufträgen. Ich glaube, meinen Mantel habe ich gar nicht abgelegt. So einen schwarzen Steppmantel, den damals alle hatten; die Bauschigkeit und

Allgegenwart boten einen ausgezeichneten Schutz. Ich war dünner, als ich sein sollte, und mir war ständig kalt.

Du warst am Laptop, hast direkt aus einem Dreieinhalb-Liter-Wasserkanister getrunken und dir nervös am Bart herumgezupft. Die Geschichte war für einen Abendkurs bei einem berühmten Schriftsteller. Einem beneidenswert erfolgreichen Schriftsteller, dessen Berühmtheit eher für andere Berufe typisch war: Die Leute kannten seinen Namen und sein Gesicht und ließen sich Sätze aus seinen Büchern an sichtbaren Stellen tätowieren. Der Autor widmete sich ein paar politischen Themen, und wenn er darüber sprach, wurde er seltsamerweise als Autorität wahrgenommen. Deine Freundin mochte seine Romane mehr als du und teilte seine politischen Überzeugungen.

An dem Nachmittag hast du mir erzählt, dass die Geschichte eigentlich nicht frei erfunden war.

»Ach«, sagte ich, »so eine ist das«, und in meiner Erinnerung hast du gelächelt. Du hast die Namen geändert, ein paar Fakten ausgetauscht, die Wirklichkeit teilweise verschleiert, wie man das eben so macht. Mitten in die Erzählung hast du eine E-Mail deiner Freundin kopiert. Erst wolltest du sie ein bisschen oder vielleicht sogar deutlich abändern. Aber dann hast du weitergeschrieben, und sie ließ sich nicht mehr verfremden.

»Die Wahrheit kann man nicht verbessern«, sagte ich, was wieder als Witz gemeint war. Du hast die Stirn gerunzelt.

Soweit ich mich erinnere, herrschte Schweigen; wir starrten alle drei in verschiedene Richtungen vor uns hin. Schließlich ergriff Nicole das Wort. Sie erzählte uns von einem Freund. Dem Eishockeyspieler. In allen Geschichten von ihr ging es um ihren Freund, *der,* oder ihre Freundin, *die.* Der Eishockeyspieler, die Redenschreiberin, der Glasbläser. (Manchmal fragte ich mich, wie ich in diesen Geschichten auftauchte und ob überhaupt, weil ich keine *die* irgendwas war. Ich hatte einen unscheinbaren Job, vage künstlerische Ambitionen und eine Familie, die nur interessant wirkte, wenn ich die richtigen Anekdoten erzählte.) Der Eishockeyspieler war zwar erst fünfundzwanzig, aber schon seit Jahren verheiratet. Er und seine Frau kannten sich aus Kindertagen. Einem so verliebten Paar, erzählte Nicole, sei sie noch nie begegnet. Und trotzdem war seine Frau nie bei einem Spiel von ihm dabei. Es ging ums Prinzip. Einmal hatte sie eine Schlägerei auf dem Eis miterlebt, und seitdem war sie nie wieder dort. Die Hiebe, das Geschrei, die absurd großen gepolsterten Handschuhe. Nach dem Kampf war es sogar noch schlimmer. Sie spürte die Zufriedenheit im Stadion, sowohl bei den Männern auf dem Eis als auch bei den Männern auf der Tribüne. Die Befriedigung, wenn Energie verbraucht worden war, eine Atmosphäre wie im Zimmer nach dem Sex. Das Spiel ging ganz normal weiter, aber sie konnte den Gedanken nicht abschütteln, dass unter jedem Schlittschuh eine Klinge war.

Ihr beide habt euch weiter unterhalten und Popcorn aus einer großen Schüssel gegessen, bis ihr nur noch auf Maiskörnern herumgekaut habt. Sie knackten zwischen euren Zähnen. Nicole ging in die Küche, um die leere Schüssel aufzufüllen, und eine Zeit lang hast du auf deinen Bildschirm gestarrt. Ab und zu poppten einzelne Körner auf dem Herd. Ohne aufzublicken, hast du gesagt: »Eigentlich ist die Geschichte nicht wichtig.«

Gerade mal zwölf Leute würden sie lesen, und auch nur, weil sie mussten. Deine Freundin würde sie auch lesen wollen und mit Sicherheit ihre Worte wiedererkennen. Du hast gesagt, sie suche sich in allen deinen Texten.

»Findet sie sich denn?«

Du hast genickt. »Selbst wenn sie gar nicht drinsteht.«

Ein Popcorn-Crescendo ertönte, schneller, lauter, und mir war, als würden wir irgendetwas die Stirn bieten, indem wir still sitzen blieben, nachdachten und langsam sprachen. Dann hörte das Poppen auf.

»Vielleicht habe ich am meisten Angst, dass sie nicht sauer wird«, hast du gesagt. Nicole kam mit der Schüssel zurück. Du hast reingegriffen und überrascht von der Hitze deine Hand zurückgezogen. »Dass es ihr sogar gefallen könnte.«

Ich wollte etwas sagen, aber das Richtige. Stattdessen, meinen Mantel hatte ich die ganze Zeit über nicht abgelegt, brach ich auf und pulte mit der Zunge an einem Stück Popcorn zwischen den Zähnen. Und es war ein gutes Gefühl – wie höllische Regelschmerzen oder ein plötzlicher Krampf in der Fußsohle –, dass du nur flüchtig hochgesehen hast, mein Fortgehen nicht weiter auffiel und ich mir sicher sein konnte, dass ich nichts hinterlassen hatte.

In letzter Zeit halte ich nach Briefkästen Ausschau und frage mich, ob ich diesen Brief jemals abschicken werde. Die Hälfte hier in der Gegend wurde grün gestrichen und mit einem Vorhängeschloss versehen. Wahrscheinlich sind sie leer, aber manchmal stelle ich mir einen darin eingeschlossenen Stapel Umschläge vor, jeder angeleckt, versiegelt und mit einer Briefmarke beklebt.

Ich war nie eine Autorin wie Nicole und du. Ich habe

nie an Seminaren oder Wettbewerben teilgenommen oder Lesungen zu schätzen gelernt, bei denen alle mit zusammengekniffenen Augen lauschen und in jedem Plastikbecher ein Fingerbreit Wein ist. Meine Arbeiten reichte ich nie ein, also bekam ich sie auch nie zurück: ein in meiner Handschrift adressiertes Päckchen, ein Standardschreiben ohne Unterschrift.

Wenn ich mir vorstelle, was ich alles geschrieben habe, dann als Stapel in der Küche, das Chaos einer alten Frau, die es nicht übers Herz bringt, sich von ihren alten Plastikdosen in jeder erdenklichen Größe zu trennen, weil sie eines Tages vielleicht nach genau der einen sucht. Der Anfang einer Geschichte, der Titel eines Essays. Die Tagebücher, die SMS mit kleingeschriebenen Substantiven, die E-Mails mit der Schlussformel *Liebe Grüße* oder *Lg* oder die, bei denen ich mir irgendwann angewöhnt habe, *XX* darunterzuschreiben, weil jemand aus Großbritannien damit angefangen hatte, jemand, der gleichzeitig abweisend und freundlich wirkt, ein *X* wird in die unendlichen Weiten geblasen, und das andere wird aufgestellt wie ein Schutzschild.

Auf der Suche nach dem nächsten Briefkasten gehe ich an den Bauarbeitern vorbei, die in ihrer Pause in jedem noch so kleinen Fleckchen Schatten sitzen und auf dem Gehweg die Beine ausstrecken. Vormittags, wenn mir kühl ist und ich mich leicht und jünger fühle, als ich eigentlich bin, schwitzen sie schon und essen zu Mittag. Ihre Helme sind leere Schüsseln auf dem Bürgersteig; die Kappen darunter sind weiß vom Salz ihrer Körper. Sie haben sich die Pause verdient, die belegten Brote in Frischhaltefolie und die riesigen Dosen mit Reis. Dann ist nichts Interessantes mehr an den Worten, die ich geschrieben habe und von denen ich mich nicht trennen konnte. Ich wünsche mir Muskeln und einen ordentlichen Appetit. Ich will ein Gebäude errichten, das dann vor dem Fenster von jemandem steht.

An drei Tagen in der Woche führe ich Hunde aus. Der Gassi-Service gehört meinem Nachbarn Konstantin. Seine besten Freunde sind erfolgreiche Unternehmer. Bis vor Kurzem wohnten alle zusammen, saßen mit rauchenden Köpfen und dampfenden E-Zigaretten in der Küche und machten sich Notizen auf dem Handy. Inzwischen leben die Freunde in Manhattan. Ihre Arbeit ist von Erfolg gekrönt, sagt Konstantin. Wahrscheinlich ist das eine Übertreibung, aber mir gefällt die Formulierung. Ist von Erfolg gekrönt etwas anderes als erfolgreich?

Mit dem Gassi-Service bemüht sich auch Konstantin um Erfolgskrönung, und ich kann es mir nicht leisten, ihm nicht zu helfen. Bei den meisten meiner Jobs – Gelegenheitsarbeit nannte man das früher – sitze ich allein am Computer und schicke E-Mails an Leute, die ich niemals treffen werde. Ich lese ihre Lebensläufe Korrektur und verbessere Tippfehler in ihren Briefen an *Sehr geehrte Damen und Herren*. Eine Frau, die unter jede Nachricht *Mit freundlichen Grüßen* schreibt, bezahlt mich dafür, dass ich vor Abgabeterminen von Seminararbeiten mit ihrer Tochter skype – das Hauptfach, das sie studiert, hat sie selbst erfunden.

Am Anfang waren es sechs oder sieben Hunde, aber jetzt sind es nur noch zwei. Ein älteres Labradorpaar in einer Einzimmerwohnung. *Mitbewohner* nennt sie der Besitzer. Sie haben ergraute Schnauzen, kaputte Hüften und können sich kaum noch zum Kacken hinhocken. Wenigstens haben sie einander, sagt Konstantin.

Zwischen meiner ersten Erinnerung an dich und der zweiten liegt über ein Jahr. Deine Freundin war mittlerweile weg. Der berühmte Schriftsteller hatte im Internet den Zorn einiger Leute auf sich gezogen, was weder ihn vom Bücherschreiben abhielt noch die bereits und künftig Tätowierten vom Lesen. Die neuen Bücher waren weniger beliebt als die alten, aber er ging mit einem Star aus, einem echten, und so blieb er nach wie vor berühmt.

Am Ende des Sommers waren wir auf einer Party im von Stechmücken befallenen Garten von Nicoles neuester Eroberung. Ich kam zu spät, du sogar noch später. Die Pappteller wurden schon in eine große Mülltüte geworfen, die Glut im Grill war grau und staubig, und unsere Verspätung schaffte eine gewisse Vertrautheit zwischen uns. Wir standen neben einem Plastikeimer mit Bier, der ursprünglich mit Eis, jetzt nur noch mit Wasser gefüllt war, und dort lernten wir Nicoles Freund den Evangelikalen kennen. Er hieß Josiah.

Er war die Art von Evangelikaler, die Bier mochte – auch Pilze und Aztekensalbei; himmlisches Zeug nannte er das –, und er tauchte zusammen mit uns die Hand in den Eimer. Da standen wir also mit tropfenden Unterarmen, während er erklärte, die Liebe Gottes sei die beste Art von Liebe, weil sie bedingungslos sei. Es gebe durchaus auch menschliche Versionen, lenkte er ein, die nach der gleichen Beständigkeit strebten. Die Liebe einer Mutter zum Beispiel oder eheliche Liebe, die wirklich von Dauer sei. Aber nur von göttlicher Liebe könne man ernsthaft behaupten, sie sei an keinerlei Bedingungen geknüpft.

Ich erschlug eine Mücke und hatte Blut an der Hand. Josiah antwortete ich, dass sich das furchtbar anhöre. Ich sagte ihm, dass ich Bedingungen wolle, gern so viele wie möglich.

»Nie mit Konsequenzen rechnen zu müssen, was soll das denn für eine Liebe sein?«

Ohne dich dabei anzusehen, habe ich ihm erzählt, dass ich nicht *trotzdem* geliebt werden will: trotz meiner Stimmungsschwankungen und Nackenschmerzen, trotz meiner heimlichen Arroganz und heimlichen Faulheit, trotz meiner schlechten Zahnhygiene und der Reste, die hinten im Kühlschrank vergammelten.

Josiah war schon angetrunken, und wegen der Missionierungsversuche wirkte er noch betrunkener. Ein bisschen zu energisch kratzte er das Etikett von der Bierflasche. Er wippte auf dem Absatz vor und zurück. Er war mitten im Satz, als eine Frau neben ihm auftauchte, wie ein kleines Kind an seinem Arm zerrte und aufgeregt etwas sagte. Ihre Dringlichkeit erweckte seinen Körper zum Leben, als hätte er die ganze Zeit darauf gewartet, dass jemand, vielleicht sogar egal wer, mit der kindlichen Bitte kam: *Komm, guck mal.* Die Unruhe breitete sich im ganzen Garten aus, und nach und nach folgten ihnen auch die anderen Gäste ins Haus.

Wir blieben, wo wir waren, mit dem warmen Bier im warmen Wasser zwischen uns. In Gedanken ging ich durch, was ich dir verraten hatte. Meine miese Laune, meine dreckigen Zähne. Josiah gegenüber konnte ich das problemlos ausplaudern, als wären das bloß Punkte, die ein Argument stützten, aber eigentlich nichts mit mir zu tun hatten.

»Komischer Typ«, sagte ich.

»Ja.«

Du hast den Kopf geschüttelt, als wolltest du dir die Haare aus dem Gesicht schleudern, aber sie klebten dir schweißnass auf der Stirn.

»Ich fürchte, irgendwann werde ich ihn verwenden«, hast du gesagt und dein Bier ausgetrunken.

»Ihn verwenden?«

»Du weißt schon, irgendwann kommt das Thema in einem Gespräch auf. Liebe oder Glaube. Oder vielleicht auch nicht, und ich nutze einfach nur die Gelegenheit, um die Gesprächspause zu füllen.«

»Damit du was zu erzählen hast«, antwortete ich, und du hast genickt.

»Wäre das so schlimm?«, fragte ich. »Ist er denn wirklich so heilig?«

Du hast die leere Flasche zurück ins Wasser gestellt, wo sie an der Oberfläche auf und ab wippte.

»Vielleicht nicht.« Im Sitzen hätten sich womöglich unsere Knie berührt oder die Schultern. Aber im Stehen ließ sich der Abstand zwischen uns nicht zufällig überwinden. »Oder vielleicht ist das jeder?«

Und so gelobten wir an dem Abend, Josiah nicht zu verwenden. Ich habe niemandem von ihm erzählt, aber ich denke oft an ihn. Ich frage mich, was aus ihm wird oder schon geworden ist. Früher oder später wird er einem Menschen sagen, dass er ihn liebt, egal, was passiert. In Gesundheit und Krankheit. Bis in den Tod – oder darüber hinaus, nehme ich an. Ich frage mich, ob sie sich einander völlig hingeben oder anerkennen würden, dass das Band ihrer Liebe straff, aber nicht unzerreißbar ist, und sie sich immer wieder versprechen werden, sich von einer unsichtbaren Macht bewegen zu lassen, sich zu lieben und auch daran zu glauben.

Nach der Party trafen wir Nicole auf der Treppe vor der Eingangstür.

»Ach, schön«, sagte sie. »Ihr habt euch gefunden.«

Für mich hat das etwas kaputtgemacht, als hätte sie vorausgesehen, was auch immer sich da zwischen uns entwickelt hatte. Ihr Haar war ungekämmt, und ich weiß noch, dass ihr der Träger des Kleids über die Schulter gerutscht war. Sie achtete darauf, immer ein wenig nachlässig auszusehen. Wie sie uns erzählte, ging es bei der Aufregung um ein Vogelnest in der Ecke des Fenstersimses in der Küche, dessen Zweige durchs Fliegengitter bis ins Abtropfgestell piksten. Im Nest waren drei winzige rosa Vögelchen ohne Federn. Man war sich schnell einig, dass sie hinabzustürzen drohten. Der Sims war schmal, das Nest hing schief. Alle versammelten sich um die Spüle und diskutierten, was zu tun sei, als auf einmal ein Mann das Fenster öffnete und das Nest hereinholte. Nicole brach ab. Sie schaute betrübt und seufzte schwer.

»Und das war's dann«, sagte sie. Du und ich sahen uns unsicher an, und offenbar ärgerte sie sich über unsere Verwirrung.

»Jeder weiß doch«, sagte sie, »dass eine Vogelmutter ihre Babys nicht mehr annimmt, wenn ein Mensch sie angefasst hat.«

Nichts hält mich davon ab, diesen Brief persönlich zuzustellen. Vor Jahren bin ich an vielen Vormittagen von deinem Zuhause zu meinem gelaufen. Der Weg war lang, ich hätte den Bus nehmen können, aber ich wollte die Ankunft hinauszögern und das Gefühl, bei dir zu sein, sanft verklingen lassen. Damals war das für mich eine notwendige Bedingung des Verliebtseins: die Zeitverschwendung nicht wahrzunehmen oder nicht wahrnehmen zu wollen. Seitdem habe ich das tatsächlich nicht mehr erlebt, obwohl ich wieder verliebt war, und ich hoffe, du auch. An einem dieser Vormittage hatte mir die Sonne den Scheitel verbrannt, und den Rest des Tages ließ mich das Bild von meiner Kopfhaut nicht mehr los: weiß und unerforscht, mit einer vollkommen geraden rosa Linie.

Unsere Liebe war am Anfang und Nicole nervlich am Ende. Ist es unfair, das so zu sagen? Es war nicht das erste Mal, so viel wussten wir, obwohl weder du noch ich dabei gewesen waren. Sie hatte daraus längst eine Geschichte gemacht: Kontrollverlust. Originell war die Geschichte nicht, und ich schämte mich dafür, dass ich ihr übel nahm, wie austauschbar die Einzelheiten waren. Zu viel schlafen, zu viel essen, zu viel trinken. Eine graue Wolke, die über einem herabsinkt.

Wir waren im Kino, als Nicole ununterbrochen anrief. Es war Oktober, aber es wurde schon kalt, und ich trug einen neuen Mantel. Nicht warm, aber schick. Der traurigste Film des Jahres, wie man uns versichert hatte, und das war auch die einzige Art von Film, die ich je sehen wollte. Ich habe dir erklärt, wie reinigend das ist – von etwas ausgehöhlt zu werden, das nichts mit mir zu tun hatte. Na, das Date klingt ja nach Spaß, hast du schmunzelnd gesagt.

Und so weinte ich, während ich Nicoles ersten Anruf ignorierte und dann den zweiten. Beim dritten Mal gingen wir hinaus ins Foyer, und ich rief sie zurück. Wo wir auch hinsahen, überall blickten uns auf Plakaten die Gesichter von berühmten Schauspielerinnen und Schauspielern entgegen. Im Teppich waren festgetretene Krümel.

Ich ging in Nicoles Wohnung, und wie von ihr gewünscht hast du draußen gewartet. Zu oft habe ich mich dafür entschuldigt. Du kanntest sie schon viel länger. Du hattest ihren Vater, ihre Schwester und sogar eine Großcousine kennengelernt. Du durftest als Erster ihre erste Geschichte lesen. Zusammen hattet ihr im botanischen Garten Pilze genommen und über die eigenartige Rüstung von Kakteen und die geheime Sprache von Baumrinde nachgedacht. Ich wusste nicht einmal mehr, in welcher Etage sie wohnte.

Nicole lag auf einem weißen Hochflorteppich. Ihr Weinen machte mir bewusst, dass ich noch nie so richtig geweint hatte. In ihrer Brust keuchte und heulte es auf wie ein kaputter Motor. Als sie zu mir hochsah, war das Gesicht tränenüberströmt, und Rotz glänzte auf dem Kinn. Eine Zeit lang blieben wir auf dem Teppich liegen. Ich sagte dummes Zeug wie *Ruhig atmen*, und sie nickte, der Motor stotterte immer noch. Als sie endlich zur Ruhe kam, schloss sie die Augen und gestikulierte Richtung Zimmer nebenan. Sie hatte ins Bett gemacht.

Nicole sah zu, wie ich die Bezüge abnahm. Der Urin hatte einen überraschend kräftigen Gelbton.

»Ich habe ständig Durst«, sagte sie. »Aber ich kann nicht aufstehen.«

Das Spannbetttuch schnalzte zu einem Haufen zusammen.

»Ich kann einfach nicht aufstehen.«

Die nackte Matratze war demütigend. Schweißflecken, Blutflecken und lange Haare. Überall graue Fusseln. Ich versuchte mir etwas Belangloses einfallen zu lassen, was ich zur Ablenkung sagen konnte.

»Stimmt das, was man über Staub sagt?« Nicole sah mich ausdruckslos an. »Du weißt schon, dass das alles bloß abgestorbene Haut ist?«

Sobald die Bettwäsche abgezogen war, legte sie sich wieder hin und drückte das Gesicht in das Kissen ohne Bezug. Sie sah zu mir hoch, als mein Handy klingelte, und als sie deinen Namen las, rollte sie sich ein wie eine Katze oder wie so ein Käfer, der sich einkugeln kann. Nein, sagte sie. Oder vielleicht musste sie das auch nicht. Vom Küchenfenster aus konnte ich dich auf dem Gehweg sehen, das Handy zwischen Ohr und Schulter geklemmt, und du hast dir in die Hände gehaucht, um dich aufzuwärmen. Als das Vibrieren in meiner Hand aufhörte, hast du hochgeguckt, aber das Licht war aus, und du konntest mich nicht sehen. So standest du da, mit dem Kopf im Nacken, als würdest du dich im Licht der Straßenlaterne sonnen, und dann hast du dich weggedreht und bist gegangen.

Nicoles Waschmittel war in einer Milchflasche. Der Besitzer des Waschsalons lieh mir zum Abmessen eine Dosierkappe. Ich beobachtete die anderen Kunden, die in ihre Aufgaben vertieft waren, Socken von Hemden abschälten und Polyesterteile schüttelten, bis die statische Aufladung nachließ. Ich versuchte ein marineblaues Wäschestück im Blick zu behalten, das in einer der Maschinen herumwirbelte, aber ich verlor es sofort aus den Augen, und mein Blau verschwamm im restlichen Blau.

Am Tag nach Thanksgiving wies Nicole sich selbst in die Klinik ein. Sie blieb mehr als drei Wochen, bis Heiligabend. Für mich wurde die Stadt in den Wochen des Wartens hässlich – die ganzen Festtagstraditionen waren kalt und belanglos. Nachts fiel Schnee und wurde bis Mittag grau. Die U-Bahnen waren voll von Einkaufstüten, tropfenden Stiefeln und tropfenden Nasen. Am Morgen waren Lichterketten nur noch grüne Plastikkabel, die sämtliche Zweige eines Baums würgten.

Zweimal die Woche besuchten wir sie und brachten saubere Kleidung und Knabbereien mit. Jedes Mal erinnerte uns das Pflegepersonal an die Regeln: Schuhe ohne Schnürsenkel, Mäntel ohne Reißverschluss, kein Besuch nach sechs, keine Anrufe nach neun. In der Hälfte der Fälle wollte Nicole uns nicht sehen.

Als sie auf eigenen Wunsch entlassen wurde, rief Nicole dich erst vom Flughafen aus an. An dem Abend wurden im Park gegenüber meiner Wohnung Weihnachtslieder gesungen. Ich habe dich im Gang telefonieren hören; ich habe die Kerzen gesehen, die die Singenden in den hohlen Händen hielten. Sie flog quer durchs Land. Das erzählte sie, als wäre es die natürlichste Sache der Welt. *Weihnachten zu Hause.*

Du wolltest auf keinen Fall sauer sein.

»Du darfst …«, sagte ich, aber mit einem Blick hast du mich zum Schweigen gebracht.

Am Morgen fuhren wir in den Norden zum Haus deiner Eltern am Ende einer Straße voller Schlaglöcher und mit einem Ausblick auf nichts als Bäume. Bei diesem Ausflug lief alles richtig: gut ein Meter Schnee und ständig was im Backofen. Aber du warst still und abwesend – der Feuermelder erinnerte dich an die Plätzchen im Ofen –, und ich war selbst überrascht, dass ich den Raum ausfüllte, aus dem du dich zurückgezogen hattest. Ich war ein neues

Publikum für Traditionen, die allmählich alt wurden. Ich hatte noch nie einen Weihnachtsbaum geschmückt und konnte nicht fassen, dass man Eierpunsch wirklich aus Eiern macht. Alle waren dankbar, dass ich da war, ohne wirklich sagen zu können, warum. Der Hund von jemandem ging auf die Nichte von jemand anderem los, und in letzter Sekunde hob ich sie hoch.

Als wir am Tag nach Neujahr zurückkehrten, hatte Nicole uns so viel zu erzählen. Sie schrieb Gedichte. Auch eine Pilotfolge fürs Fernsehen. Von Ärzten hatte sie genug. Sie ging mit einer Kuratorin aus. Es ging ihr besser. Sie wollte, dass wir taten, als wäre nichts gewesen.

Monatelang erzählte sie uns bei jedem Treffen – wir trafen uns weiterhin mit ihr, wir sorgten uns weiterhin um sie – als Erstes von ihrer neuesten Veränderung. Sie hatte das Schlafzimmer gestrichen, erst die Wände, dann den Boden. Sie hatte sich die Achseln gelasert, ein Tragus-Piercing gestochen und von einer Zahnärztin alle Füllungen entfernen lassen. So viele Leute, erzählte sie uns, liefen mit Quecksilber im Mund herum. Ich bin mir nicht sicher, ob sie irgendetwas davon glücklich machte – ihr Ohr schwoll an und suppte –, aber uns davon zu erzählen tat es.

Als im Briefkasten eine Hochzeitseinladung von ihrer Schwester lag, bestand Nicole darauf, dass wir mitkamen.

»Ihr seid meine Begleitung«, sagte sie und legte uns je einen Arm um die Schulter. Die Kuratorin war weg und fast schon vergessen.

Die Hochzeit fand in einem Ferienlager statt. Es war Anfang Juni, und die Hütten waren leer, aber in einem Schlafsaal mit Stockbetten fanden wir einen Regenmantel und einen Vibrator, und so fingen alle an, über Jugendromanzen zu sprechen. Wir wollten uns alle daran erinnern – an den besonderen Nervenkitzel von dem, was wir Sommerliebe genannt hatten, an die heißen Monate, in denen wir das Gefühl hatten, als würde ein Teil von uns wegschmelzen und ein anderer entstehen.

Als Nicole an der Reihe war, erzählte sie von ihrem ersten Kuss mit einem Mädchen. In dem Moment habe sich das magisch angefühlt.

»Magisch«, wiederholte sie. »Ich weiß, das klingt übertrieben.«

Aber genau so war das. Spätnachts, auf einem Bootssteg, Wasser und Himmel dasselbe regungslose Schwarz. Ihre Lippen berührten sich, dann die Brust – keine richtigen Brüste, da noch nicht –, und Nicole hätte schwören können, dass sie gehört hatte, wie ein Fisch in die Luft sprang.

Und dann am nächsten Morgen war die Magie verflogen. Einfach so. Die Flagge am Fahnenmast war schlaff, der Haferbrei zum Frühstück eingetrocknet. Unter dem Tisch suchte das Mädchen mit dem Fuß nach Nicoles, aber das war nicht aufregend, sondern unerträglich unbeholfen. Wo sie auch hinsah, klagte das Alltägliche sie an. Was hast du getan?

An dem Abend fand eine Tanzparty statt. Nichts Besonderes: Akustikgitarren und Aufsichtspersonen. Nicole suchte den größten Jungen und zog ihn mitten in die Menge. Unter einer billigen Discokugel küssten sie sich. Seine Zunge war muskulös und nass. Sie schloss die Augen, und ihr dröhnte der Kopf, vielleicht vor Schmerz, eine unbestimmte Hitze, und sie konnte ohne viel Anstrengung so tun, als wäre das Verlangen.

Den restlichen Sommer ging sie dem Mädchen aus dem Weg. Am letzten Tag versammelten sich alle auf dem Hügel, der hinunter zum See führte, umarmten sich und weinten und versprachen sich hoch und heilig, in Kontakt zu bleiben. Nicole sah, wie das Mädchen den Hals reckte und in der Menge nach ihr Ausschau hielt. Sie ließ sich von ihr finden. Sie ließ es zu, dass sich ihre Blicke eine Sekunde lang trafen, gerade lang genug, um sich sicher zu sein, dass die Augen des Mädchens glanzlos und verzweifelt waren, dann drehte Nicole sich weg. Sie sprachen nie wieder miteinander. Ein Dutzend Jahre vergingen, und dann eröffnete das Mädchen, mittlerweile eine Frau wie wir, in Nicoles Nachbarschaft ein Restaurant. Ihr Name tauchte in der Zeitung auf, in einer begeisterten Kritik. Das Restaurant servierte Speisen mit »weiblicher Energie«, und auf dem Schild davor stand in neonpinker Schrift der Name einer Göttin. Nicole zufolge konnte man es unmöglich meiden. Jedes Mal wenn sie daran vorbeimusste, wechselte sie die Straßenseite. Durchs Fenster sah sie die anmutige Hast der Bedienung. Die Tische waren voll mit Tellern und Ellbogen, und das Lachen wirkte umso ausgelassener, weil sie es nicht hören konnte. Einmal glaubte Nicole die Frau zu sehen – zusammengebundenes Haar, behände Bewegungen an der Bratpfanne –, und die alte Scham packte sie. Sie schwitzte oder zitterte. Jedenfalls war sie gefangen, ihr neues Ich steckte bewegungsunfähig im damaligen Ich fest. Wie ein Käfer in Bernstein, sagte sie.

Ein paar Freunde wollten Nicole überreden, sich ihrer Angst zu stellen. Reserviere einen Tisch, stell dich vor, gib ein großzügiges Trinkgeld. Mach deinen Fehler von damals wieder gut.

»Aber ich kann nicht«, sagte sie. »Vielleicht hält sie mir das ewig vor.«

Die anderen Hochzeitsgäste nickten.

»So geht es mir mit meiner Mutter«, sagte jemand, und wieder wurde gelacht.

Ich täuschte ein Lächeln vor, weil ich Nicole nicht glaubte. Sie hatte schon andere, dreistere Lügen erzählt, aber bisher hatte mich die Unglaubwürdigkeit nie gestört: Die Geschichten waren gut. Diese schien sie sich jedoch speziell für mich ausgedacht zu haben.

»Das hat doch nichts mit dir zu tun« war deine Antwort, als ich dich darauf angesprochen hatte.

»Doch, natürlich.« Ich stellte mir den Bernstein vor, als er noch kein Bernstein war, sondern Harz und tropfte oder floss, sich irgendwie bewegte, aber zu langsam fürs menschliche Auge.

Nicole wusste, dass ich die Geschichte durchschauen würde. An einem Nachmittag im Frühling waren wir zusammen in dem Restaurant gewesen. Es hatte geregnet, und die Birnenblütenhäufchen am Straßenrand waren eine matschige beige Masse geworden. Die Tische drinnen waren alle frei, und die Inhaberin bediente uns selbst. Sie war geschätzt in den Fünfzigern und die Art Frau mittleren Alters, die sich keine Mühe machte, jünger auszusehen: ungefärbte Haare und ein unscheinbares, ledriges Gesicht. Wir tranken Tee aus Kannen für eine Person, und als wir gingen, sagte ich zu Nicole: *Glaubst du, wir werden auch mal so?*

Die Trauung ging jeden Moment los. Wir nahmen in der letzten Reihe bei den Gästen Platz, die ihre Babys mitgebracht oder ihre Krawatten vergessen hatten. Die Musik setzte ein. Auf Kommando standen wir auf und setzten uns wieder. Ein Samtbeutelchen mit Ringen wurde durch die Reihen gereicht, sodass es durch die Hände von uns allen aufgewärmt wurde. Ich behielt das Säckchen zu lang, fuhr durch den Stoff die beiden Ringe nach und horchte auf das leise Kratzen von Metall auf Metall. Du musstest mir den Beutel aus der Hand nehmen.

Nachdem auf das Brautpaar angestoßen worden war, fand uns Nicole, und ihre Augen glänzten. Die Wangen auch.

»Freudentränen«, sagte sie mit einem Hauch von Stolz. Ihr Kleid hatte sich vom Schweiß dunkel gefärbt.

»Gibt es die wirklich?«, fragte ich.

Du hast mich böse angesehen, und Nicole ging nicht darauf ein. Lächelnd zerrte sie uns auf die Tanzfläche. Ich tat, was sie wollte, obwohl meine Füße schwer waren und ich Wein verschüttete und meine Kleider hinterher wohl in die Reinigung müssten. Du bist mir davongetanzt und hast Nicoles jugendliche Cousine immer wieder im Kreis herumgewirbelt. Sie hatte den Kopf im Nacken und einen starren Blick vor Aufregung, weil du jeden Moment loslassen könntest. Als ich nach der Feier oben im Stockbett lag und mir einbildete, ich könnte spüren, wie du von unten hochstarrst, mir dann aber Sorgen machte, dass ich es nicht könnte – stattdessen nur die kühle Leere deiner geschlossenen Augen spürte –, da sagte ich mir immer wieder: Das hat nichts mit dir zu tun.

Könnte ich mir die Geschichte aussuchen, wie ich von Nicoles Buch erfahren habe, dann würde ich es hinter Glas im Schaufenster eines Buchladens entdecken. Mitten auf einem belebten Gehweg würde ich verharren wie ein Fels, der den Fluss unterbricht. Dann wären da nur noch zwei Dinge: das Buch und ich.

Stattdessen habe ich es im Internet entdeckt. Es war mitten in der Nacht, und alle Fenster waren zu Spiegeln geworden. Auf der Website, wo ich das Buch gekauft habe, war ein Bild vom Cover: eine altmodische Blockschrift auf blauem Grund. Als ich die Maus über das Bild bewegte, erschien eine Einladung: *Blick ins Buch!* Mir kam das wie eine Herausforderung oder Provokation vor, deshalb habe ich nicht geklickt. Nach ihrem Foto habe ich nicht gesucht, aber ich stellte mir vor, wie sie darauf den Kopf neigte, wie Autorinnen es immer tun, vor einem verschwommenen, aber eleganten Hintergrund. Ich knipste alle Lampen aus und lag schlaflos da, der Laptop summte leise neben mir, und ich wartete auf den Sonnenaufgang und die Bauarbeiter.

Das Buch habe ich zweimal gelesen. Erst im Bett komplett am Stück, dann noch einmal draußen in der Welt immer ein paar Seiten, ohne darauf zu achten, wo ich anfing und aufhörte. (Ich erinnere mich noch an die Unterbrechungen beim Lesen als Kind: *Ich will nur schnell eine gute Stelle suchen.*) Ich las im Zug und auf einer Bank, während die beiden Labradore mir feucht auf die Beine atmeten. Ich las im Park umringt von einem Bataillon leerer Kinderwagen und in einem anderen Park unter den Blicken älterer Tai-Chi-Praktizierender. Beim Lesen sahen Fremde über meine Schulter mit ins Buch. Ich ließ es kurz im Waschsalon liegen, und als ich zurückkam, fand ich es auf dem polternden Trockner, und der Umschlag war warm von der Hitze der Maschine.

Wir sind nicht die Einzigen in Nicoles Buch. Der Eishockeyspieler und die Frau des Eishockeyspielers – beziehungsweise seine Ex-Frau. Ein halbes Dutzend von Nicoles Freundinnen: das Model, die Klavierstimmerin, die Tochter des in Verruf geratenen Politikers. Zwei oder drei Christinnen, und es ist nicht ganz klar, wer wer ist. Da wäre ihre Freundin, die mir meinen ersten richtigen Job verschafft und, wie sich herausstellte, Sex mit meinem ersten richtigen Chef hatte. Nicoles Bruder, der mit der Farm, und der andere Bruder mit dem selbstfahrenden Auto. Statt die Namen zu ändern, hat sie sie vielmehr vertauscht. Meinen hat die Krankenschwester in der psychiatrischen Klinik bekommen, die Nicoles Notizbuch, Füller und eine Schachtel mit hundert Büroklammern konfisziert hatte. Da sie weder die gute noch die böse Krankenschwester ist, weiß ich nicht, ob ich gekränkt sein muss. Nach ein paar Seiten taucht sie nicht mehr auf. Nicoles Vater heißt Josiah. Seinen Namen trägt ein jugendlicher Patient, der sich ritzt: Bob.

Du bist als Einziger unverändert. Dein Name ist einfach dein Name.

Ich wusste lange nicht, wie es mir damit ging. Dein Name, immer und immer wieder. Dein Name und dein Bart, dein Name und die Sneakers, die du immer getragen hast, dein Name und das schmale Goldarmband, das du zu tragen angefangen hast, kurz bevor ich dich nie wiedergesehen habe. Dein Name und was du gesagt hast. Was du mir gesagt hast. Was du Nicole erzählt hast, was du mir gesagt hast.

Ich dachte, dass ich vielleicht wütend war, und eine Zeit lang war ich traurig. Aber vor allem war ich neidisch. Nicht weil Nicole dich besser gekannt hatte. Ich hatte mich längst damit abgefunden, dass die Vertrautheit zwischen dir und mir daneben verblassen würde und Liebe immer nur in ihren Details einzigartig ist – das Popcorn, das Vogelnest –, nie was die Intensität und nur selten was die Langlebigkeit betraf. Wirklich neidisch macht mich, dass sie dich so gut getroffen hat.

Wie Nicole Geschichten zu schreiben hat mich nie besonders interessiert, aber ab und zu habe ich mich doch daran versucht und Menschen oder Dinge aus dem echten Leben genommen und sie zu Papier gebracht. Meistens ist das gar nicht so schwer. Es ist mein heimliches Vergnügen, zu beobachten, wie wirkungsvoll eine Figur Gestalt annimmt: der Schwung der Nase, das gellende Lachen, der Witz, den jemand ständig erzählt, der Partner, der überallhin mitgenommen wird. Aber bei dir ist das unmöglich. Hunderte Male habe ich versucht, dein Aussehen zu beschreiben und mich an deine genauen Worte zu erinnern, aber es war nie perfekt und deswegen alles falsch. Stundenlang saß ich da und habe überlegt, welchen Namen ich dir statt deines richtigen geben sollte – du hast einen gewöhnlichen Namen, alles kommt infrage, nichts kommt infrage –, und nicht ein einziges Mal bin ich auf die Idee gekommen, ihn einfach unverändert zu lassen.

War das Buch ein Erfolg? Ich habe mich nie schlaugemacht, aber nicht weil ich nicht neugierig gewesen wäre. Diese Art von Neid ist so viel kleiner, so viel weniger erschreckend.

Ein paar Wochen nach der Hochzeit haben wir Schluss gemacht. Nicole wurde an einer angesehenen Uni für den

Master Kreatives Schreiben zugelassen, und wir gingen zu den Partys, die ihr zu Ehren stattfanden. Es gab zu viele davon – alle wollten Nicoles Glück unbedingt offiziell feiern, quasi als Beweis, dass alles vorher nur eine Abweichung vom Kurs gewesen war, ein Reifen, der kurz von der Straße gerutscht war. Schweigend fuhren wir mit der U-Bahn zur letzten Party. Vor dir stand ein Kinderwagen im Gang, und das Baby hat die ganze Zeit Blickkontakt zu dir gesucht und dabei neckisch-verschämt gelächelt. Dir ist das nicht aufgefallen, also habe ich dich mit dem Ellbogen angestoßen, aber es war zu spät. Das Kind hatte schon weggesehen. Die Party fand in einer Bar mit Kamin statt. Es war mitten im Sommer, und die Holzscheite lagen unberührt und irgendwie unheilvoll da. Nicoles Schwester war dort – verheiratet und schwanger, was wir zu dem Zeitpunkt noch nicht wussten. Nicole lehnte sich zu ihr rüber, und sie zankten sich lachend um die Rechnung. Jemand nahm sie ihnen ab und bestand darauf, sie zu begleichen.

Du und ich, wir gingen zu Fuß nach Hause, obwohl der Weg weit war. Du hast gesagt, du würdest es nicht ertragen, wieder runter zur U-Bahn zu gehen. Wussten wir da schon, was uns bevorstand? Wir gingen über die Brücke, blieben aber nicht in der Mitte stehen, auf halbem Weg zwischen den Inseln über den lauten Autos und dem dunklen Wasser, denn das hätte zu viel Symbolkraft gehabt. Wir verabschiedeten uns auf der anderen Seite in einem Park, in dem die Mülleimer überquollen und die Bäume voller Blätter hingen. Wir küssten und entschuldigten uns und klammerten uns vergeblich an die Kleider des anderen. Ich habe dir nichts von Nicoles und meiner Begegnung auf der Toilette erzählt. Wir sahen uns im verschmierten Spiegel an, und sie sagte mir, wie leid es ihr tue, dass du nicht zu dem Studium zugelassen wurdest. Wie sehr du es verdient hättest und dass sich für dich eines Tages sicher alles zum Guten wenden werde.

Ich habe nicht gefragt, warum du mir nichts davon erzählt hast. Als du weggegangen bist, habe ich dir hinterhergesehen und mir vorgestellt, dass du dem Drang widerstehst, dich umzudrehen.

Vor Nicoles Umzug bin ich ihr ab und zu über den Weg gelaufen, aber dich habe ich nie wiedergesehen. Wir haben immer gesagt, wir sollten uns mal auf einen Kaffee treffen, und erstaunlicherweise kann ich mich gar nicht erinnern, ob wir das tatsächlich mal getan haben.

In der Mitte des Buchs stehen Nicole und ich nebeneinander am Waschbecken. Ich weiß, dass ich das bin, obwohl mein Name der eines Mädchens ist, dem ich ein- oder zweimal bei einer Dinnerparty oder einem Geburtstag im Park begegnet bin. Nicole schweigt. Die einzigen Geräusche kommen vom automatischen Seifenspender und dem Händetrockner, der nie mit dem Trocknen aufhört. Den ganzen Abend bin ich ihrem Blick ausgewichen, aber jetzt im Spiegel sehe ich hin.

Ich erinnere mich an den Geruch in der Klinik – wie im Flugzeug, aber auch nach Whiteboard-Stiften – und an das Geräusch der Turnschuhe der Pflegekräfte auf dem frisch gewischten Linoleum. Ich erinnere mich an die abgegriffenen weißen Buchrücken der Krimis in der sogenannten Bücherei, die eigentlich nur aus ein paar Regalen bestand. Ich erinnere mich an die klebrigen Saftpäckchen und die Kekspackungen mit Shortbread. Ich weiß noch, dass ich an einem Nachmittag eine Tüte mit fünf Pfund Sonnenblumenkernen mitgebracht habe, weil der Werbeslogan lautete: *Iss. Spuck aus. Sei glücklich.* Ich weiß noch, dass Nicole hilflos war, und ich war nicht Hilfe genug.

In allem, was ich geschrieben habe, blitzt oder tauchst du nur bruchstückhaft auf. (Packe ich dich dorthin, oder finde ich dich dort?) Deine sanfte Stimme, dein weiches Haar. Das eine Mal, als wir einen Pfirsich von der Auslage vor dem Supermarkt geklaut haben, einfach weil wir das schon immer mal tun wollten. Das eine Mal, als du geweint hast. Du hast geweint und geweint; du lagst am Boden und ich auf deinem Rücken, und unsere Körper haben sich auf und ab bewegt, bis sie allmählich aufhörten.

Wahrscheinlich lese ich Nicoles Buch irgendwann noch mal. Dann werde ich nicht mehr wissen, wo du wohnst, und auch keine Möglichkeit haben, es herauszufinden. Und selbst wenn: Wird es dann überhaupt noch Briefkästen geben? Wenn es so weit ist, werde ich mich ans Erinnern erinnern. Zwei Figuren werden schweigend vor dem Spiegel stehen, und ich – jemand, der noch nicht existiert, jemand, den ich noch erfinden muss – werde aufs Neue über alles Ungesagte nachdenken.

Aufs Neue. Eine kleine Form der Alchemie. Es lohnt sich, darauf zu warten. Wie ein Gebäude zu errichten, wie Gott zu finden, wie alt zu werden und Plastikdosen anzuhäufen und sich zu wünschen, das eigene Leben sei endlich unter Kontrolle.

Objekte des Begehrens

Die beiden leben in einer kleinen Wohnung, so klein, dass man nie ganz außer Sichtweite ist. In dem Raum, der als Wohn- und Schlafzimmer zugleich dient, steht ein Hochbett. Schneller als erwartet haben sie sich daran gewöhnt, im Halbschlaf die Leiter hinunterzuklettern, wenn sie pinkeln müssen, ein Glas Wasser holen oder dem Kater das Gummispielzeug wegnehmen wollen, das immer quietscht, wenn er darauf herumkaut. In letzter Zeit fragen sie sich, ob es überhaupt vertretbar ist, eine Katze auf so wenig Platz zu halten. Im Gegensatz zu der Wohnung, der ersten wichtigen Sache, die sie sich teilen, gehört der Kater Jon, und zwar schon seit vielen Jahren: seit damals, als Jon nicht mit anderer Gesellschaft rechnete oder sie vielleicht auch gar nicht wollte.

Das war eine zurückgezogene, heftige Zeit in seinem Leben – eine dunkle Zeit oder zumindest eine halbdunkle Zeit, doch eine Art von Halbdunkel, das so gedämpft und beständig war, dass es schon wieder beruhigend sein konnte. Nun, da die Zeit vorbei ist, gilt sie gewissermaßen als heilig. Leonora glaubt nicht an diese Heiligkeit, aber sie kann nachvollziehen, warum Jon der Gedanke guttut, und sie achtet darauf, das zu respektieren. Wirklich glücklich zu werden, erklärt sie einer Freundin, bedeutet, den unglücklichen Menschen, der man früher war, zu verraten. Die Freundin ist anderer Meinung. Nein, sagt sie, es bedeutet, diesen Menschen zu befreien.

Leonora geht achtsam mit dem Kater um. Er heißt Buddy, was Jon zufolge zu Unrecht als Hundename gilt. Wenn Leonora abends nach Hause kommt und Buddy sich auf Jons Schoß eingerollt hat, bemüht sie sich, die beiden nicht zu erschrecken, und spricht sanft und leise – quasi aus Respekt.

Julian, der Mann, von dem Leonora einmal dachte, sie würde ihn heiraten, sorgt seit Kurzem als Politiker für Schlagzeilen. Vor ein paar Wochen wurde er in den Kongress gewählt. Sein Wahlkreis befindet sich auf der anderen Seite des Landes, an der anderen Küste. Julians Sieg kam für viele unerwartet, und sein Überraschungserfolg verhalf ihm landesweit zu Berühmtheit. Er ist für sein junges Alter, seinen Charme und dafür bekannt, dass er nie eine Krawatte trägt. Sein Kleidungsstil gilt als Zeichen für Aufrichtigkeit. Mehrere Reporter stellen fest, dass auch der Papst, ein radikaler Mann, sich schlicht – bescheiden – kleidet. Zufällig weiß Leonora, dass Julian seinen Hals zu dick findet, was ein Krawattenknoten wohl noch zusätzlich betonen würde. (Julian ist, wie oft angemerkt wird, ausgesprochen attraktiv. In Wahrheit hat er einen schönen Hals.) Seinen Amtseid legt er erst in einem Monat ab. In der Zwischenzeit schreibt er dankbare, hoffnungsvolle Tweets und tritt spätabends im Fernsehen auf.

Vor dem Wahltag haben Leonora und Jon monatelang nicht mehr über Julian gesprochen. Am Anfang ihrer Beziehung fiel sein Name häufig, und es hat jedes Mal wehgetan. Leonora und Julian hatten nie zusammengewohnt, aber ihre Liebe wirkte aus anderen Gründen intensiv und echt und irgendwie unantastbar. Sie hatten sich Liebesbriefe geschrieben und ein paarmal gemeinsam den Schreck durchgestanden, dass Leonora schwanger sein könnte. Einmal wurden sie mit einem Messer bedroht. Sie waren zusammen auf Beerdigungen. Aber vor allem stritten sie sich leidenschaftlich.

Leonora und Jon diskutieren Probleme in aller Ruhe aus. Sie haben sich nie Briefe geschrieben, und als sie sich kennenlernten, waren sie erleichtert, dass sie sich darin einig waren, sogar Textnachrichten als störend und anfällig für Missverständnisse zu empfinden. Eine Schwangerschaft stand nie zur Debatte, und ein Grund zur Sorge war sie erst recht nicht. Im aktuellen politischen Klima hielt Leonora, wie viele ihrer Freundinnen, die Spirale für die klügste Entscheidung.

Als allmählich die Hochrechnungen eintrafen und klar wurde, dass Julian gewinnen würde – ein erdrutschartiger Sieg, so die Schlagzeilen –, saß Leonora am Schreibtisch unter dem Bett. Jon war über ihr und meditierte. Sie wartete auf das sanfte Glockenspiel auf seinem Handy, das signalisierte, dass er fertig war, und sagte dann, ohne unter dem Bett hervorzukommen: »Julian hat das Rennen gemacht.«

Ein paar Sekunden vergingen, dann tauchte Jons Gesicht über dem Geländer auf.

»Freust du dich?«, fragte er.

Er sah besorgt aus, was Leonora mehr ärgerte, als es sollte. Wenn Jon sich Gedanken macht, dann immer mit der gleichen Miene. Er zieht die Brauen leicht zusammen, und die Augen wirken tiefer als sonst. Ein offener, intensiver Ausdruck, der in Zeiten großer Not schon viele Menschen berührt hat. In weniger existenziellen Situationen – in Zeiten kleiner Not – bringt er Leonora auf die Palme.

»Natürlich«, sagte Leonora. »Julian macht vernünftige Politik.«

Zur gleichen Zeit bekam sie eine SMS von einer Freundin. Leonoras Freundinnen sind im Großen und Ganzen der Meinung, dass sie zu nachsichtig mit Julian war. Nun, da die Beziehung vorbei ist, ermuntern sie Leonora, ihn zu kritisieren. Er hat ein großes Ego, sagen sie, und es wird immer größer. Das stört Leonora zwar nicht direkt, aber sie will es ihren Freundinnen recht machen. Je verbissener sie ihre Wut zeigt, umso zufriedener sind sie. *Wunderbare Politik, widerliche Persönlichkeit*, sagt eine Freundin gern über Julian und freut sich sichtlich über die Formulierung. Dieselbe Freundin schreibt, wie Leonora feststellt, überschwängliche Kommentare auf Julians privater Facebook-Chronik – auf der ohne Nachnamen, wo er Urlaubsfotos und Lieder postet, die er gern hört.

»Klar«, sagte Jon. Er runzelte kurz die Stirn und fasste instinktiv hin, als wollte er sie wieder glätten, um gelassen auszusehen. In der Ecke quietschte Buddys Gummimaus. Jon sah zum Kater und Leonora auf ihr Handy, zwei weitere Freundinnen hatten ihr geschrieben. Sie erwarteten eine Reaktion von ihr. Sie tippte eine lustige und ein bisschen gemeine Nachricht und kopierte sie als Antwort für alle drei.

In der ersten Dezemberwoche spielt Jons Band in einer Konzerthalle, die wie ein Lagerhaus gestaltet ist, weil die Fans ein Faible für Lagerhäuser haben. Das Publikum ist fünf bis zehn Jahre jünger als die Bandmitglieder. Backstage stehen ein Kasten schlechtes Bier und ein Plastiktablett mit vertrocknetem rohem Gemüse. Die Babykarotten sind eher weiß als orange. Jon tunkt eine in einen Klecks Ranch-Dressing. Der Leadsänger trinkt einen Ingwer-Shot und kippt Bier hinterher. Die Sängerin und einzige Frau in der Band legt pinken Lidschatten auf und knabbert wie ein Vögelchen an einer fancy Schokolade.

»Ranch-Dressing ist sehr retro«, sagt sie zu niemand Bestimmtem.

Leonora lehnt eine Stange Sellerie ab und schlendert dann durch die sich ansammelnde Menschenmenge. In der Hoffnung, ein interessantes Gespräch belauschen zu können, reiht sie sich vor den Toiletten in eine lange Schlange Wartender ein, obwohl es hinter der Bühne ein kleineres, saubereres Bad gibt. Die Mädchen vor ihr halten ihre Handys so, dass sie sich gegenseitig aufs Display gucken können, scrollen und lachen verschwörerisch, sagen aber nichts. Der Junge hinter ihr zieht schweigend an einer schwarzen E-Zigarette. Wenn er ausatmet, riecht es nach Obst oder Lippenbalsam. Leonora tritt aus der Reihe.

»Eure Fans vapen alle«, sagt sie zum Leadsänger.

»Ja. Sie sind die Zukunft.«

»Du meinst, das sind Jugendliche.«

Er geht nicht darauf ein und leckt Ranch-Dressing von seinem Pappteller. Im Gegensatz zu Jon, der während des Auftritts über die Gitarre gebeugt hinter seinen schlaffen Haaren verschwindet, ist der Leadsänger das Gesicht der Band. Zwar kein deutlich attraktives Gesicht, aber eins mit markanten Zügen. Er guckt oft böse, was die Züge noch schärfer macht. Die Band hieß mal wie er.

»Sind Zigaretten etwa uncool?«, fragt Leonora.

Jedes Jahr im Winter fängt sie an zu rauchen und hört wieder auf. Sobald die Temperaturen sinken und es ihr wie ein gemeiner Scherz vorkommt, den eigenen Atem zu sehen – eine massive Farce auf ihre Kosten. Einmal wollte sie Julian diese Angewohnheit erklären. Ich will bewusst selbst etwas ausstoßen, sagte sie. Dann ergänzte sie: Zumindest glaube ich das. Julian lächelte, als hätte er sich damit auch schon mal flüchtig befasst, wäre der Idee aber schon längst entwachsen wie der Vorliebe für gezuckerte Cornflakes oder für totgegartes Fleisch, das nichts mehr von seiner tierhaften Glitschigkeit verrät. Peinlich ist ihr nicht der Gedanke an sich – sie denkt das immer noch –, sondern ihn laut ausgesprochen zu haben.

»Zigaretten sind nicht uncool«, sagt der Leadsänger, »aber sie sind halt nichts Neues.«

»Als Jugendliche mochte ich alte Sachen.«

Sie hatte als Teenager Platten, Briefmarken und Bücher gesammelt, deren Seiten zu feinem gelbem Staub zerfielen, wenn man zu schnell umblätterte. Spätnachts, als alle im Haus schliefen, hatte sie an geklautem Bourbon genippt, weil sie sich vorstellte, dass Großväter so rochen.

»Das sind keine *Jugendlichen*«, sagt Jon und untersucht eingehend ein Stück rohen Brokkoli, als wüsste er nicht so recht, was er damit anfangen soll.

»So was wie Nostalgie für Dinge, die ich gar nicht verloren hatte«, erklärt Leonora. »Weil mir Verlust erwachsen vorkam.«

Die Sängerin zieht noch schnell eine Line und isst noch ein Stück Schokolade. Sie werden auf die Bühne gerufen. Jon drückt Leonora kurz die Schulter, dann folgt er dem

Drummer durch die Tür. Leonora bleibt ein paar Minuten im Zimmer, betrachtet das Gemüse und die Drogen und lauscht den gedämpften Klängen des ersten Songs. Schließlich mischt sie sich unters Publikum. Die Musik ist unerträglich laut. Leonora spürt sie in ihrem Körper, als käme sie von dort und versuchte verzweifelt – hämmernd – auszubrechen. Neben ihr halten sich ein Junge und ein Mädchen umklammert. Auf ihren Armen bilden sich dicke Schweißperlen. Der Pferdeschwanz des Mädchens sieht nass aus. Die Musik schwillt an, flaut ab, schwillt wieder an, große, ekstatische Wellen, die Leonora vielleicht bewegt hätten, wenn sie nicht so anstrengend wären – ein unwilliger Körper, der in der tosenden Brandung herumgeworfen wird. Das Paar wiegt sich im Takt, mal mit geöffneten Augen, mal mit geschlossenen. Während des Refrains klammern sich die beiden verzweifelt aneinander, als könnte jeden Moment einer von ihnen weggerissen werden.

»Er sieht gar nicht aus wie ein Rockstar.«

Leonora geht mit einer Freundin, einer Professorin, über die Brooklyn Bridge. Ein Mann rast auf einem Fahrrad vorbei, Musik dröhnt aus dem Lautsprecher an seinem Rucksack.

»Rockstar?«, antwortet Leonora. »Niemand sagt heute noch Rockstar.«

Am liebsten würde die Freundin viktorianische Literatur lehren, denn dort liegen ihr zufolge die wildesten Leidenschaften verborgen, aber in Wirklichkeit unterrichtet sie querbeet alle möglichen Englischseminare. Sie beklagt sich, dass ihre Studierenden erwarten, alles an der Oberfläche zu finden; sie steigen nicht tief in den Text ein.

»Ich will damit nur sagen, dass Jon sehr unauffällig ist.«

»Du magst Unauffälliges.«

»Ich habe ja nicht gesagt, dass ich ihn nicht mag.«

Mitten auf der Brücke bleiben sie stehen. Die Sonne wird von den Hochhäusern auf beiden Seiten des Flusses reflektiert, was die Gebäude ganz weiß erscheinen lässt.

»Hast du schon mal ein Publikum zum Toben gebracht?«, fragt Leonora.

Ihre Freundin lacht. Sie hat ein angenehmes Lachen, das einem die Befangenheit nimmt, aber ihr Gesicht sieht schöner aus, wenn sie ernst ist. Leonora empfindet das als ungerecht – dass Freude nicht automatisch Schönheit bedeutet.

»Mit meinen Vorlesungen über *Middlemarch*?«

Auf dem Fluss taucht der Schatten eines Flugzeugs auf, aber Leonora schaut nicht hoch.

»Was glaubst du, wie sich das anfühlt?«

Sie lauschen, wie das Motorengeräusch des Flugzeugs verklingt.

»Manchmal sitzen ausschließlich Frauen in meinen Seminaren. Dünne Mädchen, die mir drei E-Mails schreiben, um sich einen Abgabetermin bestätigen zu lassen. Sie sind klug, aber vor allem müde.«

»Tu das nicht«, sagt Leonora.

»Was denn?«

»Sag nicht so was wie: Die müssen sich mal entspannen.«

Sie gehen weiter. Die Sonne verschwindet hinter einem Wolkenkratzer, und Leonora spürt, wie sich ihre Augen weiten, dabei war ihr gar nicht bewusst, dass sie sie zugekniffen hatte.

»Alle paar Semester meldet sich ein Junge an. Vielleicht

aus Versehen oder als Scherz.« Die Freundin verzieht das Gesicht. »Und am schlimmsten ist, dass diese Seminare ungelogen am besten sind. Auf einmal geben sich alle mehr Mühe.«

Wieder fährt ein Mann vorbei. In eng anliegender Radlerhose und Trikot beugt er sich über den Lenker, als würde er an einem unsichtbaren Rennen teilnehmen.

»Die Mädchen schreiben bessere Hausarbeiten. Sie waschen sich sogar häufiger die Haare.«

»Spielt es eine Rolle, ob der Junge gut aussieht?«

»Sie fallen sich sogar gegenseitig ins Wort!«

Sie erreichen das Ende der Brücke. Gebäude türmen sich vor ihnen auf. In der Nähe hat sich eine Reisegruppe versammelt, hier und da sieht man unter Pullovern und offenen Mänteln die gleichen blauen T-Shirts. Vor ihnen steht eine Frau auf einer Bank, schwingt eine blaue Fahne und spricht energisch in einer Sprache, die Leonora nicht zuordnen kann. Sie hat eine ausdrucksstarke, lebhafte Mimik. Peinlich berührt von so viel unverhüllter Begeisterung wendet Leonora den Blick ab.

»Die Ansichten der Jungs sind eher mittelmäßig.«

»Wann sollte man eigentlich aufhören, sie *Jungs* zu nennen?«

»Dieses Jahr bin ich einen Schritt weiter gegangen«, beichtet die Freundin. »Ich habe den Dekan angesprochen und ausdrücklich einen Jungen verlangt. Irgendeinen, ganz egal.«

»Wahrscheinlich ist es wichtiger, nicht mehr *Mädchen* zu sagen.«

Die Reiseleiterin ist mit ihrer Rede fertig. Sie streckt die Fahne hoch in die Luft, dann lässt sie sie sinken und deutet damit direkt auf Leonora. Die Touristen drehen sich um und starren sie an. Die Fahne wirkt anklagend. Leonora weiß nicht so recht, was sie tun soll, also starrt sie zurück.

»Der Dekan hat mich angesehen, als hätte er gewonnen, als wäre das ein Triumph.«

Ein Paar in der Gruppe neigt die Köpfe zueinander. Einer flüstert etwas, der andere lächelt verstohlen.

»Und du?« Leonora guckt auf ihre Schuhe. »Hat sich das wie eine Niederlage angefühlt?«

»Klar.«

Plötzlich steigt die Reiseführerin von der Bank. Die Gruppe setzt sich wieder in Bewegung und schiebt sich wie ein einzelner Organismus langsam voran. Sie schauen nicht zurück. Leonora und ihre Freundin setzen sich einen Moment auf die frei gewordene Bank. Der vom Wasser heraufwehende Wind ist eisig an ihren nackten Hälsen. Ihre Freundin dreht zwei Zigaretten, die sie schweigend rauchen. Leonora spürt einen Tabakkrümel auf der Zunge. Sie stellt ihn sich in ihrem Körper vor, dann viele davon, die sich wie Würmer an ihren zusammengedrängten Organen vorbeiwinden. Sie fühlt sich unrein, aber echt. Als Leonora sich von ihrer Freundin verabschiedet, ist sie froh, sie loszuwerden und allein zu sein.

Das Jahr hat nur noch wenige Wochen. Der Rest von Jons Band fliegt nach Kalifornien, wo es mehr Platz und mehr Sonne gibt, niemand Angst vor Lärmbeschwerden hat und Garagenbands tatsächlich existieren. Leonora bestärkt ihn, sich den anderen anzuschließen. Jon versteht das so, dass ihr seine Gesellschaft egal ist oder sie sich sogar freuen würde, wenn er weg wäre. Leonora streitet das ab. Aber wenn sie an seiner Stelle wäre, erklärt sie, würde sie mitgehen.

»Wenn ich die Chance hätte.«

Leonoras Stimme bekommt einen bitteren Unterton. Sie zieht sich für die Arbeit um und schließt den Reißverschluss eines billigen, hässlichen Rocks, von dem sie abends immer einen roten Abdruck um die Taille hat. Sie spart sich die vielen Floskeln. *Nutze den Tag*, hätte sie Jon sagen können. *Genieß das Leben in vollen Zügen.* Hinter solchen Aussagen steht Leonora zwar nicht, aber auf Undank reagiert sie ungeduldig und unfreundlich. In Kalifornien könnte sie mit offenem Fenster Auto fahren, denkt sie. Sie beugt sich vor, um sich die Stiefel mit der von Streusalz weißen Sohle anzuziehen. In der U-Bahn bekommt sie nie einen Sitzplatz. Wenn sie das Büro erreicht, wo unter dem Schreibtisch salzfreie, unbequeme Pumps auf sie warten, tun ihr schon die Füße weh.

»Ich bin schon seit Monaten nicht mehr Auto gefahren«, sagt sie.

Leonoras Erklärung kränkt Jon erst recht: Ihr ist es egal, ob er bleibt, und sie würde sich am liebsten selbst davonmachen.

Sie weiß, dass er schlecht schläft. Manchmal wacht sie mitten in der Nacht auf, und er sitzt mit dem Rücken an der Wand und starrt auf seine unter der Decke angewinkelten Knie.

Eines Morgens verkündet Jon, dass er an einer Demonstration teilnehmen möchte. Bisher haben sie sich eher an kleineren Protesten beteiligt, die auf diversen Social-Media-Kanälen organisiert und verbreitet werden. Dieser soll was Großes werden. Zur gleichen Zeit sind auch in anderen Städten im Land Demos geplant. Als der Protestmarsch anfängt, ist Leonora im Büro, und da ist sie auch noch, als er aufhört. Ein- oder zweimal glaubt sie Sprechchöre unten auf der Straße zu hören, aber die Fenster sind schalldicht. Sie simst Jon, sie sei froh, dass er hingegangen ist. Zwischen den Zeilen steht: *stellvertretend für uns beide*.

Er findet weitere Demos. Große, von denen sie gehört hat, und kleine, von denen sie nichts wusste. Er stellt sich vor das Büro eines Kongressabgeordneten. Später vor das Haus eines Kongressabgeordneten. Das nennt man eine Aktion, erklärt Jon Leonora. Er nimmt an Versammlungen auf überfüllten Plätzen teil und hält auf breiten Straßen den Verkehr an. Er kommt mit schmerzenden Füßen und Schildern anderer Leute nach Hause – die Sprüche darauf hat sie ihn noch nie sagen hören.

Als Leonora fragt, ob die Band in Kalifornien probt, wird Jon beinahe wütend. Er zieht sich ins Bett zurück, dabei sind sie gerade erst mit dem Abendessen fertig. Während Jon die Leiter hinaufsteigt, hört Buddy auf, sich die Vorderbeine zu lecken. Leonora spült ab, und Jon tut, als würde er nicht zusehen. Das Wasser ist angenehm warm an den Händen. Damit möglichst viel auf das Abtropfgestell passt, stapelt sie das Geschirr ordentlich. Eine Keramikschüssel wackelt gefährlich, fällt aber nicht herunter. Jon hat das Gesicht zur Wand gedreht, und Leonora klettert hoch und legt sich neben ihn.

Sie bleibt kurz auf dem Rücken liegen und bekommt panische Angst, weil die Decke über ihr so unnatürlich nah ist, dass sie die Hand ausstrecken und sie berühren könnte. Sobald sie sich wieder beruhigt hat, dreht sie sich zur Seite, legt die Arme um Jon und drückt die Brust an seinen Rücken.

»Ich hätte dich nicht zum Abspülen zwingen sollen«, sagt er.

»Du hast mich nicht gezwungen.«

»Die Gitarre macht mir Angst.«

»Okay.«

»Wenn ich spiele, hören die Leute nicht dasselbe wie ich.«

Er hat das schon mal erklärt. Leonora erinnert sich nicht mehr an die Einzelheiten: Das hat etwas mit Schallwellen zu tun oder mit den speziellen Hörern, die er während der Konzerte im Ohr hat.

»Das geht allen so«, beruhigt sie ihn. »Wer weiß schon, wie die eigene Stimme wirklich klingt?«

»Das meine ich nicht.«

Buddy kratzt an der Holzleiter, was eine Botschaft sein könnte oder nur eine Angewohnheit. Normalerweise ist er kein quengeliges Publikum.

»Die Ohren sind zu nah am Mund, stimmt's?« Leonora rollt sich von ihm weg und schaut über das Geländer zum Kater. »Auf die kurze Entfernung kann man dem Ton nicht trauen.«

»Das meine ich nicht.«

Buddy kratzt weiter. Feine weiße Linien im gelben Holz. Eigentlich ganz schick für eine Verunstaltung, findet Leonora.

»Hör auf«, sagt Jon plötzlich streng, immer noch mit dem Blick zur Wand.

Sie ist betroffen, als Buddy hochguckt und sich ihre Blicke begegnen.

Der Schreibtisch von Leonoras Chef steht ein paar Meter von ihrem entfernt hinter einer dicken Glastür, die sich nur mit zwei Händen aufschieben lässt. Nach der Mittagspause klopft er gegen die Scheibe, um ihre Aufmerksamkeit zu bekommen. Sie schreibt gerade seinen jugendlichen Kindern eine E-Mail über den bevorstehenden Urlaub. Jedes Jahr fliegen sie auf die gleiche Insel, haben bisher aber kaum etwas anderes gesehen als das Hotel. Sie schickt die E-Mail vom privaten Account ihres Chefs und unterschreibt mit *Dad*. Er klopft noch einmal.

Auf seinem Schreibtisch sind sechs Blätter Papier ausgebreitet. Auf jedem davon ist ein einzelner Tweet.

»Das Maß ist endgültig voll«, sagt er zu Leonora.

Die Frau, von der die Tweets stammen, sitzt den Gang runter im Großraumbüro in einem Cubicle, in dem sich kaffeebraun und lippenstiftrot verfärbte Tassen stapeln. Kelly ist jung, aber nicht mehr jung genug, um als vielversprechend zu gelten. Ihr Job ist langweilig, aber unverzichtbar. Sie lebt allein, was nicht bemitleidenswert ist, das ist Leonora klar – vielleicht ist es entspannend oder sogar befreiend –, aber manchmal, wenn sie sich auf der Damentoilette die Zähne putzt oder am rosa-grauen Ende ihres Bleistifts kaut, ist es das doch. Die Tweets haben vor neun Monaten angefangen. Die Symbolik entgeht Leonora nicht. Was ist in ihr herangereift?

Am Anfang waren die Posts noch harmlos. Löwen, die sich mit Vögeln anfreunden, Rumi-Zitate, Selfies vor dem Spiegel. Sie fand Freunde. Schließlich auch Hater – aber wer tat das nicht? Anfangs nörgelte Kelly über Kleinigkeiten, ihre Beschwerden waren nachvollziehbar. Sie fand den Winter unerträglich. Den Sommer auch. Flugzeuge seien zu stark klimatisiert. Das Büro auch. Die Kollegen witzelten – bringt Kelly mal lieber eine Strickjacke –, und ein, zwei Tage lang dachte Leonora, die Tweets hätten vielleicht sogar etwas Gutes. Bessere Stimmung am Arbeitsplatz, ein bisschen Teamgeist. Im Büro war es ja wirklich kalt. Aber Kelly setzte noch eins drauf. Wusstet ihr, tweetete sie, dass für Männer und Frauen unterschiedliche Temperaturen ideal sind? Dass Frauen leiden, während Männer Hemd und Jackett tragen? Je schicker du dich anziehst – Riemchenschuhe, schöner Ausschnitt –, umso mehr frierst du. Frauenfeindlichkeit im Büro, schrieb Kelly.

Eines Morgens wurden aus Dutzenden Likes Hunderte und schließlich Tausende. Leonora sah zu, wie die Zahlen im Sekundentakt stiegen. Sie versuchte sich die Menschenmassen dahinter bewusst zu machen – ein Bus voll, ein Zimmer voll, ein Stadion voll –, aber da könnte man ebenso gut versuchen, sich enorme Geldsummen als gestapelte Dollarscheine vorzustellen. Irgendwann kam sie nicht mehr mit. Es gab ein Gespräch mit dem Chef, und eine Zeit lang fielen Kellys Tweets wieder milder aus. Ein Foto von ihrer mit rosa Joghurt bekleckerten Nichte verbreitete sich schnell, aber nicht schnell genug.

Nach ein paar Tagen war alles wieder beim Alten: die Ausrufezeichen, die Hashtags, die Fremden, die immer mehr forderten. Ihr Unternehmen, schrieb Kelly, werde von alten Männern geleitet. Sie nannte sie *reiche Säcke* und *Stiernacken.* Sie spielte auf Privatflieger an. Namen nannte sie keine, aber das war auch nicht nötig – in ihrem Profil stand öffentlich, wo sie arbeitete, gleich unter dem Foto von ihr und zwei weiß gelockten Hunden. Mitten in der Nacht tweetete sie, sie habe Grund zur Annahme, das

Lohngefälle zwischen Männern und Frauen sei aktuell wie eh und je. Sogar aus London kamen Likes.

Schweigend stehen Leonora und ihr Chef da, die Tweets zwischen ihnen. Die vergrößerte, pixelige Schrift wirkt lächerlich. Wenn ihr Chef aufgebracht ist, zupft er sich an den großen fleischigen Ohrläppchen.

»Jetzt reicht's mir«, sagt er. »Sie müssen es ihr sagen.«

»Was?«

»Mir reicht's, habe ich gesagt …«

»Ich?«

Er lässt die Ohren los.

»Sie kann nicht bleiben.« Er setzt sich auf den Bürostuhl, der Leonora an einen Gorilla erinnert, ein riesiges, ergonomisches Teil mit schwarzen gepolsterten Armlehnen und einer ledernen Kopfstütze.

»Wegen der Tweets?«

»Bleiben Sie allgemein, wie bei einer Scheidung. Unüberbrückbare Differenzen.«

»Ich soll sie feuern?«

»Sagen Sie auf keinen Fall *feuern.*« Er lehnt sich zurück und seufzt schwer, ein Atemstoß, der das Gewicht seiner Macht ausdrücken soll.

»Was soll ich stattdessen sagen? Entlassen?«

Leonoras Handy leuchtet auf, eine E-Mail von einem der Kinder. *Ich krieg aber das große Bett.*

»Wünschen Sie ihr einfach Alles Gute.«

Sie trifft sich mit Kelly im Konferenzraum, weil beide kein eigenes Büro haben. In der Mitte des Tischs stehen Flaschen mit edlem Mineralwasser, an das Leonora sich noch nie rangetraut hat.

Kelly weint nicht, schreit nicht und sagt kaum etwas.

Leonora ist überrascht, als ihr bewusst wird, dass ihr letztes persönliches Gespräch mit ihr Monate her ist. Im Büro ist Kelly ruhig, stammelt am Kopierer Entschuldigungen und vermeidet am Waschbecken Blickkontakt. Eine peinliche Stille entsteht, während Leonora überlegt, was es sonst noch zu sagen gibt.

»Online bist du ein ganz anderer Mensch«, sagt sie schließlich.

Kelly zuckt die Achseln. »Eigentlich nicht.«

»Willst du nicht, dass die Leute *diesen* Menschen kennenlernen?« Leonora deutet auf Kelly, dann wird sie sich ihrer Geste bewusst und lässt verlegen die Hand sinken.

Kelly öffnet den Mund, um etwas zu sagen, aber stattdessen fängt sie an zu husten. Leonora schaut weg – macht man das so? –, doch der Hustenanfall hört nicht auf. Kellys Gesicht bekommt rosa Flecken. Als sie nach dem Wasser greift, sieht sie Leonora an, als würde sie um Erlaubnis bitten. Der Blick ist Leonora peinlich.

»Oh Gott. Selbstverständlich.« Sie macht eine Handbewegung, die so etwas wie *Bedien dich* ausdrücken soll.

Die Flaschen sind aus dunkelblauem Glas und wie Billardkugeln als Dreieck angeordnet. Kelly nimmt die oben an der Spitze und trinkt große Schlucke. Endlich hört sie auf zu husten, und Leonora kann sich den Blick zum kaputten Dreieck nicht verkneifen.

»Ist dir mal aufgefallen«, sagt sie, »dass jedes Mal wenn eine Flasche verschwindet, am nächsten Morgen auf rätselhafte Weise eine neue da ist?«

Kellys Gesicht hat wieder die übliche Farbe. Sie sieht verwirrt aus.

»Was soll daran denn rätselhaft sein?« Zum ersten Mal

hat ihre Stimme einen schneidenden Unterton. Die Flasche in ihrer Hand sieht elegant aus. »Das ist halt die Aufgabe von jemandem.«

Am Tag bevor Leonoras Chef in Urlaub geht, bittet er sie andauernd, nachzusehen, wie das Wetter auf der Insel sein wird. Die Antwort ist immer dieselbe. Sechs Tage fröhliche gelbe Sonnen, am siebten eine Wolke, aber kein Regen. Draußen vor dem Fenster – Leonora ruft sich in Erinnerung, was für ein Privileg es ist, so nah beim Fenster des Chefs zu arbeiten – schneit es schon den ganzen Vormittag immer wieder.

Durch die Glastür sieht sie ihren Chef im selben Moment den Hörer des Telefons auf dem Schreibtisch abnehmen, in dem das Handy in ihrer Tasche zu vibrieren beginnt. Sie ist so verwirrt, dass sie ein paar Sekunden lang unfähig ist, sich zu bewegen. Als sie rangeht, erklärt eine schrille Stimme hektisch, dass Jon festgenommen wurde. Die Frau spricht Jons Namen voller Zuneigung und Verzweiflung aus. Ein lautes Geräusch ist zu hören, gefolgt von mehreren gedämpften Geräuschen. Jemand hantiert am Handy herum, dann fällt es hinunter. Einige Sekunden lang herrscht Stille, und Leonora hat das Gefühl, buchstäblich im Handy zu stecken. Sie selbst ist auf den Gehweg gefallen oder wurde in einer Handtasche verloren, wo sie zwischen einer Geldbörse, einem Taschenbuch und einem Bleistift herumgeschleudert wird, der die Hand sticht, die blind nach ihr tastet. Verloren zu sein ist überraschend friedlich. Leonora fragt sich ruhig, ob die Frau in Jon verliebt ist. Oder vielleicht ist Jon in die Frau verliebt. Dann ist die Stimme wieder da und entschuldigt sich. Das Handy sei ihr aus der Hand gerutscht. Sie trage Fäustlinge. Die Stimme klingt jetzt zu laut und zu klar. Leonora hält das Handy vom Ohr weg und antwortet verständnisvoll. Ja, es ist aber auch kalt draußen.

Sie sagt zu, aufs Revier zu kommen, wo Jon festgehalten wird. Ihr Chef ist inzwischen nicht mehr am Telefon. Er kaut an einem Stück Trockenfleisch und guckt konzentriert aufs Display in seiner Hand. Leonora schickt ihm eine Textnachricht und sieht zu, wie er sie ungeduldig wegwischt, ohne sie zu lesen.

Sie ruft ein Taxi, um nach Downtown zu fahren, denn das scheint ihr die richtige Reaktion auf einen Notfall zu sein. Sofort steckt das Auto im Verkehr fest. In leuchtend roten Zahlen wächst der Betrag auf dem Taxameter. Leonora lehnt die Stirn an die Scheibe – kalt, fettig von den Stirnen anderer Leute – und versucht sich vorzustellen, dass sie eine Touristin ist. Oder zumindest zu Besuch. Dass die Leute auf dem Gehweg nicht die gleichen Menschenmassen sind, die sie täglich vom Büro aus beobachtet, wenn die Körper, Fahrräder und Autos nichts anderes sind als sich unterschiedlich schnell bewegende Formen.

In ihr regt sich der Wunsch, mit Julian zu sprechen. Leonora weiß, dass sich das Bedürfnis irgendwann wieder legen wird, aber mit dem Gesicht ans Fenster gepresst, hin zu so vielen Fremden, kommt es ihr irgendwie aufregend oder zumindest ehrlich vor, dem aufsteigenden Wunsch nachzugeben.

Leonora hat schon seit drei, vier Monaten nicht mehr mit Julian gesprochen. Nach der Wahl hatte sie ihm höflich per E-Mail gratuliert. Die Höflichkeit, die in keinerlei Verhältnis zu den ehemals starken Gefühlen stand, war in gewisser Weise unverschämt. Er schrieb sofort zurück, er werde – demnächst – anrufen, was er nie tat.

Es klingelt lang genug, dass Leonora klar wird, wie sehr ihr Wunsch an Verzweiflung grenzt. Dann geht er ran, und seine Stimme klingt völlig überrascht, was man leicht mit Freude verwechseln könnte. Sie fragt *Wo bist du* statt *Wie geht's dir*, weil die Frage leichter zu bewältigen ist.

»Bei IKEA.«

»Ich stecke im Stau«, sagt sie.

Er sitzt in der Nachbildung eines Kinderzimmers. Der Teppich sieht aus, sagt er, als hätte man ihn zu oft gesaugt. Im Kissen ist der Gesichtsabdruck eines Fremden.

»Wie viele Leute wohl das Zimmer genau so kaufen, wie es hier steht?«, überlegt er. »Wie viele Leute kommen her und sagen: Ich nehme das einfach komplett.«

Leonora stellt sich vor, wie er die Minimöbel überragt. Er setzt sich in einen kleinen Sessel, der unter ihm verschwindet. Leonora beißt die Zähne zusammen, als müsste auch sie das ungewohnte Gewicht tragen.

»Das sagt doch keiner.«

Das Taxi arbeitet sich in eine große Kreuzung vor, und die vordere Hälfte versperrt den Fußgängerübergang. Ein Mann in einem schicken Mantel klopft lautlos fluchend auf die Motorhaube.

»Ich verrate dir das Geheimnis einer guten Kampagne«, sagt Julian in einem Tonfall, der wohl verschwörerisch klingen soll. Er hatte schon immer ein Talent dafür, etwas so zu sagen, als würde er es zum ersten Mal erzählen.

»Okay.«

Er schweigt länger, als sie erwartet hat, und im Hintergrund hört sie kleine Kinder – wie auf dem Spielplatz oder im Schwimmbad, nichtssagende Geräusche, die weder unangenehm noch unschuldig sind, aber immer ein bisschen unwirklich. Als er wieder spricht, hat Julians Stimme nichts mehr von dem aufgesetzten heiteren Ton. Er klingt traurig.

»Das Geheimnis ist nicht, die Leute so weit zu kriegen, dass sie dich wollen. Sondern ihnen zu sagen, dass sie dich wollen, und sie dann vergessen zu lassen, dass du ihnen das gesagt hast.«

Der Fußgängerstrom teilt sich am Taxi, als wäre das Auto ein großer Fels im Fluss, und auf der anderen Seite läuft er wieder zusammen. Die Ampel schaltet auf Grün, aber der Wagen steckt noch immer fest. Zwei Frauen laufen links und rechts am Taxi vorbei. Als sie wieder vereint sind, begrüßen sie sich übertrieben überschwänglich und lachen.

»Ich freu mich für dich«, sagt Leonora. Vielleicht war das der Grund für den Anruf, aber als sie den Satz ausgesprochen hat, empfindet sie keine Erleichterung. Sie hatte auf das Gefühl gehofft, dass etwas sichtbar wird – das Gefühl, wenn man das Sternbild findet, auf das jemand deutet, oder wenn man die optische Täuschung versteht, die einem jemand zu erklären versucht. Das Gefühl, wenn sich etwas nicht mehr ungesehen machen lässt, von dem man zuvor nur wusste, dass es da sein muss.

»Danke.«

Endlich setzt sich das Auto in Bewegung. Ihnen bleibt nicht mehr viel zu sagen. Als sie auflegen, stellt sich Leonora vor, wie er sich bemüht, von dem Kindersessel aufzustehen. Ihr Handy piept – eine Nachricht von Jon.

Sie haben mich gehen lassen.

Vielleicht schwankt Julian beim Aufstehen ein bisschen, das Gleichgewicht nicht ganz verloren, aber auch nicht ganz wiedergefunden, kurz ist ihm schwummerig. Oder vielleicht bleibt er, wo er ist, mit bis an die Brust angezogenen Beinen. Das Auto schiebt sich langsam aus der Kreuzung.

Alte Hoffnung

Etwa in der Mitte zwischen zwanzig und dreißig wohnte ich in einem großen, renovierungsbedürftigen Haus, das andere romantisch fanden. Darin stand eine Badewanne mit Krallenfüßen und quietschenden Armaturen, und vom Geländer hing Philodendron herab. Meine Schlafzimmertür war gut dreieinhalb Meter hoch. Über das Türblatt hatte ich eine Garderobenleiste gehängt, und immer wenn ich eine Jacke oder ein Handtuch brauchte, balancierte ich wackelig auf dem Schreibtischstuhl.

Wir wohnten zu sechst in dem Haus. Alle waren ungefähr im gleichen Alter – ich war Anfang März eingezogen, als es morgens noch kalt war und auf den Stufen vor dem Eingang Eis schimmerte –, und irgendwann im Sommer wurde es unerträglich beengend. Im Haus roch es nach Schweiß, Fahrradreifen und etwas, das hinten im Backofen immer wieder aufs Neue verkohlte. Im obersten Geschoss lebten zwei Jungs, im Keller noch einer. (Männer konnte man sie eigentlich nicht nennen.) Ich fühlte mich umzingelt. Oben ohne kochten sie riesige Bottiche voll Tomatensoße, und der Dampf bildete Perlen auf ihren Gesichtern und blieb in den Matten unter den Achseln hängen. Sie rauchten Bongs, die sie nie sauber machten, und gaben meine Bücher mit von Badewasser gewellten Seiten zurück.

Eines Nachmittags, während neben meiner Wange ein Tischventilator surrte, schrieb ich eine lange E-Mail an meinen Englischlehrer aus der Highschool, weil ich ihn als im weitesten Sinne attraktiv in Erinnerung hatte. Die Schule war groß und unpersönlich gewesen und voller grässlicher Geräusche: scheppernde Spinde und eine furchtbar schrille Glocke. Der Englischlehrer trug teure Kleidung und sagte gern mal inspirierende Sprüche. Ich fand, er passte eher an eine Privatschule. Mein Bild von Privatschulen war von alten Romanen geprägt. *Ein anderer Frieden* und so. Später, im Studium, erfuhr ich, dass zum Besuch dieser Schulen eine Menge Lacrosse und heimliche Blowjobs gehörten, und auch das romantisierte ich.

Nachdem ich mir ausgerechnet hatte, dass der Englischlehrer um die vierzig sein musste, klickte ich auf »Senden«. Die Mail war recht umfangreich. Ich fasste meine »College-Erfahrungen«, wie ich sie nannte, zusammen und widmete einen langen Abschnitt dem *Weg des Künstlers*, dem Selbsthilferatgeber, mit dessen Hilfe ich meinen Alltag strukturierte. Ich beschrieb die Katze vor dem Fenster und war so frei, sie als Streuner zu bezeichnen. Gegen Ende der E-Mail gab ich zu meiner Überraschung zu, dass ich die Angst vor dem Tod nicht verstand. Vielleicht war das so ein Jungsding. Das männliche Ego. Sollte der Tod sich als irgendetwas anderes herausstellen als reine Besinnungslosigkeit – sollte man vom Leben nach dem Tod auch nur einen kleinen Funken bewusst wahrnehmen –, dann wäre ich enttäuscht. Freuten sich nicht alle auf die Möglichkeit, endlich richtig zur Ruhe zu kommen?

An einem Abend vor einem chinesischen Restaurant mit meinem Freund Max überlegte ich, ob ich ihm von der Mail erzählen sollte. Die Tische waren alle besetzt, also saßen wir draußen auf dem Gehweg und aßen aus Plastikboxen. Einer der Tische war drinnen ganz ans Fenster geschoben, und manchmal hatte ich Blickkontakt mit der Frau, die nur ein paar Zentimeter von mir entfernt saß. Ihr Freund lehnte den Kopf an die Scheibe, und seine Locken wurden platt gedrückt wie auf dem Objektträger eines Mikroskops. Ich steckte eine ganze Teigtasche in den Mund und fragte mich, ob Max der Meinung wäre, die E-Mail sei typisch für mich. Seit einer Weile fragte ich mich das häufiger. Ich wusste, dass ich mir auch untypische Handlungen erlauben sollte, aber wenn ich tatsächlich mal etwas tat – denn für gewöhnlich dachte ich mehr über das Tun nach, als tatsächlich etwas zu tun –, dann wollte ich wissen, ob die Tat typisch für mich war.

»Oder für den Menschen, als den man mich kennt«, sprach ich laut aus.

»Was?«

»Egal.«

Max biss ein kleines Stück von einer Teigtasche ab und träufelte Sojasoße in die Öffnung.

»Hannah meint, sie sei jetzt so weit, dass sie eine Schwangerschaft als Zeichen verstehen würde.«

Hannah und Max trafen sich seit ungefähr einem Jahr. Sie war eine leidenschaftliche Leserin mit kaum eigener Meinung über das, was sie las.

»Als Zeichen wofür?«, fragte ich. »Dass es Schicksal ist?«

»Oder einfach an der Zeit.«

Ich stellte mir Hannah in Umstandskleidung vor. So zierlich, wie sie war, würde sie in den weiten Tuniken noch kleiner aussehen.

»Sie strebt nicht aktiv danach, Mutter zu sein, aber in der Zukunft sieht sie sich schon in dieser Rolle«, sagte Max. »Warum also nicht gleich?«

»Man kann danach streben, Mutter zu sein?«

Die Teigtasche rutschte ihm zwischen den Stäbchen weg. Ehrgeiz beunruhigte Max. Seit Jahren sagte er, er wolle sich eine neue Stelle suchen.

»Ich denke nur gern über die Zukunft nach, weil sie noch nicht eingetreten ist«, sagte er.

Nickend kaute ich fertig. »Das Eintreten verdirbt den Spaß.«

Ich weiß gar nicht genau, ob ich mit einer Antwort vom Englischlehrer rechnete. Solange ich zurückdenken kann, hat man mir gesagt: *Mach dir keine Hoffnungen.* Das war der Standardspruch meiner Mutter, selbst wenn es nur um Kleinigkeiten ging. Um den winzigsten Hauch von Wunschdenken. Zum Beispiel wenn ich mich fragte, ob im Diner an der Straße die Getränke gratis nachgeschenkt wurden oder ob mein Vater mir zu Weihnachten ein Geschenk schicken würde. Sie sagte das auch, als ich mich an allen Unis bewarb, von denen ich in Büchern gelesen hatte – die mit gedeckten Farben, lateinischen Mottos und Höfen, die man Geviert nennt.

Sie hätte sich über größere Gefahren Sorgen machen können. Studienschulden und abgebrühte Jungs. Den steigenden Meeresspiegel. Aber am meisten hatte sie Angst, dass ich enttäuscht werden könnte. Lange empfand ich ihre

Angst als eine Art Zweifel, vielleicht sogar als Beleidigung. Als Beweis, dass sie glaubte, ich sei den kleinen Katastrophen des Lebens nicht gewachsen. Wahrscheinlich wäre es mir lieber gewesen, sie hätte mich als tragisches Opfer gesehen, als jemanden, die anfällig für Flugzeugabstürze und sexuelle Belästigung war. Aber sie hatte keine Angst, dass ich sterben oder zugrunde gerichtet werden könnte. Sie befürchtete, ich würde an alltäglichen Misserfolgen zerbrechen oder nach und nach mit einem stillen, unauffälligen Zischen zu einem Häufchen ungenutzten Potenzials zusammenschrumpfen.

Und darum rechnete ich, während ich auf eine Reaktion auf meine E-Mail wartete, im schlimmsten Fall mit einer Standardantwort. *Ich hoffe, Ihnen geht es gut.* Dann lieber gar nichts.

Als der Englischlehrer zurückschrieb, war ich mit den Gedanken woanders. Die Uni, an der ich studiert hatte, war in den Nachrichten. In einer Studentenverbindung war ein Neunzehnjähriger gestorben. Die Berichte über das Unglück verband diejenigen von uns, die nicht direkt betroffen waren. Ich schickte Mails an Freundinnen, zu denen ich den Kontakt verloren hatte und deren Leben ich mir nur schwer vorstellen konnte. Sie verdienten gut und hatten zuverlässige Partner, mit denen sie sich angemessen große Haustiere anschafften. Sie teilten Facebook-Petitionen zu unverfänglichen Themen: Benefizläufe gegen Krebs und Hurrikan-Hilfsprojekte. Ich verachtete sie und war mir auch bewusst, warum: Mir gefiel nicht, was mir diese Freundinnen vor Augen führten. Egal, was ich tat – eine Vorliebe für angeschlagene Spiegel und monochrome Farbschemas entwickeln, Selbsthilfebücher lesen, die sich über andere Selbsthilfebücher lustig machten –, mein Leben war voll von hässlicher Unschlüssigkeit, die sich ansammelte wie altes Regenwasser in Pfützen.

Zu oft stellten wir in den Mails die immer gleichen Fragen: Was haben wir damals mitbekommen? Was hätten wir mitbekommen müssen?

Die Antwort des Englischlehrers fiel ganz anders aus als befürchtet. Er verzichtete auf eine Einleitung. Mittlerweile unterrichtete er an einer anderen Schule in einer anderen Stadt. An einer Quäkerschule, was man nur an Details bemerkte. Es gab weder eine Kleiderordnung noch eine Schülervertretung. In großen Lettern standen hochtrabende Worte an den Wänden, sogenannte Zeugnisse. *Gleichwürdigkeit. Einfachheit. Ökologische Gerechtigkeit.* Einmal pro Woche hielt die Schule eine Versammlung ab. Eine Art Andacht, nur dass alle schweigend dasaßen. Die Stühle wurden in konzentrischen Kreisen aufgestellt, die Mitte blieb leer. Kein Pastor, keine Predigt, keine Sitzordnung. Die meisten Schüler waren jüdisch. Allen stand es frei, etwas zu sagen, aber manche Andachten verliefen völlig wortlos. *Wenn sich jemand berufen und geführt fühlt, Zeugnis abzulegen*, so die echten Quäker. Gemeint war wahrscheinlich, dass die Berufung und Führung von Gott ausgingen. Von den Schülern wurde das allerdings großzügig ausgelegt. Die Ergebnisse waren schön, oft sogar atemberaubend.

Sie sprachen über alles Mögliche. Einer erzählte von seinem Großvater, der in einem anderen Land im Sterben lag, ein anderer wollte über sein Baseball-Team reden, das zum ersten Mal in den Play-offs war. Ein Dritter erklärte, dass er eine Liste mit Kategorien zusammenstellte, in die man Menschen einteilen konnte. Crest oder Colgate, Apple oder Android. Leute, die übers Pupsen Witze machen, und Leute, die das nicht tun. Menschen, die jedes Telefonat mit *Ich liebe dich* beenden, und Menschen, die den Satz kaum über die Lippen bringen.

Wenn nur Erwachsene im Raum wären, schrieb der Englischlehrer, dann wäre die ganze Verletzlichkeit inszeniert – die Kunst der wohldosierten Offenheit.

Und dann war die E-Mail ebenso unvermittelt zu Ende, wie sie angefangen hatte. Eine Grußformel gab es nicht, während ich mir über so etwas immer den Kopf zerbrach. *Mit freundlichen Grüßen* oder *Freundliche Grüße* oder *Viele Grüße.* Er hatte nur die Initiale seines Vornamens geschrieben. Ein Name, mit dem ich ihn nie angesprochen hatte.

Ich beschloss, mir wegen der E-Mail des Englischlehrers Rat einzuholen, aber je länger sie in meinem Posteingang blieb, der voll von anderen, direkteren Nachrichten war, umso mehr hatte ihre Seltsamkeit etwas Intimes. Ich fürchtete mich davor, was das Sprechen über die Intimität mit ihr anrichten könnte.

Max schrieb, er wolle vorbeikommen: Er brauchte Hilfe.

Sofort entspannte ich mich. Um mich seinen Problemen widmen zu können, musste ich die E-Mail als klein und belanglos abtun. Die Aufgabe gab mir Energie – wie die plötzliche Entschlossenheit, das Geschirr in der Spüle anzugehen, dessen schmutziger Zustand zum Vorwurf geworden war.

Max saß auf meinem Bett und band sich langsam die Schnürsenkel auf. Er stellte die Schuhe ordentlich unters Bett. Die Pedanterie hatte etwas Unheilvolles, daher fragte ich ihn, ob Hannah schwanger sei.

»Natürlich nicht. Sie nimmt die Pille.«

Ich nickte. »Sehr gewissenhaft von ihr.«

»Sie stellt sich nicht einmal eine Erinnerung auf dem Handy ein«, sagte er voller Bewunderung. »Sie denkt einfach so dran.«

Max sah sehr gut aus. Da manche daran zweifelten, dass ich für Max tatsächlich nur unkomplizierte platonische Gefühle hatte, fügte ich oft hinzu: *objektiv* betrachtet. Aber wenn er mit Ehrfurcht über etwas sprach, wirkte er hässlich.

»Na, sie hat immerhin von einer möglichen Schwangerschaft gesprochen.«

»Die Unterhaltung stand für was Größeres.« Er klang ungeduldig. »Das war nur rein theoretisch.«

Eine Weile saßen wir schweigend da. Eigentlich bildete ich mir einiges darauf ein, den tieferen Sinn hinter etwas zu erkennen. Ich betrachtete Max' Turnschuhe, die Schnürsenkel verschwanden unter dem Bett.

»Also, was ist das eigentliche Problem?«, fragte ich, sobald ich mich gefangen hatte.

Das Problem war, dass Max nicht aufhören konnte, sich vorzustellen, dass Hannah Sex mit Fremden hatte. Oder mit Nicht-Fremden. Männern oder Frauen. Im Grunde egal mit wem, außer mit ihm. Inzwischen ging es so weit, dass er diese Fantasien brauchte, um beim Sex erregt zu bleiben.

»Machst du dabei die Augen zu?«

Max schüttelte den Kopf.

»Ich stelle mir ja nicht vor, dass *sie* jemand anders ist.« Er ließ die Beine baumeln wie ein Kind. »Ich stelle mir nur vor, dass *ich* jemand anders bin.«

»Klingt aufregend«, gab ich zu.

Er sah mich dankbar an. Als er sich auf dem Bett zurücklehnte, rutschte sein Shirt hoch, und die leichte Wölbung des Bauchs war zu sehen. Vielleicht hätte ich ihn berührt, wenn es nicht so schwierig wäre, den Unterschied zwischen Zärtlichkeit und Lust zu vermitteln.

»Hattest du mal imaginäre Freunde?«

»Viele«, sagte er. »Einen alten Mann namens Leo. Ein Waisenkind mit einem Namen nur aus Vokalen.«

»Ein Waisenkind hatte ich auch!«

»Und manchmal den Geist von Leos Frau.«

Ich hatte Fotos von Max als kleinem Jungen. Topfschnitt und Pausbacken. Die gleichen Augen. Den kleinen Jungen schloss man schnell ins Herz. Max schaute zur Decke, wo um die Lampe herum die Überbleibsel eines im Dunkeln leuchtenden Sonnensystems klebten.

»Ich sehne mich nach meiner Kindheit«, sagte ich. »Aber alle finden, dass ich alt wirke.«

»Weil Kinder sich nicht nach etwas sehnen«, antwortete Max. »Die wollen einfach nur.« Langsam löste sich der Kleber von den Sternen. Ein Kometenschweif machte schlapp, die Kanten der Saturnringe schälten sich ab.

»Die wollen *Sachen.* Eis am Stiel. Joghurt im Quetschbeutel.«

»Sind die Fantasien mit Hannah …«

»*Für* Hannah.«

Ich kniff die Augen zusammen, was, wie ich hoffte, skeptisch aussah. »Ist das Sehnsucht?«

Max zuckte die Achseln. Vorsichtig stand er auf, und unter seinem Gewicht senkte und bewegte sich die Matratze. Wackelig streckte er sich nach den Klebesternen aus, aber die Decke war zu weit weg. Als er den Arm hob, rutschte das T-Shirt noch weiter hoch. Der Kometenschweif baumelte außer Reichweite. Wie alle sah auch Max von unten betrachtet komisch aus.

»Sehnen hat so was Religiöses«, sagte Max und federte leicht auf den Ballen.

»Gar nicht wahr.«

Wenn ich so darüber nachdachte, wie verschieden Gesichter je nach Perspektive und Distanz aussahen – eine Nase im Profil, eine Nase aus der Nähe, eine vom Blitzlicht erhellte Nase –, dann grenzte es an ein Wunder, dass wir uns überhaupt erkennen konnten.

»Also gut«, sagte er. »Dann eben etwas *Spirituelles.*«

»Sag das nicht so.«

Das Bett knarrte, als Max sich wieder hinsetzte.

»Wenn ich sage, dass ich nach einer Möglichkeit suche, Hannah wieder zum Objekt meines Begehrens zu machen …« Er ließ die Beine nicht mehr baumeln.

»Soll das heißen, du siehst sie als Objekt?«

»Ich will ein guter Mensch sein.«

Wir saßen eine Weile schweigend da und sahen uns nicht an, was bedeuten konnte, dass Max kein guter Mensch war oder dass das ohnehin niemand war oder dass wir klug klingen wollten, aber Gutsein zu den Dingen gehörte, die laut ausgesprochen immer bescheuert klangen.

Manchmal lag morgens ein Stern, der Ring eines Planeten oder ein anderer Himmelskörper neben mir auf dem Kopfkissen. Ich musste mich bremsen, aus allem eine Metapher zu machen.

An einem Montag schrieb ich dem Englischlehrer noch eine E-Mail. Ich erzählte ihm, dass ich wegen der Studentenverbindung darüber nachdachte, was sonst noch alles im Verband auftrat. Raubkatzen, Demonstranten, ein Sixpack mit Limodosen. Interessant fand ich das Bild, das sie boten. Einzeln waren sie ein trauriger Anblick, manchmal sogar beunruhigend. Ein einsamer Wolf. Ein Tisch für eine Person. Eine einzelne Bierdose in einer Papiertüte.

Die Highschool ist der ideale Zeitpunkt für Rudelbildung, schrieb ich. Alle sind schwach, alle hoffen, im Verband stärker zu sein. Sobald sich eine kritische Anzahl zusammengefunden hat, geht die Rangelei um die Rangordnung los. Man kämpft sich nach oben.

Was gilt, fragte ich, als Alleinsein? Morgens konnte ich durch die Wand das Surren einer elektrischen Zahnbürste hören. In der U-Bahn schätzte ich den Platz zwischen zwei Fahrgästen falsch ein, zwängte mich dazwischen und spürte die Form und Wärme fremder Oberschenkel. Und wer war der Mann, den ich jede Woche, manchmal jeden Tag immer auf demselben Bahnsteig auf den gleichen Zug warten sah? Mir fiel sein neuer roter Mantel auf, aber seinen Namen kannte ich nicht.

Alle paar Wochen sah ich Hannah im Park joggen. Ich ging hin, um zu lesen oder meine Mutter anzurufen, aber wenn ich Hannah sah, kam ich mir ziellos vor und hatte ein schlechtes Gewissen. Dann zwang ich mich zu ein paar Liegestützen oder Sit-ups, bei denen man mit den Füßen in der Luft strampelt, als würde man Rad fahren.

An einem Wochenende setzte ich mich neben der Laufstrecke unter einen Baum. Zweimal sah ich Hannah. Bei der ersten Runde sagte sie nichts, sie winkte nur und lief weiter. Bei der zweiten wurde sie langsamer und joggte kurz auf der Stelle. Von der Anstrengung war ihr Gesicht fleckig, aber sie schwitzte nicht besonders stark. Dadurch wirkte sie schön – voller Selbstdisziplin. Sie hatte auf dem Weg zu mir den Kopfhörer abgenommen, und ein Popsong war daraus zu hören.

»Hi«, sagte sie.

»Hi.«

Sie schaltete die Musik nicht aus, und ich hörte, dass das Lied auf den letzten euphorischen Refrain zusteuerte. Ich kannte den Text, ohne zu wissen, woher. Sie sprach über das entfernte blecherne Geräusch hinweg. Wir unterhielten uns über Belanglosigkeiten. Die wievielte Runde das war, was ich las, ob das Wetter wohl so kühl bleiben würde. Sie hatte den Kopfhörer schon wieder aufgesetzt, als sie fragte: »Schläfst du mit Max?«

Ihre Gesichtsfarbe war fast wieder normal.

»Natürlich nicht.«

Ein paar Sekunden lang blieb sie stehen, nickte mit dem Kopf zur Musik oder bloß zu ihren Gedanken, dann rannte sie weiter. Unter dem Baum sitzend wartete ich auf ihre dritte Runde, aber sie kam nicht wieder. Ich sah einen Hundeausführer, ein Radteam und eine Gruppe Kleinkinder, die sich alle am selben Seil festhielten. Von dem Lied hatte ich einen Ohrwurm.

Als ich den Englischlehrer zum letzten Mal sah, saßen wir in seinem Büro zwischen Chemiesaal und Mädchenklo. Wie das anders als im Film im Leben eben so ist: Ich wusste nicht, dass es das letzte Mal sein würde.

In dem Jahr hatte sich meine Handschrift plötzlich verändert. Bis dahin hatte ich eine sorgfältige Schreibschrift gehabt: ein *m* mit drei Schwüngen, ein *g*, das gar nicht wie ein *g* aussah. Das war unpraktisch, aber elegant, doch auf einmal kam es mir lächerlich vor. In meiner behüteten Welt galt so etwas bereits als Offenbarung. Danach schmierte ich mehr, als dass ich schrieb. Bisher galt ich als höchst gewissenhafte Schülerin, und die meisten Lehrer drückten angesichts meiner neuerdings unleserlichen Handschrift ein Auge zu. Einer blätterte mal durch meine Hausaufgabe und sagte: »Ich darf doch davon ausgehen, dass hier auch etwas Richtiges drinsteht, ja?«

Der Englischlehrer sah das natürlich anders. An dem Tag rief er mich in sein Büro und sagte, er könne in meiner Abschlussprüfung kein einziges Wort entziffern. Er hielt mir den Stapel Klausurbogen hin. In seinem Seminar ging es um Tragödien. Ständig hatten wir Sätze gesagt wie: »Aber ist das wirklich *tragisch* oder einfach nur *traurig*?«

Er wedelte mit den Bogen. »Hier. Lies mir das vor.«

Anfangs las ich den Aufsatz stockend, weil ich das Gefühl hatte, die Wörter würden mich verhöhnen: Sie waren nie dazu gedacht gewesen, laut ausgesprochen zu werden. Nach ein paar Absätzen brach ich ab. Ich hätte das anders formuliert, sagte ich, wenn ich gewusst hätte, dass ich eine Lesung geben muss. Der Englischlehrer antwortete nicht, und so fuhr ich schließlich fort. Er betrachtete mich aufmerksam. Kein gespieltes Lächeln, kein aufmunterndes Kopfnicken. Schon da stellte ich mir vor, wie ich die Situation später beschreiben würde, vielleicht in einem Text oder einer Freundin, die es gar nicht gab. *Er durchbohrte mich mit seinem Blick*. Ich stellte mir hartes, surrendes Metall vor.

Ich begann mit mehr Selbstbewusstsein vorzulesen, tauschte hier und da Wörter aus, wenn mir auffiel, dass ein Satz auf einen ungeschickt formulierten Schluss hinauslief. Durch diese Anpassungen kam ich mir raffiniert und erwachsen vor. Danach war ich außer Atem, und mein Gesicht kribbelte vom Adrenalin. Ich wartete ein paar Sekunden, bevor ich den Blick hob, und gönnte mir den Nervenkitzel, beobachtet zu werden. Die Wörter auf der Seite waren verblasstes Bleistiftgekritzel; vielleicht waren das die Wörter, die ich laut vorgelesen hatte, vielleicht aber auch nicht.

Als ich schließlich hochsah, bog er auf seinem Schoß eine Büroklammer auf. Sein Gesicht konnte ich nicht sehen.

»Au.«

Er ließ die Büroklammer fallen. Reflexartig steckte er sich den Finger in den Mund. Er fing meinen Blick auf, schien aber nicht bei der Sache zu sein.

»Also? Welche Note soll ich dir geben?«

Die undurchdringliche Miene hatte nichts Angenehmes mehr. Der Mund zuckte oder die Augen, oder vielleicht bildete ich mir auch nur ein, dass er sich immer weiter entfernte.

»Weiß nicht«, sagte ich mit Blick auf den Boden, wo die verbogene Büroklammer auf dem Teppich lag, Grau auf Grau.

»Was hast du verdient?«

Er wirbelte einen Bleistift zwischen Daumen und Zeigefinger. Die Jungs in der Klasse hatten sich diese Angewohnheit alle abgeguckt. Jungs, die auf dem Stuhl lümmelnd diskutierten, Jungs, die unter den Tischen die Turnschuhe auszogen.

»Nicht viel.«

»Nicht viel«, wiederholte er und ließ sich den Kommentar auf der Zunge zergehen, als wäre er höchst interessant oder unglaublich dumm. »Zwei plus? Zwei minus?«

Ich schwieg.

»Drei plus?«

Ich war eine Einserschülerin.

»Okay«, sagte ich. Ich hielt ihm die Prüfungsbogen hin, die fast nichts wogen. »Brauchen Sie die wieder?«

Er zuckte die Achseln. Auf dem Weg nach draußen warf ich sie in den Abfalleimer.

Beim Abschluss ein paar Wochen später hatte ich eine ultramarinblaue Robe an. Die Lehrkräfte trugen Blusen oder Krawatten und untypisch schicke Schuhe. Den Englischlehrer fand ich nicht in der Menge, aber ich weiß noch, dass ich auf ihn wartete, als schon fast alle weg waren, mir aber einredete, dass ich es nicht tat. Ich sah zu, wie das Footballfeld unter so vielen Füßen langsam wieder auftauchte. Herausgetretene Erdklumpen und Stiletto-Stichwunden.

Hinter meinem Haus war ein Garten, aber die meisten Pflanzen wuchsen von allein: Blauregen und Geißblatt, Klee und Vergissmeinnicht. Ein paar Wochen im Jahr eine Krokusdecke. »Eigentlich ist das Unkraut«, erklärte ich Max.

Ich wollte ganz bewusst etwas anpflanzen, etwas Neues, darum kauften wir Papiertütchen mit Samen. Der Mann, der sie uns verkaufte, meinte, sie würden nicht mehr wachsen. Die Witterung schlage bereits um. Max knabberte und saugte unten an einem Geißblatt.

»Das Problem beim Gärtnern ist«, sagte ich, »je mehr du darüber weißt, umso mehr stört dich zwangsläufig.«

Wir drückten die Samen in den Boden und bedeckten sie mit Erde. Sie waren klein und gingen leicht verloren. Manche wurden vom Wind weggeweht. Weil ich etwas am Strauch reifen sehen wollte, pflanzte ich Tomaten.

Wir setzten uns auf den Boden, und Max riss geistesabwesend Weinberglauch aus.

»Wusstest du das über Paprika?«, fragte er.

»Was denn?«

Er zog sein T-Shirt aus und wischte sich die Hände am Bauch ab. Er war nass und glänzte, und die Halme von den Handflächen blieben an der Haut hängen.

»Grüner, gelber und roter Paprika.«

Auch ich zog mein T-Shirt aus, dann den BH.

»Ja, ich weiß«, sagte ich. »Das ist alles das Gleiche.«

Max sah mich genau an. Um die Brustwarzen herum hatte ich ein paar Haare, lang und dunkel wie Wimpern an der falschen Stelle. Wir saßen im Schneidersitz, er griff nach meiner Brust und hielt sie in der Hand. Ich stellte mir vor, dass er sie mit den Lippen umschloss, und das Bild war so lebendig, dass ich beinahe meinen eigenen Schweiß schmecken konnte. Dann ließ Max los. Er wischte sich noch einmal die Hände ab, und unwillkürlich dachte ich, dass er sich im Grunde mich abwischte.

Ganz am Ende des Sommers schickte mir der Englischlehrer noch eine E-Mail. Sie kam mitten am Tag, aber ich lag noch im Bett. Mir gefiel die Vorstellung, den ganzen Tag zu schweigen und mich irgendwann am Abend mit einem Räuspern darauf vorzubereiten, zum ersten Mal mit jemandem zu sprechen. Ich hatte eine Decke in ein menschengroßes Rechteck gefaltet – gerade genug Gewicht, um das Gefühl zu haben, heruntergedrückt zu werden. Ab und zu nickte ich ein und hatte langweilige Träume. Übers Zähneputzen oder dass ich versuchte, die Käsereibe abzuspülen, und dabei den Schwamm zerfetzte. Unzufrieden und ein wenig verlegen wachte ich auf. Ich wollte jemanden schimpfen: Dafür sind Träume nicht da!

Während ich dalag, zog einer der Jungs aus dem Dachboden aus. Am Klang der Schritte konnte ich erraten, was er trug. Beim Hochlaufen nahm er drei oder vier Stufen auf einmal (Müllbeutel, Mopp) und auf dem Weg nach unten ging er langsam Stufe für Stufe (Bettgestell, Bilderrahmen). Der neue Mitbewohner kam bald. Ich hatte ihn noch nicht kennengelernt, aber lange genug durch seine Social-Media-Kanäle gescrollt, um zu dem Schluss zu kommen, dass ich weder etwas einzuwenden hatte noch neugierig war.

Ich sah die E-Mail lange an, ohne sie zu öffnen. Die Decke reichte mir nicht bis über die Füße, und ich wurde mir meiner Zehen sehr bewusst. Während ich unter der Decke lag und in jeder Körperfalte schwitzte, sagte ich mir, dass der Englischlehrer die ganze Zeit grausam gewesen war. Im Gang klapperten Plastikkleiderbügel. Ein Kissen, das zwei Stockwerke hinuntergeworfen wurde, machte ein Geräusch, wie wenn einem nach einem Schlag in die Magengrube die Luft wegbleibt.

Grausam! Im Geiste sprach ich mir das Wort vor und bemühte mich, ungehalten zu sein. Wie sieht aufkeimende Empörung aus? Es klingelte an der Tür. Der alte Mitbewohner begrüßte den neuen. Ein paar Minuten später klopften sie bei mir.

»Wir sind's.«

Ich schob die Decke weg, und meine Kleider darunter waren feucht. Ich stellte mir vor, wie Max nach dem Sex von Hannah rollte. Beide auf dem Rücken, den Blick ins Leere gerichtet. Jeden Moment würde sie die Decke hochziehen und einer der beiden würde sich zum anderen drehen, sie würden das Übliche flüstern und sich mit Händen berühren, die wieder einfach nur Hände waren.

»Herein«, sagte ich und vergaß, mich zu räuspern.

Die Tür ging auf, und ich löschte die E-Mail des Englischlehrers. Ich empfand ein Gefühl des Verlusts und dann Erleichterung, oder erst Erleichterung und dann Verlust. Ich setzte mich auf. Von der Decke fiel kein Stern.

Sicherheitsfragen

An unproduktiven Tagen stellt Georgia sich gern vor, sie wäre schwanger. Auf diese Weise würde sie etwas schaffen. Dana, der Mann, mit dem Georgia schläft, hat eine Frau ohne Gebärmutter. Vor Jahren, als sie noch eine hatte, brachte sie einen Sohn zur Welt. Er ist in Georgias Alter – sechsundzwanzig –, und Dana spricht immer voller Stolz über ihn.

Als Georgia von dem Sohn erfuhr, googelte sie ihn sofort. Tim. Schon seit Monaten war ihr Handydisplay kaputt, und so betrachtete sie die Bilder durch ein Spinnennetz aus Rissen: ein Schwarz-Weiß-Porträt, ein Gruppenfoto, eine Aufnahme während eines Fußballspiels vor Jahren. Dana ist der Meinung, sie sähen sich ähnlich, aber eigentlich stimmt das nicht. Man kann höchstens sagen, dass beide ziemlich braune Haare und eine ziemlich große Nase haben.

Jahrelang schwor Georgia, sie würde nie einem Brotberuf nachgehen; sie wollte nur Schauspielerin werden. Sie spielte in Filmen von Freunden mit und in ein paar Stücken in Theatern, die kaum größer waren als ein Wohnzimmer. Doch inzwischen arbeitet sie in einem Unternehmen, in dem niemand über vierzig ist. Die Firma verkauft ausgefallene Kochboxen – einzeln verpackte Zutaten, laminierte Rezepte –, die direkt bis an die Wohnungstür geliefert werden. Im Büro steht eine Tischtennisplatte, und es werden Unterschriften gesammelt, damit sie gegen einen Kicker ausgetauscht wird. Man darf Shorts und sogar Sandalen tragen, wenn man genug verdient: Georgias Chef hat knubbelige Zehen, und auf dem Fußrücken sprießen ihm Haare wie Fühler.

Tim ist Filmemacher. Er hat eine Dokumentation über Cowboys und eine andere über Mennoniten gedreht – kleine Projekte, die aber gut ankamen. In einem Interview sagt er, dass ihn aussterbende Lebenskonzepte interessieren. Tim gilt als jemand mit Potenzial: Er wird mal groß rauskommen. Vielleicht, denkt Georgia, ist das Voraussagen von Erfolg das männliche Äquivalent zu einer Schwangerschaft, etwas, das Männer tun, wenn sie beobachten, abwarten und sehen wollen, was sich da entwickelt. Einmal streamt sie auf dem Laptop spätnachts Tims erste Doku. Sie ist sich unschlüssig, ob sie hofft, dass der Film gut oder schlecht ist, aber am Ende ist sie beeindruckt. Als sie schließlich einschläft, träumt sie von bärtigen Männern und schnaubenden wilden Pferden.

Vor der Entfernung der Gebärmutter hatte sich Debbie nie eine Tochter gewünscht. In der Hoffnung auf ein Mädchen hatte eine Kollegin vier Söhne angesammelt, was Debbie erbärmlich fand.

Als Tim noch klein war, sagte sie einmal sehnsüchtig, aber nicht ganz im Ernst: »Je eins wäre schön gewesen.«

Das machte Tim traurig. Er wollte immer allen gefallen.

»Ich kann auch ein Mädchen sein«, sagte er und hüpfte auf einem Fuß vor und zurück.

»Nein, kannst du nicht«, sagte Dana streng, und Tim hörte auf zu hüpfen. Wie ein ungelenker Vogel blieb er regungslos auf einem Bein stehen und versuchte mit verkrampftem Gesicht, die Tränen zurückzuhalten.

Debbie wurde operiert, als Tim dreiundzwanzig war. Eine Zeit lang hatte er aus Bequemlichkeit, nicht aus Notwendigkeit, im Dachboden gewohnt, aber vor Kurzem hatte er in der Nähe eine Wohnung in einer Gegend gefunden, in der junge Eltern lebten. Der Eingangsbereich im Haus war vollgestellt mit Kinderwagen und kleinen, leuchtend pinken, blauen und gelben Plastiktretrollern mit passenden Helmen. Tims Wohnung hatte hohe Decken und keine Wände, und er hatte keine Ahnung, wie er sie einrichten sollte. Platz zum Entfalten, sagte er dauernd.

Im gleichen Jahr war auch Debbies Nachbarin unter dem Messer gewesen, und sie kam rüber, um Debbie zu erzählen, womit sie zu rechnen hatte.

»Wenn die Gebärmutter draußen ist, kriegst du furchtbare Verstopfungen, bist aber auch furchtbar froh.«

In den Broschüren der Ärzte stand, Debbie würde womöglich ein Gefühl des Verlusts empfinden. Die Ärzte selbst sagten nicht viel.

Die Nachbarin hatte keinen Krebs gehabt. Sondern Myome und ständig lähmende Schmerzen. Ihre Gebärmutter hatte sich bis hoch in den Brustkorb ausgebreitet. Ohne sie war ihr Körper ein Raum, sagte Debbies Nachbarin.

»Als würde man die Garage ausräumen.«

Später erzählte Debbie Dana davon, der verständnisvoll nickte, als würde das vernünftig klingen. Sie hatte sich eine andere Reaktion erhofft.

»Die Garage?«, sagte sie. »In meiner Gebärmutter war menschliches Leben. Kein Honda.«

»Ein Ford.«

»Was?«

»Ihr Mann fährt einen Ford«, sagte Dana.

Seit Tims Geburt war Debbie nicht mehr über Nacht im Krankenhaus gewesen. Nach der OP war sie müde und verschwitzt oder vielleicht auch müde und ausgetrocknet. Eine Schwangerschaft war logisch: Man verliert einen Fötus und bekommt dafür ein Baby. Aber was sie diesmal aus ihr herausgeholt hatten, war ein Teil von ihr selbst.

Tim schickte ihr eine SMS: *Ich hoffe, du wirst bald wieder gesund.* Ein paar Minuten später: *Oder sobald du so weit bist!*

Obwohl gerade nichts Saison hatte, wurde ein Obstkorb ins Krankenhaus geliefert. Unreife Erdbeeren und in Blumenform geschnitzte Melone.

»Stell dir vor, wir hätten eine Tochter«, sagte Debbie zu Dana. »Mit einem pubertierenden Mädchen wäre ich bestens klargekommen.«

Er hatte den Mund voll Honigmelone. Von den Schmerzmitteln juckten ihre Armbeugen und Kniekehlen unerträglich.

»Am Anfang fühlen sich Brüste an wie Tumore«, sagte sie. »Manchen Mädchen macht das Angst.«

»Du meinst« – Dana kaute fertig – »*dir* hat das Angst gemacht.« Der Blumenstiel war ein spitzer Holzspieß.

»Am Anfang sind sie noch nicht weich. Sondern harte Knoten.«

Geistesabwesend pikste er sie mit dem Spieß in den Oberschenkel.

»Ich will damit sagen«, fuhr Debbie fort, »dass ich meine Tochter angemessen aufgeklärt hätte.« Sie riss ihm den Spieß aus der Hand.

»Du bist high«, sagte Dana.

»Ich hätte nicht zugelassen, dass sie Wachstum mit Tod verwechselt.«

Georgia hat drei Schwestern. Alle vier haben lockige Haare, schmale Hüften und das gleiche Grübchen zwischen Nase und Mund, das etwas breiter ist als gewöhnlich. Alle leben in unterschiedlichen Bundesstaaten, aber Georgia ist die Einzige in einer anderen Zeitzone. Immer wenn sie ihre Schwestern anrufen will, schlafen sie schon.

Sie wohnt allein in einem Glasgebäude. Die Wohnung hatte ihr Ex-Freund ausgesucht, da er die Miete gezahlt hatte. Sie trennten sich, weil er mehr von der Welt sehen musste – *wollte*, korrigierte sie ihn –, und so war sie diejenige, die dort wohnen blieb. Um sich die Wohnung leisten zu können, hatte sie eine Zeit lang eine Mitbewohnerin. Jetzt hat sie ein leeres Zimmer und nicht genug Geld. Wenn Dana dabei ist, nennt sie es Büro oder Gästezimmer, je nachdem, was gerade besser klingt.

Am meisten mag Georgia an dem Haus den Ausblick auf das Gebäude auf der anderen Straßenseite, das genauso aussieht. In der Wohnung dort, die das Ebenbild von ihrer ist, lebt ein Mann, der Bluetooth-Kopfhörer und teuer aussehende Hausschuhe trägt. Tagsüber arbeitet er in der Küche, während mehrere TaskRabbit-Minijobber zwischen ihm und den Geräten herumwuseln. Georgia hat noch nie gesehen, dass der Mann Sex hatte – das wollen immer alle zuerst wissen –, aber er scheint gesellig zu sein. Er lädt Gäste zum Abendessen ein und wird oft von Anrufen gestört.

»Immer muss ich anrufen«, beschwert sie sich bei einer Freundin. »Mich ruft nie jemand an.«

»Aber wir sind jung«, tröstet sie ihre Freundin. »Übereifer wird erst im Alter armselig.«

Mit ihrem Ex-Freund war Georgia sechs Jahre lang zusammen. Sie hatten sich in der ersten Woche an der Uni kennengelernt, und bis Halloween schliefen sie schon miteinander. Georgia hatte noch nie Sex gehabt, und sie war überrascht, wie anstrengend das war – als würde man eine Prüfung ablegen. Danach verkrampfte sie den Kiefer, und in ihr machte sich die vertraute Angst davor breit, dass ihr Versagen jeden Moment bloßgelegt würde. Die Anspannung benebelte ihr den Kopf, und als sie etwas sagte, klang die Stimme belegt und nicht ganz nach ihr. *Ich liebe dich*, sagte sie spontan. Ihr Freund lächelte. Als er es erwiderte, hatte sie das Gefühl, eine Art Damm würde in ihr brechen. Als wäre man betrunken, aber ohne die Übelkeit.

Sie entwickelten sofort gemeinsame Routinen, und schon bald konnten sie sich keinen Alltag mehr getrennt voneinander vorstellen. Sie guckten die gleichen Sitcoms, machten im Keller des Studentenwohnheims zusammen die Wäsche und saßen beim Warten auf den Waschmaschinen. Während der Trockner unter ihnen vibrierte, führte er ihr einmal einen Finger ein. Obwohl sie Angst hatte, erwischt zu werden, versuchte sie es zu genießen. Später fand sie eine fremde Socke an ihren Kleidern. Sie knisterte, als Georgia sie von einem T-Shirt abschälte.

Als sie ins Glasgebäude umzogen, warfen sie ihre Kalender, Playlists und Unterwäscheschubladen zusammen. Dass früher oder später alles andere folgen würde, schien unausweichlich. Georgia dachte an einen Strand, an dem die Sandkörner mit jeder Welle durchgesiebt wurden und bei Ebbe nasses, einheitliches Grau zurückblieb.

Als Georgias Freundinnen von Dana erfahren, wollen sie wissen, ob er Viagra nimmt und ob er pergamentartige Haut hat. Ist sie in seinem Handy unter einem Decknamen eingespeichert? Als sie hören, dass Debbie von der Affäre weiß, sind sie enttäuscht. Debbie kennt Georgias Nachnamen und Handynummer. Sie haben sich zwar nie getroffen, aber Debbie hat Georgia geschrieben, und Georgia hat geantwortet. Mit dem Freunde- und Familienrabatt hat Debbie ein paar Lebensmittel von Georgias Unternehmen probiert: Urgetreide, besondere Hühnerrassen und Pilze, die wie Instrumente heißen. Auch Debbie stehen Seitensprünge zu, aber laut Dana hat sie von dem Recht noch nicht Gebrauch gemacht.

Manchmal freut es Georgia, wie reif und komplex diese Vereinbarung ist. Aber in Wahrheit wäre Betrug wahrscheinlich aufregender. Eine Weile versuchte Georgia ein übertriebenes Interesse für Debbie zu entwickeln. Sie stellte Dana Fragen, auf die sie sich aufschlussreiche Antworten erhoffte. Isst Debbie Milchprodukte? Wie viele Kontinente hat sie bereist? Kann sie mit Notfällen gut umgehen? Was bereut sie am meisten?

Die Fragen interpretiert Dana als Zeichen von Eifersucht. Er ist geschmeichelt. Er gibt zu, dass Debbie das Kochbox-Abo wegen des Verpackungsmülls gekündigt hat. Eine mehrmals in Frischhaltefolie gewickelte Entenbrust, drei Safranfäden in einer Zippertüte. Das Essen ist lecker, versichert Dana Georgia, aber den Abfall findet sie einfach nicht in Ordnung.

Dana arbeitet in einem langweiligen Bereich der Rechtsbranche. Darüber sprechen sie nicht. Debbie ist Architektin in einem renommierten Unternehmen, dessen Arbeiten überall in der Stadt stehen. Sie war am Entwurf einer Bibliothek beteiligt, die auf seltene Bücher spezialisiert ist, und Georgia nimmt dort an einer Führung teil. Sie parkt ihr Auto vor einem Haus ohne rechten Winkel. Die Gebäude entsprechen nicht dem, was Georgia als schön empfindet.

»Aber sie sind im wahrsten Sinne des Wortes monumental«, sagt sie hinterher zu einer Freundin. »Ich meine, was wird von *uns* mal bleiben?«

Debbie lernt Sonette auswendig, eins oder manchmal zwei pro Woche, weil sie gehört hat, dass man so das Gehirn fit hält. Wenn sie nachts aufwacht, sagt sie sich Gedichte auf, bis sie wieder einschläft. *Der Sonne gleicht nicht meiner Herrin Schaun.*

Auf ihr Erinnerungsvermögen war sie schon immer stolz. Debbie vergisst nie Telefonnummern oder Abgabetermine und muss nie zweimal nach dem Weg fragen. Alle sind beeindruckt, wenn sie sich an Namen von Geschwistern oder Haustieren erinnert.

Dana ist das genaue Gegenteil. Er kann sich Tims Blutgruppe nicht merken und lässt sich vom Navi zum Fitnessstudio lotsen. Über seinem Schreibtisch hängt ein Zettel mit den Antworten zu all seinen Online-Sicherheitsfragen.

Was war Ihr erster Job?

Wie lautet der Mädchenname Ihrer Großmutter?

Dana behauptet, er habe als Zeitungsjunge gearbeitet, aber Debbie vermutet dahinter eine Art nostalgische Verzerrung – die Verklärung einer Vergangenheit, die eigentlich nicht seine war. Nach unten hin werden die Fragen auf der Liste merkwürdiger, als würde es mit der Zeit immer schwieriger werden, das Problem der Authentizität zu lösen.

In welcher Stadt würden Sie am liebsten leben?

Welchen Namen hätten Sie beinahe Ihrem ersten Kind gegeben?

Die Antwort auf diese Frage lautet *William*. Einen besonderen Grund, warum der Name am Ende verworfen wurde, gibt es nicht. Will ist einfach eine Idee, eine alternative Geschichte, die nur für zwei Menschen überhaupt mal infrage kam. Debbie kann gelassen über den nicht umkehrbaren Verlauf ihres Lebens nachdenken, über die Abzweigungen, zu denen sie nicht zurückkehren, und die Dinge, die sie nicht mehr umbenennen kann. Für Mütter, die sich wünschen, sie könnten die Zeit zurückdrehen, hat sie noch nie Verständnis gehabt.

»Nur weil du jemanden loslässt, heißt das doch nicht, dass du ihn verlierst«, sagte sie einmal zu einer Frau, die bei jeder Schulaufführung weinte.

»Loslassen!«, schluchzte die Frau. »Ich will Halt.«

Debbie verdrehte die Augen.

Wenn sie etwas nicht mehr festhalten konnte, rief Debbie sich in Erinnerung, dass sie es ziehen lassen musste. Tim wurde erwachsen. Dana ging auf Reisen, und sie auch. Ihr Gesicht – die schlaffe Haut am Hals, die feinen Härchen auf den Wangen – überrumpelte sie im Spiegel. Die Eitelkeit warf sie sich vor. Ihre Schönheit hatte nie ihr gehört.

Debbie setzt sich an den Computer ihres Mannes, und seine angeblichen Geheimnisse an der Wand beobachten sie. Wie schön es wäre, denkt sie, diese Passwörter zu entdecken und auch wirklich zu brauchen – sich einzuloggen und die statisch aufgeladene Nähe von etwas Unbekanntem zu spüren. Aber es gibt keinen Skandal aufzudecken, keine Datenspur, der man folgen müsste. Alles liegt offen vor ihr – in den kalten, schwer zu ertragenden unendlichen Weiten.

Tim erzählt allen, dass er eine Idee für den nächsten Film hat. Seit über einem Jahr war er auf keinem Date mehr, aber über die Apps schreibt er fast immer mit irgendwem. Die Frauen sind klug und lustig, und es ist überraschend leicht, mit ihnen ins Gespräch zu kommen.

»Lernt man sich denn nicht mehr auf Partys kennen?«, fragt sein Vater, als Tim ihm erklärt, wie die Dating-Apps funktionieren. Dana klingt beinahe traurig. »Läuft man sich nicht mehr zufällig über den Weg?«

Tim sagt den Frauen von vornherein, dass er nicht bereit ist, sie persönlich zu treffen. *Du willst nur Freundschaft*, schreibt eine: *Das versteh ich.* Er stimmt zu, aber eigentlich trifft es das nicht ganz. *Du willst dich verlieben*, schreibt eine andere, *aber nicht verliebt sein.* Vielleicht kommt das der Wahrheit näher.

Die Frauen beschweren sich bei ihm über andere Männer auf der App – über die Fotos mit den süßen Babys und wilden Tieren, die unermüdlichen Versuche, sich anständig oder anstößig zu benehmen –, und weil er seine Beschwerden für sich behält, kommt Tim sich charakterstark vor. Er erwähnt weder seine Ex-Freundinnen noch seine Eltern oder seine Nachbarn, das frisch verheiratete Paar, das er zwar kaum sieht, aber den ganzen Tag hört. Sie schreien und fluchen, haben Sex und heulen.

Ein paar Frauen haben seine Dokus gesehen oder behaupten es zumindest. Einmal schlug eine Frau aus Dublin vor, eine zusammen anzusehen, obwohl sie nicht am selben Ort waren und sein Abend für sie mitten in der Nacht war. Sie könnten gleichzeitig auf Play drücken, erklärte sie, und währenddessen chatten. Für jeden eine Flasche Wein und eine Tüte Popcorn. Tim sagte zu, aber als der Vorspann lief, schaltete er ab. Er überlegte, etwas anderes anzusehen, sie würde es ja nie erfahren, aber er brachte es nicht übers Herz zu lügen. Sie ging damit ganz cool um. *Ich hasse es, Fotos von mir anzugucken*, sagte sie mitfühlend. Stattdessen entschieden sie sich für einen animierten Kinderfilm, der Erwachsene angeblich zum Weinen brachte. (Das tat Tim auch – ein wenig.)

In Tims neuem Film erwacht ein Junge nach Jahrzehnten aus dem Koma. Wie sich herausstellt, war er die ganze Zeit wach gewesen. Jahrelang hatte sich sein Vater wie ein Heiliger um ihn gekümmert, ihn umgezogen, mit einem Schwamm gewaschen, ihm die Haare geschnitten, wenn sie ihm über die Augen wuchsen, die er ohnehin nie aufschlug. Schließlich wurde der Vater alt und müde und stellte eine Krankenschwester ein, die ihm bei der Pflege des Sohnes helfen sollte. Sie war diejenige, die sagte, sie habe in dem Jungen, der inzwischen kein Junge mehr war, eine Regung wahrgenommen. Wie durch ein Wunder wachte er auf, und es folgte Freude, aber auch Leid.

Klingt schön, sagt eine Frau. *Klingt kitschig*, sagt eine andere. *Danke*, antwortet Tim beiden.

Debbies vierundsechzigster Geburtstag fällt auf einen Freitag. Dana ruft Georgia an, um ihre Verabredung zu verschieben.

»Du hast ihren Geburtstag vergessen?« Stellvertretend für Debbie sauer zu sein verschafft Georgia Genugtuung.

»Ich habe die Ziffern vertauscht«, sagt Dana.

»Freitag ist der Sechzehnte.« Sie sitzt im Schneidersitz im Gästezimmer, die Wände sind leer, aber nicht sauber. »Du hast gedacht, ihr Geburtstag ist am Einundsechzigsten?«

»Ich habe was verwechselt.«

In dem Zimmer stand mal eine teure Rudermaschine, die ihr Ex-Freund beim Auszug mitgenommen hat. Jetzt steht da nur noch ein Futon. Als Dana zum ersten Mal bei ihr übernachtete, hielt Georgia die Tür zu dem Zimmer geschlossen. Teils aus Scham – über die kahlen Wände, das kissenlose Bett –, teils weil sie es aufregend fand: ihr Geheimnis, eine Zukunft, die sie noch nicht enthüllt hatte.

»Hast du ein Geschenk besorgt?«

»Debbie hält nichts von Geschenken.«

Das klingt bewundernswert.

»Das sind Machtspielchen«, sagt Dana. »Sobald man etwas verschenkt, zwingt man dem anderen eine Verpflichtung auf. Der Empfänger ist einem sozusagen immer etwas schuldig.«

Er erklärt das gelassen und geradeheraus. Einen Augenblick lang stellt sie ihn sich in seinem Büro vor, das ganz anders aussieht als ihres. Ein Schrank für sein Jackett und die zweite Jacke, ein Briefbeschwerer auf dem Schreibtisch und eine Auszeichnung an der Wand. Auf einmal kommt ihr der eigene Job wie ein sinnloses Spiel vor: Tischtennisschläger, Flip-Flops und bergeweise an sich selbst haftende Frischhaltefolie.

»Was ist mit Dankbarkeit?«

»Was soll damit sein?«

Sie verschieben die Tischreservierung auf Samstag, und am Freitag schreibt Georgia ihren Freundinnen. Sie probiert Outfits an, die sie seit dem Studium nicht mehr anhatte. Sie glättet sich die Haare, was sie seit der Schule nicht mehr getan hat. Das Glätteisen zischt bei jedem Schließen und ächzt bei jedem Öffnen.

»Du siehst aus, als würdest du zum Ball der neunten Klasse gehen«, sagt ihre Freundin, als sie das Restaurant betritt.

»Wenn ich dich sehe, kriege ich Komplexe«, sagt eine andere.

Sie trinken Tequila und tauschen sich über frühe sexuelle Erfahrungen aus. Georgia zerdrückt eine Limettenscheibe, bis sämtliche Risse in der Hand brennen.

»Hand hoch, wenn ihr schon mal in einer Bibliothek masturbiert habt.«

»Hand hoch, wenn ihr mal jemandem während einer Fahrt einen geblasen habt.«

Hat Georgia nicht, aber sie meldet sich trotzdem. Ihre Freundin kommt mit zwei Shots in jeder Hand von der Bar zurück.

»Wenn Dana eine Tochter hätte«, sagt sie, »glaubst du, er würde sich dann trotzdem mit dir treffen?«

Am Morgen nach ihrem Geburtstag hört Debbie sich die ganzen Sprachnachrichten an. Ein paar Stimmen hat sie das ganze Jahr über nicht gehört. Eine Freundin aus der Kindheit, eine aus der Uni, eine aus dem Büro. Eine Freundin aus dem Architekturstudium, mit der sie die Nächte durch still vor sich hin weinend an Pappmodellen gearbeitet hatte. Die Freundin aus einem Geburtsvorbereitungskurs vor vielen Jahren, deren Zwillinge man mithilfe einer Saugglocke aus ihr herausgeholt hatte.

Debbies Schwestern – zwei plus eine Schwägerin – schicken Nachrichten aus dem Auto, dem Garten, der Küche. Im Hintergrund piepst unaufhörlich eine Mikrowelle. Ein Kleinkind kommt ans Telefon. *Burztag.* Ihre Schwestern sind mittlerweile alle Großmütter. Sie sagen, das sei der schönste Job, den sie jemals hatten, was nicht gerade viel aussagt: Gearbeitet haben sie seit ihrer Hochzeit nicht mehr. Eine wohnt nur einen Katzensprung von ihrer Tochter entfernt, die allein drei Kinder, Drillinge, großzieht und ihre gesamten Ersparnisse für Fruchtbarkeitsbehandlungen ausgegeben hat, bei denen ihr eigentlich nur eines versprochen wurde. Manchmal, sagte die Tochter, bekommt man eben mehr als erhofft.

Debbies Mutter hatte nie so getan, als würde ihr die Großmutterrolle gefallen. Tim sollte sie mit dem Vornamen ansprechen. *Wir können einfach Freunde sein*, hat Debbie sie mal zu ihm sagen hören, als er noch ein Baby war. Sie besuchte ihn an Feiertagen, schickte ihm Postkarten und versprach, mit ihm nach Istanbul zu fliegen, weil das ihr Lieblingsort auf der ganzen Welt war, aber die Grenze zog sie beim Babysitten. Die Kindererziehung hatte sie hinter sich. Debbies Vater sei auch so was wie ein Kind gewesen.

In diesem Jahr holt sie ihre Mutter ein – sie erreicht das Alter, das ihre Mutter nicht mehr erlebte. Zu wissen, dass sie bisher in gleicher Weise von der Zeit mitgenommen worden waren, war ihr ein kleiner Trost gewesen. Das Leben ihrer Mutter hatte kaum Ähnlichkeit mit Debbies:

Sie hatte geheiratet, sich scheiden lassen, erneut geheiratet; ihre erste Bewerbung schrieb sie mit vierzig. Aber sie wusste alles, was Debbie immer lernen wollte. Wie man es von einem Jahr zum nächsten schaffte, wie man abwartete und durchhielt, wie man sich – wenn nötig – veränderte. Ihr Haar verlor die Farbe. Sie trug Schuhe, die die Knie schonten, und mit der Zeit wurde ihre Kleidung immer schlichter. Sie legte Wert darauf, vorbereitet zu sein – sie hatte eine Eigentumswohnung ohne Stufen und ein ausführliches Testament –, und sie legte Wert auf Ehrlichkeit.

»Altern bedeutet zu begreifen, dass alle ohne dich leben können.« Ihre Mutter unterbrach sich, dann ergänzte sie: »Ohne dich leben *werden.*«

Sie war der festen Überzeugung, dass sie Glück hatte, krank geworden zu sein, bevor sie völlig überflüssig sein würde. Debbies Schwester sagte ihr, sie sei immer noch jung, und sie antwortete – *alt genug.* Nach der Chemo und einer experimentellen Therapie sagte sie: Es reicht.

Hätte sich ihre Mutter die Gebärmutter entfernen lassen? Hätte sie gewollt, dass Debbie sich ihre entfernen lässt? Das sind zwei verschiedene Fragen, oder? Debbie starrt auf ihr Handy und wünscht sich, sie könnte die Stimme ihrer Mutter heraufbeschwören. Das Wünschen macht sie wieder zum Kind, allein in einem dunklen Zimmer, in einer großen Menschenmenge, zum ersten Mal in einem Flugzeug. Sie hat noch so viele Fragen. *Was kommt als Nächstes?*

An dem Abend, an dem Georgia sich ausgesperrt hat, ist das letzte Treffen mit Dana schon zwei Wochen her, und sie freut sich, einen Grund zu haben, ihn anzurufen. Sie hat ihm einen Schlüssel gegeben, aber er klingelt trotzdem jedes Mal. Es ist Frühlingsanfang – die Hälfte der Bäume ist noch kahl und skelettartig, die andere Hälfte explodiert in Rosatönen: von Daunen bedeckte Kirschbäume und Magnolien, die ihre Satinzungen überall auf den Gehweg werfen. Einmal wurde Georgia von der neuen Jahreszeit überrascht. Sie hob den Blick, und alles war sattgrün. Seitdem schwört sie sich, den Jahreszeitenwechsel nie wieder zu verpassen.

Sie geht die Straße auf und ab und ruft Dana unter einem Hartriegelbaum an. Mit dem Fuß wirbelt sie ein Häufchen Blütenblätter auf, die an den Kanten braun werden wie der Saum eines Kleidungsstücks, das durch Schlamm gezogen wird. Dann ruft sie noch einmal an. Fast eine Stunde sitzt sie da, bevor sie beschließt, es bei Debbie zu versuchen.

Bisher haben sie nur einmal miteinander gesprochen, und Georgia hat zu oft über ihre Stimme nachgedacht, als dass sie sich tatsächlich an sie erinnern könnte.

Die Stimme ist kräftig – gut geeignet, um Anweisungen zu geben und sich Gehör zu verschaffen –, aber nicht unfreundlich. Debbie ist Hunderte Meilen entfernt bei so einer Tagung, vor der es sie graut.

»Für die Architekten fährt das Hotel das volle Programm auf«, sagt sie, als sie rangeht. »Die Dusche hat sechs verschiedene Einstellungen, aber ich will einfach nur die normale.« Sie klingt nicht gereizt, nur müde.

»Wo ist Dana?«

Debbie atmet kurz durch. Im Hintergrund hört Georgia einen starken Wasserstrahl.

»Er ist mit seiner Freundin unterwegs.«

Sie sagt das ohne viel Mitleid, was sich eigenartigerweise nett anfühlt. Ein letztes Mal greift Georgia in die Jackentasche, als rechnete sie damit, dass die Schlüssel nun doch da sind und sich die ganze Geschichte rückgängig machen lässt. Mehrere Sekunden verstreichen, in denen ihr keine Antwort einfällt. Eine Sekunde, philosophiert sie, ist eine erstaunlich lange Zeitspanne.

Sie ruft nicht sofort den Schlüsseldienst. Stattdessen geht sie in die Eckkneipe, obwohl sie gleich schließt. Bisher war sie noch nie dort, weil man durchs Fenster immer irgendein Spiel laufen sieht. Georgia braucht einen Moment, um zu begreifen, dass der Mann, der am anderen Ende des Tresens fast vom Barhocker kippt, der Mann aus dem Glasgebäude auf der anderen Straßenseite ist. Aus der Nähe betrachtet hat er ein aufgedunsenes Gesicht und einen schlecht rasierten Hals. Er geht zur Toilette, kommt aber nicht zurück. Georgia trinkt schluckweise ein Bier, während der Barkeeper lustlos in Halbkreisen über den Tresen wischt.

»Sollte mal jemand nach dem sehen?«

Der Barkeeper hebt das Glas des Mannes hoch und sprüht Glasreiniger darunter. Er zuckt die Achseln.

Die Tür ist nicht abgesperrt, und der Mann schläft auf der Toilette. Die Hose hat er noch an, die Kopfhörer noch drin. Als Georgia ihn weckt, lächelt er abwesend und lässt sich von ihr zum nächsten Tisch führen. Sie geht seine Kontakte im Handy durch und findet eine lange Liste ausgehender Anrufe an eine Ashley und viele Nachrichten über Rechnungen. Georgia sucht nach *Mom* oder *Dad* und schämt sich dafür: Der Mann ist vierzig, wenn nicht sogar älter.

»Na ja«, sagt sie. »Ich weiß ja, wo er wohnt.«

Der Barkeeper sieht sie komisch an, lässt sich aber nicht dabei stören, die verknitterten Scheine aus der Kasse in

Stapel zu sortieren, die einfach nicht flach liegen bleiben wollen.

Georgia öffnet die Wohnungstür des Mannes und weiß selbst im Dunkeln, wo die Lichtschalter sind. Kurz bevor sie das Licht einschaltet, kann sie sich gut vorstellen, dass sie in ihrer Wohnung ist – dass ihr Wasserglas noch dort ist, wo sie es hat stehen lassen, dass in dem Schrank ihre Mäntel für alle vier Jahreszeiten hängen. Zu sehen, was stattdessen auftaucht, ist das so was wie ein Traum, ein Film oder Streich, den ihr die Geschichte spielt? Sein Schlafzimmer ist in einem dunklen Lilaton gestrichen, und die Jalousien sind geschlossen. In den Küchenschränken steht alles am falschen Platz: Kaffeetassen neben Bratpfannen, Besteck in der untersten Schublade.

Der Mann sinkt auf dem Sofa zusammen. Georgia setzt sich ein paar Minuten dazu und guckt zur anderen Straßenseite. Die Wohnung ist schön, das sagen alle, und von hier aus ist sie sogar noch schöner. Durch den Spalt unter der Schlafzimmertür ist Licht zu sehen, als wäre jemand zu Hause. Ihr Buch liegt mit den Seiten nach unten aufgeklappt auf der Couch – schon seit Tagen hat sie nicht weitergelesen –, und die Kühlschranktür ist mit Formen bedeckt: Fotos, Postkarten, Einladungen zu Hochzeiten, zu denen sie nicht gehen wird. Schließlich zieht sie dem Mann die Schuhe aus, legt die Schlüssel auf den Tisch und knipst das Licht aus.

Alle paar Wochen besucht Tim seine Eltern. Sie laden ihn zum Abendessen ein, aber er kommt lieber ohne Anlass und überrascht sie in Alltagssituationen. Wenn der Wasserhahn läuft oder der Rasenmäher vor sich hin rattert. Wenn sie mit leerem Blick so tun, als würden sie die Zeitung lesen. Wenn sie, das Handy zwischen Wange und Schulter geklemmt, lautlos mit den Lippen die Worte formen: *Bin gleich da*. So verlockend die Lüge auch sein mag, Tim weiß, er sollte sich nicht vormachen, dass Leute beobachten, die sich unbeobachtet fühlen, dasselbe ist, wie die Wahrheit zu sehen.

Er geht nach oben, während sein Vater die Titelseite fertig liest und seine Mutter zu Ende telefoniert. Mit den Beinen über der Bettkante und den Füßen auf dem Boden liegt er auf seinem Einzelbett, weil es schön ist, sich bewusst zu machen, wie sehr er gewachsen ist. Über dem Bett hängt eine Liste mit allen Filmen, die er mit dreizehn gesehen hat – jeden Samstagabend einen, auch an Heiligabend. Er macht ein Foto und schickt es einer Frau, die ihr Glück am Broadway versucht. Da sie nicht antwortet, schickt er es auch einer Fotojournalistin in Kenia. Er liest die Liste noch einmal, diesmal wirkt sie großspurig, nicht süß. Am liebsten würde er die Nachrichten rückgängig machen. Er schaltet das Handy aus und schaut auf das schwarze Display. Die Stimmen seiner Eltern unten klingen einfach wie x-beliebige Stimmen. Er tut, als könnte er sie an den Schritten auseinanderhalten, aber eigentlich kann er das nicht.

Die Aufnahmen für Tims neuen Film sind noch nicht abgeschlossen, aber er weiß schon, welche Szene er zum Schluss zeigen wird. Vater und Sohn sitzen Seite an Seite am Küchentisch. Der Vater hat etwas in der Hand und spielt damit herum, vielleicht eine Serviette oder eine alte Quittung. Er hat den Blick auf den Schoß gesenkt, und sein Sohn sieht direkt in die Kamera. Wie sehen Augen aus, die so viele Jahre geschlossen waren?

Der Vater sagt, er könne sich niemals verzeihen. Ein oder zwei Augenblicke lang herrscht Schweigen, und dann hört Tim seine eigene Stimme aus dem Off:

»Was verzeihen?«

Als Georgia Dana wiedersieht, war sie drei Tage lang allein. Das halbe Büro hat Läuse; alle wurden nach Hause geschickt. Normalerweise isst sie in der Mittagspause kostenlos Sandwiches von riesigen Tabletts mit Post-its (Gewürzgurken, ohne Gewürzgurken). Ihr Kühlschrank ist leer, aber sie macht ihn trotzdem ständig auf, als könnte wie durch Zauberhand etwas darin auftauchen.

Georgia rechnet damit, dass Dana sagt: *Wie ich gehört habe, hast du mit Debbie gesprochen.* Oder vielleicht rechnet sie mit einem *Tut mir leid.* Aber er sagt nichts. Sie öffnet die Tür, und er guckt auf sein Handy, aber als er den Blick hebt, lächelt er und hat Fältchen um die strahlenden Augen. Das Lächeln drückt Vergebung aus, und obwohl sie nicht genau weiß, wer eine Absolution braucht – was hat sie denn falsch gemacht? –, spürt sie die Wärme, die kindliche Freude, wie wenn jemand so tut, als würde er ein Ei auf ihrem Kopf zerschlagen. Sie bestellen sich Essen und sehen einen Film an, den er schon kennt. Mit zugezogenen Vorhängen schlafen sie miteinander; das Zimmer ist wie eine Höhle. In den Augenblicken, nachdem sie ihm gesagt hat, dass er kommen kann, entspannt sich ihr Körper, nimmt sich zurück, wartet ab. Sie schließt die Augen und stellt sich vor, sie wäre auf der anderen Seite der Wand in dem leeren Zimmer, wo die Leuchtstoffröhre der Straßenlaterne sie gnadenlos ausleuchten würde. Sie stellt sich die kühle Hälfte der Matratze vor, auf der niemand sonst schläft. Er sackt auf ihr zusammen, und der Atem an ihrem Ohr ist warm und feucht.

Am Morgen entdeckt er Läuse in ihrem Haar. Mit dem Handy macht er ein Foto, um sie ihr zu zeigen, aber Georgia will sie nicht sehen.

»Warum nicht?«

»Das ist eine Phobie.« Zur Verdeutlichung schüttelt sie sich. »Insekten sind echt eklig.«

Vor Jahren gab es mal einen Vorfall mit Rollasseln, erzählt sie ihm. Erst danach fällt ihr ein, dass das nicht stimmt. Die Phobie hat eigentlich ihre Schwester, seit sie als Kind einen Insektenbefall entdeckt hatte. Sie schwört, dass sie sie überall auf der Haut krabbeln spürt, sobald sie die Augen schließt. Georgia hat kein schlechtes Gewissen wegen der Lüge. Plötzlich vermisst sie ihre Schwestern unerwartet stark, aber vielleicht vermisst sie auch nur die Zeit, in der ihre Leben scheinbar zueinandergehörten, damals, als sie nicht wussten, welche Ängste und Geschichten wessen waren, weil sie alles teilten.

»Ringelkrebse?« Danas Stimme klingt komisch. Georgia braucht einen Moment, um den Ton einzuordnen – so spricht man normalerweise mit einem Kind. Sie merkt, dass er versucht, sie zum Lachen zu bringen, und es fühlt sich gut und ein bisschen gefährlich an, sich das Lachen zu verkneifen, wie die schwindelerregende Aufregung, wenn man zu lang die Luft anhält.

Zusammen googeln sie auf seinem Handy, bis sie das Spezialshampoo und den Spezialkamm finden, die in jedem Forum empfohlen werden, und dann ist er weg. Mit einer Badekappe auf dem Kopf und den Händen entschlossen auf dem Rücken – nicht hinfassen! – steht sie am Fenster, als er aus dem Haus geht. Er zögert einen Moment, bevor er sich für eine Richtung entscheidet – die Welt sortiert sich bei Tageslicht neu. Sie rechnet nicht damit, dass er jemals zurückkommt.

Zu Hause sitzt Dana im Bad auf einem niedrigen Hocker, und Debbie fährt ihm mit einem engzackigen Kamm durchs Haar. Auf dem Hocker stand früher mal in Regenbogenfarben *Timothy*, aber die Buchstaben sind schon lange verloren gegangen.

»Sind die Läuse ein Zeichen?«, fragt Dana. »Die Pest über unser beider Häuser?«

»Du sagst das nur, weil du das eklig findest.«

Dana antwortet nicht. Er macht Anstalten, sich an den Kopf zu fassen, aber Debbie schlägt die Hand weg. Sie hat sich selbst die Regel aufgestellt, sich nie vorzustellen, wie Georgia aussieht, und an Regeln kann sie sich gut halten. Aber jetzt fällt es ihr schwer, sich Georgias Haare nicht vorzustellen.

»Das macht dich eben nicht an«, sagt sie.

»Ich bin kein Schalter.«

Danas Haar ist dünner als früher. An einigen Stellen kann Debbie die Kopfhaut sehen.

»Doch. Bei dir war das schon immer, als würde man einen Schalter umlegen.«

Während Debbie Dana Oliven- und Teebaumöl ins Haar massiert, kommt Tim herein.

»Wir sind gerade beschäftigt«, sagt sie.

»Nächstes Mal könntest du vorher anrufen«, sagt Dana.

Öl tröpfelt ihm über die Stirn in den Augenwinkel. Er blinzelt ein paarmal. Tim verlässt das Zimmer, prägt sich aber das Bild ein: glänzende Köpfe, glänzende Hände, auf der Suche nach etwas Unsichtbarem. In der Küche wartet er an den unmagnetischen Kühlschrank gelehnt. Die Broadway-Schauspielerin schickt ihm ein Foto von sich als grinsendes Baby in der Badewanne. Mit Shampoo sind die Haare zu einem einzelnen Stachel geformt.

Später, beim Tischdecken, erinnert sich Tim an die alte chassidische Frau – sie ist quasi berühmt für ihre Entlausungsmethode. Als er neun oder zehn war, erzählt er, hat sie ihn behandelt.

»Das kann nicht sein«, sagt Debbie. »Du hattest nie Läuse.«

»Daran würden wir uns erinnern«, stimmt Dana zu.

Obwohl kein Feiertag ist, brät er einen Truthahn und stampft Kartoffeln. Cranberry-Sauce gibt es auch, richtige, nicht die aus der Dose. Das hat etwas Festliches. Vor Jahren bestand Debbie darauf, dass er kochen lernt, und mittlerweile steht nur noch er am Herd. Das Rezept ist alt und hat Flecken von den vorherigen Versuchen, was gewissermaßen beruhigend ist: Sie haben das schon mal geschafft.

»Da war ich in der vierten Klasse«, sagt Tim.

Debbie will ihm einfach nicht glauben. Sie zählt alle Krankheiten auf, die er gehabt hat, jede Impfung und jede Fahrt zur Notaufnahme.

»Ich kann mich noch an alles davon erinnern.« Wenn sie sich verteidigt, wird ihre Stimme schrill.

»Das waren eure Auffrischungsflitterwochen«, erklärt Tim geduldig, und seine Geduld ist ihr unangenehm.

»Unsere was?«

»So habt ihr das genannt.«

Sie hatten spontan einen Flug nach Mexiko gebucht. Jetzt fällt es ihr wieder ein – natürlich.

»Für deine Mutter waren die Ruinen wichtig«, sagt Dana. »Aus beruflichen Gründen.«

»Wir wollten unsere Ehe kitten«, sagt Debbie.

Dana übergießt den Truthahn mit dem Bratensaft. Er ist rosa statt braun – die Haut wird nicht so knusprig, wie sie sein sollte.

»Und wer hat die Läuse dann gefunden?«

»Die Babysitterin. Ich musste ihr versprechen, euch nichts zu verraten.«

Die Babysitterin war zwanzig, vielleicht fünfundzwanzig, und Debbie war sofort klar gewesen, dass Tim sie anhimmelte. Von ihr bekam er Hotdogs und Nudeln mit Butter. Sie kannte dreizehn verschiedene Kartenspiele und auch ein paar Zaubertricks. Durch die engen T-Shirts waren ihre Brustwarzen zu sehen und manchmal auch der Bauchnabel.

»Siobhan«, sagt Debbie matt.

Vor Mexiko sahen sich Debbie und Dana an einem Abend einen achtstündigen Film im Kino an, den sie schon seit Jahren hatten sehen wollen. Siobhan hatte gesagt, ihr mache es nichts aus, länger zu bleiben. Als sie nach Hause kamen, saß sie auf dem Sofa, der Fernseher lief ohne Ton, und Tim hatte sich bei ihr auf den Schoß gekuschelt. Er war zu groß, um auf dem Schoß zu sitzen, egal bei wem. Die Arme und Beine hatte er unbeholfen eingezogen, und der Hals war umständlich abgeknickt, sodass er die Wange auf ihre Brust legen konnte. Er hatte im Schlaf geschrien, erklärte Siobhan, richtig geschrien.

Nachdem Dana den Truthahn mit dem Bratensaft übergossen hat, öffnet er wieder den Ofen. Ein Hitzeschwall zwingt ihn, die Augen zu schließen. Er richtet sich auf, und damit er sich nicht durchs Haar fährt, faltet er die Hände, was aussieht, als würde er beten.

»Bleib standhaft«, sagt Debbie immer wieder.

Ein paar Sekunden lang herrscht peinliche Stille, in der Debbie und Tim auf Danas verschränkte Finger starren. Wie jeder Körperteil wirken sie einzeln betrachtet mit der Zeit lächerlich. Geschwollen und fleischig. Dann sieht Tim auf und fragt:

»Hat Dad Siobhan gevögelt?«

Dana schickt Georgia die Adresse von *Aus die Laus*, aber sie geht allein hin. Ihre Nachrichten sind nur noch zweckmäßig.

So wie Dana beschrieben hat, was Tim beschrieben hatte – *mein Sohn*, schreibt er, als würde sie seinen Namen nicht ohnehin schon kennen –, hat sie mit einem Keller gerechnet: den Kopf im Nacken über der Spüle, Geruch von Essen, das im Zimmer nebenan gekocht wird. Aber inzwischen sieht es hier anders aus – wie ein Mittelding zwischen Praxis und Friseursalon. Die Empfangsmitarbeiterin ist gekleidet, als würde sie im Krankenhaus arbeiten, und die Zeitschriften im Wartezimmer sind aktuell.

Georgia will schon wieder gehen. In letzter Zeit verunsichert es sie, wenn sich ihre Erwartungen als falsch erweisen. Dann taucht eine Frau mit Perücke und knöchellangem Rock auf. Über ihrem Pullover trägt sie eine Schwesterntracht mit Disneymotiv. Sie könnte fünfundzwanzig oder fünfundvierzig sein und wirkt daher wie eine Schwester und Mutter zugleich.

Die Frau erklärt nicht, wie sie vorgehen wird. Sie warnt Georgia weder vor dem bohrenden Schmerz, wenn sie fest auf die Kopfhaut drückt, noch vor dem stechenden Schmerz, wenn sie etwas herauszupft. Die Empfindungen kommen alle überraschend.

»Ich bin keine Masochistin«, sagt Georgia laut.

Die Frau antwortet nicht. Wie ein Vorhang hängt ihre glänzende Perücke über Georgias Stirn.

»Okay, vielleicht doch.«

Von dem Kamm läuft ihr ein Kribbeln durch Leitungen, von denen Georgia nicht einmal wusste, dass es sie gab. Eine Sehne auf der Oberschenkelinnenseite ist mit dem Ohrläppchen verbunden. Das gibt ihr das Gefühl, gut konzipiert – zusammengesetzt – zu sein.

»Die Insekten erinnern einen daran, dass der eigene Körper Nahrung ist«, sagt Georgia in die Stille hinein. »Ich glaube, das ist am schlimmsten. Sie leben nicht nur auf dir, sie ernähren sich auch von dir.«

Georgia nimmt es sich heraus, sich auszumalen, was unter der Perücke der Frau ist. Haare, die nur ein einziger Mann zu sehen bekommt. In Wahrheit kann Georgia sich nicht vorstellen, so von jemandem begehrt zu werden, dass derjenige sie bittet, etwas zu verbergen, und den Moment herbeisehnt, in dem das Versteckte zum Vorschein kommt. Aber vielleicht wäre es schön, es – was auch immer *es* sein mag – ganz für sich allein zu haben. Als sie fertig ist, flicht die Frau Georgia die Haare so, wie sie sie als Kind getragen hat.

Und wo sind die Läuse jetzt, da alles vorbei ist? Georgia stellt sich die Körper vor. Transparente Außenskelette, durch die aneinandergedrängte dunkle Organe sichtbar sind, von einer Pinzette durchbohrt und von chemischem Shampoo zerfressen. Womöglich sickert Georgias Blut aus ihnen hervor – wie bei Stechmücken. Sie gehören zu ihr, weil sie sie am Leben erhalten hat.

Zu Hause löst Georgia den Zopf. Ihre Haare sind komplett gewellt. Immer wieder kämmt sie sie durch, bis sie von der statischen Ladung lebendig werden, in alle Richtungen abstehen und erzittern; die Wellen werfen Licht in alle Richtungen, aber niemand bekommt das zu sehen.

Luftschloss

Eine Woche nachdem ich Arthur gebeten hatte, sich nicht mehr bei mir zu melden, bekam ich einen Job bei einem Star. Beim Dreh eines Werbespots sollte ich alle anfallenden Aufgaben erledigen, um die sich sonst niemand kümmerte: die Minikühlschränke regelmäßig mit Selter und Energieriegeln auffüllen, Briefumschläge in der richtigen Größe und Ohrringe in der richtigen Farbe finden, einen Feuermelder zum Schweigen bringen oder ein störrisches Kabelknäuel entwirren. Der Werbespot war für Deo oder Rasierwasser – irgendwas mit Düften.

Ich selbst habe einen unterentwickelten Geruchssinn. Ein Mann meinte mal, das erkläre vielleicht mein mangelndes Interesse an sexuellen Eroberungen. Ihm zufolge flippen viele Menschen, genau wie Hunde, auf der Jagd nach einem bestimmten Geruch völlig aus.

»Wie Hunde?«, fragte ich, und er nickte.

Zu dem Zeitpunkt hatte ich mich schon mehrere Monate mit dem Star beschäftigt. Diese regelrechte Besessenheit von anderen – können wir sie Gefährten nennen? – habe ich schon, seit ich denken kann. Für gewöhnlich waren sie berühmt oder tot, manchmal auch beides. Es waren immer Männer, was zugegeben nicht gerade originell ist.

Ich hatte darüber nachgedacht, was der Star gern aß und wie wohl seine Wohnung – groß, aber nicht protzig – geschnitten war. Wenn ich aus dem Haus ging, bestand immer die Möglichkeit, ihm über den Weg zu laufen oder ihn zumindest in der Schlange an der Kasse nebenan zu sichten. Das war zwar unwahrscheinlich, aber nicht unmöglich: Immerhin lebte er in derselben Stadt. (Das tun viele.)

Der Star war ein Schauspieler, der als ausgesprochen vielseitig galt. Er spielte die Hauptrolle in Filmbiografien über ermordete Politiker und in Fernsehsendungen über Durchschnittsmenschen, die in beengten Häusern wohnen. In seiner Jugend hatte er etwas Traumatisches erlebt, das er immer nur andeutungsweise erwähnte. Ich glaube, seinem Bruder war etwas zugestoßen.

Am Abend vor dem ersten Arbeitstag war ich in einer überfüllten Bar bei der Verlobungsfeier einer Freundin, mit der ich kaum noch etwas zu tun hatte. Irgendwann fand ich mich im Gespräch mit einer extrem dünnen Frau wieder, einer Fremden, deren Handgelenke ich bewunderte. Ich stellte mir vor, wie sie davonrauschte und jemand sie am Handgelenk packte. *Geh nicht!*

Wir schwenkten unsere Gläser, und schließlich sagte ich, ich könne wegen des Jobs mit dem Star nicht lange bleiben.

»Du arbeitest nicht für ihn«, erwiderte sie.

»Doch!« Ich sagte das voller Begeisterung, denn es war das erste Mal, dass ich es laut aussprach. Der Einzige, dem ich sonst davon erzählt hätte, war Arthur.

»Nein, tust du nicht.«

Mir war klar, dass der Job nichts Besonderes war, aber es tat gut, mich für etwas zu begeistern.

»Er ist gestorben«, sagte die Frau. »Heute Nachmittag erst.« Sie zückte ihr Handy und zeigte mir die Startseite einer halbwegs seriösen Zeitung. Da stand der Name des Stars zusammen mit irgendeinem Synonym für *Tod.*

Der erste Arbeitstag hätte sehr früh beginnen sollen. Ich hatte mir mehrere Wecker im Abstand von drei, vier Minuten gestellt, wie ich es auch immer tat, wenn ich in aller Frühe zum Flughafen musste. Und tatsächlich war der Tag vor dem neuen Job dem Tag vor einer wichtigen Reise nicht unähnlich. Mir fiel es schwer, mich zu konzentrieren, und ich überlegte, wie ich mich stärken könnte. Ich installierte eine App, die mich regelmäßig daran erinnerte, ein Glas Wasser zu trinken.

Auf meine Fassungslosigkeit reagierte die extrem dünne Frau mitfühlend, weshalb ich mich erst recht missverstanden fühlte. Viele hatten öffentlich ihre Trauer bekundet. Eigentlich wollte ich sagen: *Hältst du mich etwa nur für einen traurigen Fan?* Aber mal ehrlich: *Bin ich im Grunde nicht nur ein trauriger Fan?*

Am Morgen, als es noch stockdunkel war, klingelten meine Wecker, einer nach dem anderen. Schon seit Wochen war die Straßenlaterne vor dem Fenster kaputt. Die Dunkelheit kam mir vor wie die Dunkelheit auf dem Land.

In einem der berühmtesten Filme des Stars führt eine Beerdigung seine Figur zurück nach Hause – das unbarmherzige, schwierige Familienoberhaupt ist gestorben. Er steigt in Trauerkleidung ins Flugzeug. Dort, wo er hinfliegt, ist es heiß und sandig, und er ist zu schick angezogen. Das Flugzeug landet, und man sieht, dass der Hemdkragen einschneidet. Die blank geputzten Schuhe klackern auf dem blank geputzten Boden. Das Keuchen der Automatiktür ist zugleich das Geräusch der ihm entgegenschlagenden Hitze.

Wieder schrillte mein Wecker. Ich hielt die Augen geöffnet, weil ich nicht wieder einschlafen wollte. Es ist anders, sich etwas mit offenen Augen vorzustellen. Ich malte mir aus, wie ich am Flughafen meine Habseligkeiten abgab und, irgendwie sicher, dass ich sie Tausende Meilen entfernt wiedersehen würde, beobachtete, wie sie auf einem Förderband verschwanden. In meiner Vorstellung stieg ich ins Flugzeug und atmete die umgewälzte Luft. In dem Zimmer gewöhnten sich meine Augen an die Dunkelheit.

Ich hätte gern den Ruck im Bauch gespürt, wenn die Räder vom Boden abheben und die Tragflächen übernehmen, aber die Vorstellungskraft hat ihre Grenzen.

Sechs Monate vor dem Tod des Stars zog Arthur aus der Stadt weg, in der wir zusammen gelebt hatten und in der auch die meisten unserer Freunde lebten. Sieben Monate vor dem Tod des Stars brach ich meine Promotion ab. Die Entscheidung war mir schwergefallen, und ich hatte sie lange hinausgezögert, aber ungewöhnlich war sie nicht. Schon viele vor mir hatten die gleiche Entscheidung getroffen, und das werden auch noch viele nach mir. Seit Jahren hätte ich eigentlich über das Archiv eines renommierten Schriftstellers schreiben sollen. Aber in Wahrheit hatte ich nichts anderes getan, als in einem Raum, in dem alle weiße Handschuhe trugen und nur im Flüsterton sprachen, immer wieder seine Briefe zu lesen. Ich wusste, wie er seine Frau und seine Geliebte nannte, von der Reise nach Tanger, der Schreibblockade und dem ständigen Ringen mit Gott; ich kannte den – feinen – Unterschied zwischen seinem *r* und *v*. Arthur meinte, dass ich letzten Endes kaum etwas über mich selbst wisse. Mein Doktorvater, ein Mann mit weißem Bart und leichtem Akzent, war der gleichen Meinung.

Arthur zog in eine dicht besiedelte fremde Stadt, die expatfreundlich war, aber nicht zu sehr. Dort zu wohnen dürfte schwierig genug sein, um als Abenteuer durchzugehen. Er zog wegen der Arbeit hin. Ich zog nicht mit, weil er mich weder darum gebeten hatte noch gebeten hatte, es nicht zu tun, und seine Gleichgültigkeit erschreckte mich. Etwas hinterherzujagen tat ich normalerweise nur im Kopf.

Zu Arthurs Beruf gehörte es, die Kunst anderer Leute zu verkaufen, was nicht automatisch bedeutete, die Kunst anderer Leute zu mögen. Als wir in derselben Stadt gewohnt hatten, war ich mit ihm in Galerien, in denen alle taten, als schlenderten sie ziellos umher. In Wahrheit hatten alle eine Mission. Für die Künstler, die ihre nicht erfüllten, hatte Arthur oft kein Verständnis. Er meinte, die Kunstsammler suchten nach einer Performance. Sie trugen in die Hose gesteckte Hemden und Pullover in Präsidentschaftsfarben, und sie wollten Künstler in Netzoberteilen, zerrissenen Jeans und Schuhen, die wie Roboter aussahen. Sie wollten nicht nur Kunst kaufen, sondern Persönlichkeit.

Als Arthur wegzog, war nicht klar, ob wir noch zusammen waren, aber er schickte mir oft Nachrichten. Meistens Fotos, meistens von Hunden. Davon wimmelte es in den großen öffentlichen Parks in seiner neuen Stadt. Noch nie hatte er so viel Gebell gehört. Während er die Bürokleidung durchschwitzte, entwickelte er eine Faszination für die Anatomie von Hundezungen.

Hecheln, schrieb er. *Was für eine unglaubliche Technik.*

Ich las die Nachricht und beschloss, in zwanzig Minuten zu antworten. Er schrieb noch einmal.

Wieso behalten wir unsere Zungen im Mund?

Ich ging duschen, um die Zeit totzuschlagen. Achtzehn Minuten später schrieb ich: *Damit wir sprechen können!*

An den Parks war am erstaunlichsten, sagte Arthur, dass dort ebenso viele reinrassige Hunde wie Streuner herumliefen. Manche hatten elegante Schnauzen und menschenähnliches Haar, das bis zum Boden reichte. Andere hatten mehr nackte Haut als Fell, straffe rosa Stellen, an denen sie sich blutig kratzten. Er schickte mir ein Foto von einem Greyhound, dem die Zähne geputzt wurden. Später von einem Pitbull mit hängenden Zitzen und einem zerfetzten Ohr, das an eine aus einem Notizbuch ausgerissene Seite erinnerte. In dem Park standen kunstvolle Springbrunnen. Spuckende, pinkelnde Engelchen, die in der Sonne glänzten.

Wahrscheinlich sollten die Fotos etwas ausdrücken. Es war verlockend, mir vorzustellen, dass sie *Ich vermisse dich* bedeuteten, aber nachzufragen hätte den Grundsätzen unserer Beziehung widersprochen. Eigentlich sollten wir nicht so viel Wert auf wortlose Kommunikation legen, aber so waren wir eben.

Nach dem Tod des Stars suchte ich wieder nach Gelegenheitsjobs. Dieses Berufskonzept hatte ich von einem Freund, einem angehenden Künstler. So arbeiteten ihm zufolge alle, die er kannte – ebenfalls angehende Künstler. *Hangel dich von einem Job zum nächsten*, hatte er gesagt. Ich antwortete, dass ich mir nicht sicher war, ob mir die

Hangelei überhaupt zustand. Ich hatte noch nie Kunst geschaffen. Er lächelte mitleidig und verhalf mir zu meinem ersten Auftrag: zwei Mini Australian Shepherds Gassi führen. Vor dem Spaziergang mischte ich ihnen jeweils eine Prozac unter ihren Lieblingsfleischtopf.

Meistens fand ich Arbeit als persönliche Assistentin. Wie ich feststellte, konnte das alles Mögliche bedeuten. Eine Frau, der der Kehlkopf entfernt worden war, wollte, dass ich ihre umfangreiche Schmucksammlung sortierte. Ihr Loch im Hals machte ein pfeifendes Geräusch, während sie mir beim Entwirren der zierlichen Silberkettchen zusah. Bevor ich ging, musste ich vor ihren Augen meine Taschen leeren. Später sollte ich für ein junges Paar mit winziger Wohnung die Einkäufe erledigen. Verlegen baten sie mich, sie beim Abendessen zu bedienen.

»Wie so eine Art Rollenspiel« – der Mann sah nicht mich an, sondern seine Frau –, »so tun, als ob.«

»Als Kind hat sich Travis immer einen Butler gewünscht«, sagte sie.

Zum Abendessen stellten sie einen Klapptisch auf, der den Weg ins Bad versperrte, aber sie gaben ein großzügiges Trinkgeld. Als Nachtisch packte ich Sandwich-Eis mit Schokoglasur aus und servierte es auf Tellern.

In der Regel waren die Jobs von kurzer Dauer, und in den meisten Wochen fand ich mich in neuen Ecken der Stadt wieder. Arthur hatte mir mal erklärt, dass manche Städte in die Höhe und manche in die Breite wuchsen. Vertikale Ausdehnung und horizontale Ausdehnung. Such dir nach Möglichkeit eine vertikale Stadt aus, hatte Arthur gesagt. Die geben Anlass zu Optimismus.

Unsere Stadt, jetzt nur noch meine Stadt, hatte viele

Wolkenkratzer und mehrgeschossige Wohnhäuser ohne Aufzug. Apotheken und Lebensmittelgeschäfte waren in alten Bankgebäuden, deren Gewölbedecken fünfzehn Meter über die Regale ragten. Ich hatte schon in Aufzügen mit uniformierten Fahrstuhlführern und in Aufzügen ganz ohne Knöpfe gestanden. Irgendwie wussten die auch so, wo man hinwollte.

Drei Monate waren vergangen, da antwortete ich auf eine Stellenausschreibung, in der eine Nanny für die Nacht gesucht wurde; die Medien erwähnten den Star schon längst nicht mehr. Mein Schlafrhythmus war ohnehin bereits völlig durcheinander. Ich scrollte gern im Dunkeln durch meine Feeds, wenn ich überzeugt war, dass nur noch Fremde wach waren. Fast alle meine Bekannten – die gefühlt immer weniger wurden – lebten in der gleichen Zeitzone. Sie legten zunehmend Wert auf geregelte Schlafzeiten, stellten auf ihren Displays den Nachtmodus mit beruhigenden Orangetönen ein und trugen teure Aufbissschienen, mit denen sie lispelten.

Während die mir bekannte Welt schlief, las ich alte Boulevardartikel über den Star. Mein Smartphone ließ jede noch so kleine Veränderung in seinem Leben auferstehen: Er bekam die Hauptrolle in einem neuen Film, er hatte eine neue Freundin, er kaufte sich einen Kaffee. *Genau wie wir.* Manchmal war in den Schlagzeilen von Erschöpfung die Rede. In der Promiwelt galt das, wie ich feststellte, als medizinischer Fachausdruck.

Als der Star noch lebte, vermied ich dieses Verhalten. Ich wollte ihn kennen und nicht nur Sachen über ihn wissen. Für mich war das ein prinzipieller Unterschied. Nun, da man ihn nicht mehr kennenlernen konnte, erforschte ich ihn und saugte alles auf. Zu den merkwürdigsten Uhrzeiten, wenn aus spätnachts frühmorgens wurde, konnte meine Gier wie etwas anderes erscheinen. Mein Smartphone, ein helles Rechteck im dunklen Zimmer, gab vor, ein Portal oder ein Schatz oder zumindest eine Zeitmaschine zu sein.

Um eine Nachtnanny zu werden, nahm ich die U-Bahn ins Wohnviertel zu einem Luxusgebäude mit Blick auf die besten Museen und den See mitten im Park. Der Portier musste eine spezielle Karte durch einen Schlitz ziehen, damit ich in den sechsundzwanzigsten Stock fahren konnte, wo sich der Aufzug direkt in den Eingangsbereich der Wohnung öffnete. Es waren weder Schuhe noch Jacken zu sehen. Auf einem Beistelltisch lagen aufgefächert namhafte Zeitschriften neben einem gerahmten handgeschriebenen Brief, vermutlich von einer berühmten Persönlichkeit, aber der Name sagte mir nichts.

Das Vorstellungsgespräch führten die Mutter und drei weitere Frauen. Die Tagesnannys. Sie stellten mir Fragen, während wir den Teller Kekse zwischen uns betrachteten.

»Hatten Sie als Kind eine prägende Erzieherin?«, wollte die Mutter wissen.

Sie wirkte enttäuscht, als ich ihnen das bisschen erzählte, woran ich mich noch aus meinen Jahren im Kindergarten erinnerte.

Das Mädchen war fünf Jahre alt und hieß Susan, was meiner Meinung nach eher ein Name für Erwachsene war. Die erste Nanny erklärte mir, dass Susan nicht auf Sue oder Susie hörte. Kosenamen waren tabu.

Mitten im Gespräch ging die Mutter weg, kam in vorteilhafter Sportkleidung zurück und ging wieder. Der Vater wurde nur einmal erwähnt. Nur er durfte, so die dritte Nanny, *Süße* sagen.

Susan selbst zeigte mir die Betten, in denen wir schlafen würden. Sie erklärte mir, dass ich meinen Schlafanzug unters Kopfkissen legen durfte.

»Oder bring ihn in einer Stofftasche mit«, sagte sie ernst.

Jeden Tag löste ich die Tagesnannys etwa um die Zeit ab, wenn Susan sich die Zähne putzte. Sie trug Nachthemden oder Einteiler mit abgeschnittenen Füßen. Sonst könne sie nicht richtig atmen, wie sie erklärte.

»Ich will mit den Zehen wackeln«, sagte sie, und ich antwortete, das könne ich verstehen.

Während Susan schlief, durchforstete ich auf meinem Handy das Internet. Alle paar Stunden rechnete ich aus, wie spät es in Arthurs Stadt war. Die Stille dieser Nächte erinnerte mich an die Stille in Bibliotheken. Das war nicht so friedlich, wie es sich anhörte; dieser Art von Ruhe traute ich schon lange nicht mehr. Im zweiten Jahr, in dem ich im Archiv arbeitete, gab es eine große Ankündigung: Die Liebesbriefe einer berühmten Malerin sollten erstmals geöffnet werden. Die meisten Briefe waren an ihren Mann, einen noch berühmteren Fotografen, und sie hatte verfügt, dass sie nach ihrem Tod fünfzig Jahre lang versiegelt bleiben mussten. Ich schätzte sowohl die Malerin als auch den Fotografen, und ich fand die Spannung romantisch, ein Beweis, dass Liebe manchmal doch von Dauer war. Aber am Tag der Enthüllung hatte ich überhaupt nicht mehr daran gedacht. Zur üblichen Zeit kam ich mit der üblichen Ausstattung – Desinfektionsmittel, was zu essen, eine auslaufsicher in Plastik verpackte Thermosflasche –, und eine Schlange hatte sich bis um den Block gebildet. Von der anderen Straßenseite aus sah ich zu, wie sie sich langsam vorwärtsbewegte. Die Leute plauderten, lachten und reckten den Hals, um den Anfang der Schlange zu sehen. Die Aufregung hätte ansteckend sein können, schließlich kommt es nicht alle Tage vor, dass eine Bibliothek zum Publikumsmagneten wird, aber auf mich wirkte sie anklagend. Ich machte mir Notizen und hielt Abgabetermine ein, aber wann war ich zuletzt so begeistert gewesen?

Bei Susan machte ich kaum ein Auge zu. Wenn es morgens Zeit wurde zu gehen, stand ein Wagen für mich bereit. Ein schnittiges schwarzes Auto mit kleinen Wasserflaschen hinten in der Armlehne. Bei der ersten Fahrt leerte ich alle vier in schnellen, kräftigen Zügen, und am nächsten Tag klemmten acht Flaschen in den Getränkehaltern. Beschämt ließ ich ab sofort die Finger davon.

Ich sah Susans Eltern oft wochenlang nicht. Spätnachts hörte ich, wie sich der Aufzug öffnete. Sie machten Geräusche, wie sie Reiche eben machten. Absätze auf Massivholzdielen, Schlüssel zu Luxusautos auf nach Maß geschnittenem Marmor. Wo haben die gelernt, so zu raunen?

Ein- oder zweimal wachte Susan davon auf. Sie guckte mich von der anderen Seite des Zimmers aus an. Im Dunkeln wirkte sie noch weniger wie ein Kind.

»Das sind sie«, sagte sie.

Ich nickte. Das Handy auf meiner Brust leuchtete auf. Ich stellte mir vor, dass mein Kinn bläulich strahlte, und auf einmal war es unsagbar traurig, dass Susan mich noch nie in der Sonne gesehen hatte.

»Ihre grünen Stiefel«, sagte Susan.

»Was?«

»Das kann ich hören.«

Wir lauschten dem Klackern.

»Gar nicht wahr«, antwortete ich.

Ein paar Sekunden lang sah Susan mich schweigend an, und mir wurde klar, dass ich sie verraten hatte. Sie drehte sich weg, mit dem Gesicht zur Wand. Auf dem Handy hatte ich das Instagram-Profil der Schwester des Stars gefunden, auf dem sie Bilder ihrer Kinder postete – Zwillinge. Auf einem, das aufgenommen worden war, als sie noch Babys waren, hob der Star die Kinder wie Hanteln hoch in die Luft und schaute sich verlegen grinsend auf den Bizeps. Ich scrollte ein Jahr zurück, dann noch eins. Bevor die Schwester Mutter wurde, waren auf ihrem Profil vor allem Fotos von einzelnen Handschuhen auf der Straße. Herrenlos, matschig, platt gefahren. Der Hashtag #seelenverwandtergesucht hatte eine begeisterte Fangemeinde angezogen.

In der Küche wurde der Kühlschrank geöffnet und geschlossen. Susan warf sich nicht herum, drehte sich nicht, schnarchte nicht. War sie wach? Ob es wohl meine Aufgabe war, dafür zu sorgen, dass sie durchschlief? Ich hörte Dinge klappern und klimpern, die nicht meine waren. Als die beiden miteinander sprachen – Menschen, die ich mir kaum vorstellen konnte, Stimmen, die ich nicht richtig verstehen konnte –, sehnte ich mich danach, ihnen näher zu sein. Mein Gesicht fühlte sich nackt an und kribbelte, als hätte es eben erst jemand berührt, als hätte jemand so nah geflüstert, dass sich die Worte auf meiner Haut kräuselten.

Ein paar Monate nach Arthurs Umzug rief er an und weckte mich. Es war spät am Vormittag, fast schon Mittag.

Ich hatte den ersten Wecker überhört, dann den zweiten und auch eine Nachricht von meiner Mitbewohnerin, die wissen wollte, ob wir Babypuder hatten, weil in der Küche Ameisen waren. Im Grunde war das nicht weiter schlimm, weil ich nirgends hinmusste, aber mir schwirrte der Kopf vor lauter Schuldgefühlen.

Arthur hatte angerufen, weil er mir sagen wollte, dass er eine Neue hatte. Die Offenheit war uns beiden peinlich. Wir sprachen nicht gern über Vorhersehbares. In Wahrheit lechzte ich natürlich nach jedem noch so kleinen Detail aus seinem und nun auch aus ihrem Leben. Als ich das Rollo hochzog, marschierten Hunderte Insekten seitlich am Fenster hinunter. Im grellen Licht, das ins Zimmer fiel, war es leicht, mir eine Frau vorzustellen, die alles hatte, was mir fehlte. In meiner Fantasie war sie Ärztin oder Lehrerin – etwas, das Hingabe verlangte, aber auch wichtig war. Eine begnadete Köchin, die nie auf Diät war, eine Frau, die sich nicht scheute, allein auf eine Party zu gehen. Sie schrieb ehrliche Posts, ohne sich Gedanken zu machen, wer sie lesen würde. Nackt und ineinander verschlungen in einem Bett, das ich nie zu Gesicht bekommen würde, wüsste sie eine Antwort auf Arthurs Aufforderung: *Sag mir, was du willst.*

»Kann sie Englisch?«, fragte ich ihn.

Sie unterhielten sich in ihrer Muttersprache, in der ich ihn fast nie hatte reden hören. Einige Jahre zuvor hatten wir auf dem Rückweg nach einer langen Reise für einen Tag und eine Nacht einen Zwischenstopp in ihrer Stadt eingelegt, damals, als sie noch nicht ihre Stadt war. Ich war überrascht, wie laut Arthur auf Spanisch sprach, als würde er etwas verkaufen – er zwang den Leuten die Worte geradezu auf. Ich hörte ihn um eine Tüte Gewürznüsse feilschen. Ein kleines bisschen widerte mich das an.

Später, als ich in der Nähe des Hotels auf einer Bank saß, während Arthur joggen war, machte mich der Gedanke an seine Stimme in einer Fremdsprache an. Ein hässlicher Hund beschnüffelte meinen Fuß, aber ich achtete nicht auf ihn. Ich malte mir aus, wie ich das Gesicht in die Matratze und Arthur mir die Hand in den Rücken drückte. Hinterher würde er etwas murmeln, das ich nicht verstand. Teile von ihm, die ich nicht würde sehen können, wären in mir. Das mochte ich am Sex am meisten – etwas zu besitzen, von dem wir nicht einmal mit Sicherheit wussten, dass es existierte. Ich konnte den Anblick von Sperma nicht leiden. An meine Oberschenkel geschmiert oder auf den Bauch getropft. Milchig in einem Kondom, wie ein Beutel mit etwas, das man hinten im Kühlschrank vergessen hatte.

Der Hund stupste mich noch einmal am Sneaker an. Der Atem am Knöchel verhöhnte meine Fantasie. Ich war erschrocken über den Impuls, ihn treten zu wollen. Die feuchte Nase und undisziplinierte Zunge, die dicken, vor und zurück klatschenden Hoden.

Nach dem Abendessen hielt Arthur ein Taxi an, obwohl Ausländern davon abgeraten wurde. Er hielt die Warnungen für überzogen. Ich war zwar nicht unbedingt seiner Meinung, aber so fingen wohl die Abenteuer anderer Leute an. Das Auto war klein und weiß, und im Boden war ein faustgroßes Loch. Ich sah zu, wie der Asphalt darunter vorbeirauschte, bis mir schlecht wurde. Das war erstaunlich hypnotisierend.

Arthur verstand den Fahrer nicht. Er spricht zu schnell, sagte er. Zu umgangssprachlich. In seiner Frustration lehnte er die Stirn ans Handschuhfach. Ich stellte den Fuß aufs Loch, um nicht mehr hinsehen zu müssen.

Das Taxi setzte uns an einem Hotel ab, das ich nicht als unseres erkannte, und es stellte sich heraus, dass wir nicht genug Geld für die Fahrt hatten. Arthur zückte seine Kreditkarte. Unbeeindruckt schaute der Fahrer die Plastikkarte an. Ein zweites und drittes Mal überprüfte Arthur seine Taschen. Er sagte, uns fehlten nur ein paar Dollar, aber er wich meinem Blick aus. Schließlich stieg er aus und versicherte dem Fahrer, er sei gleich wieder zurück. Ich fragte mich, ob ihm überhaupt auffiel, dass er Englisch sprach. Er ging in den nächsten Mini-Markt und kam mit zwei Broten und einem Liter Limonade zurück. Den Einkauf reichte er durchs Beifahrerfenster. Inzwischen hatte er sich wieder gesammelt. *Lo siento.*

Im Hotelzimmer küsste Arthur mich und legte mir liebevoll die Hände an die Wangen. Er machte mir Komplimente, die ich ihm nicht so recht abkaufte. Seine Finger rochen übel – nach Münzen. Ich war überrascht, dass ich ihn überhaupt riechen konnte. Angestrengt versuchte ich an Sex zu denken, aber stattdessen dachte ich an die Brote. Ich stellte mir vor, dass die Scheiben in kugelrunde Bällchen gerollt und mit Cola direkt aus der Flasche hinuntergespült wurden. Ich stellte mir Sandwiches mit mehreren Wurstscheiben und Sandwiches nur mit Mayo vor. Ich stellte mir vor, dass sie unter dem Beifahrersitz vergessen wurden: erst grün, dann grau, dann schwarz.

Ich wandte mich von Arthur ab. In einer Sprache, die ich nicht verstand, entschuldigte ich mich. Ich ahmte seinen Akzent nach, dann fühlte ich mich ein bisschen besser – ein bisschen weniger wie ich selbst.

Am Tag nach der Beerdigung des Stars gab eine Ex-Freundin von ihm ihre Schwangerschaft bekannt. Soweit ihre Fans wussten, war sie aktuell Single. Etwas Genaueres sagte sie nicht; sie ließ alle spekulieren. Einige Fans waren völlig aus dem Häuschen. Die Ex-Freundin war, genau wie der Star, äußerst attraktiv, und anscheinend war das ein Grund zur Freude: die Kombination zweier vielversprechender Genpools. Andere waren empört. Sie beschmutze nicht nur seinen Namen, sondern auch sein Vermächtnis.

Ich glaubte der Ex-Freundin nicht, aber ich konnte sie verstehen. Auch ich spürte den Star in mir rumoren. Ein Tritt mit der Ferse gegen die Rippen wäre tröstlich gewesen, denn der hätte es zu etwas Echtem gemacht.

Seit ich die Promotion abgebrochen hatte, bekam ich meine Periode unregelmäßig. Mal drei Wochen am Stück, mal überhaupt nicht. Als Arthur weg war, erzählte ich meinem Frauenarzt – er hatte den gleichen leichten Akzent wie mein Doktorvater –, dass ich nicht sexuell aktiv war, und er nickte ernst. Er riet mir, mit Nährstoffen angereichertes Müsli zu essen und acht Stunden pro Nacht zu schlafen. Außerdem sollte ich meine Periode mithilfe einer App tracken, bei der man auch die Stimmung mit lachendem oder traurigem Smiley und die Schmerzen protokollieren konnte – zur Auswahl standen ein bis vier Blitze. Ich ließ die App App sein und verfolgte stattdessen die Schwangerschaft der Ex-Freundin. Auf den Bildern trug sie eng anliegende Umstandskleidung und hielt sich liebevoll den Bauch. Durch das Shirt war ihr Bauchnabel zu sehen.

Ich war gerade mal seit einem Monat Nanny, da wurde die Ex-Freundin – der Bauch riesig und in der Sonne – in

Cancún mit einem unbekannten Mann gesichtet. Er hatte tolles Haar und beeindruckende Bauchmuskeln, aber berühmt war er nicht. Offenbar war er der Vater. Ich las ein paar Schlagzeilen, brachte es aber nicht über mich, sie anzuklicken, und erfuhr nie seinen Namen. Ein paar Tage später setzte meine Blutung ein, eher braun als rot. Ich wickelte einen riechenden, aufgequollenen Tampon in mehrere Schichten Toilettenpapier und versteckte ihn ganz unten in Susans Mülleimer. Als ich wieder im Bett lag, schlief ich unruhig, wachte immer wieder auf und träumte, dass sie ihn trotzdem fand: In der hohlen Hand hielt sie etwas Rotes, Triefendes, das ein bisschen lebendig aussah. Am Morgen fischte ich den Tampon aus dem Müll und nahm ihn in der Handtasche mit nach Hause, weil ich sie nicht erschrecken wollte.

Eines Abends – es sollte der letzte sein – kam ich an, und Susan trug keinen Schlafanzug. Sie hatte ein bodenlanges Kleid an, dessen Saum sie zwei, drei Zentimeter hochhielt, und darunter waren weiße Lacklederschuhe zu sehen. Die Tagesnannys waren sichtlich aufgebracht. Alle drei hatten schon ihre Tasche gepackt. Eine rief ungeduldig den Aufzug.

»Der kommt auch nicht schneller, wenn du mehrmals drückst«, sagte Susan. Sie klang ein bisschen überheblich, aber vor allem traurig.

»Du bist nicht die Mutter«, antwortete die Nanny.

»Ich bin nicht die Mutter«, wiederholte Susan, was überhaupt keine Widerworte waren, und wir wussten nichts darauf zu sagen.

Sie ließ den Saum zu Boden fallen, und erst da begriff ich, dass das Kleid nicht für Kinder war, sondern ein ärmelloses Cocktailkleid für Erwachsene. Die Armausschnitte reichten Susan bis zur Taille, und ich konnte ihre Rippen und den Gummibund der Unterwäsche sehen. Sie hatte keinen runden Bauch, wie ihn meiner Meinung nach alle Kinder haben sollten.

Als der Aufzug kam, huschte Susan hinein, und das Kleid schleifte über den Boden. Langsam schloss sich die Tür, und auf Susans Gesicht zeigte sich Angst. Um die Tür aufzuhalten, streckte sie das Ärmchen aus, das kaum dicker war als ein Zweig. Unwillkürlich dachte ich an Bäume, die in trostlose Wohnblocks geliefert werden – die Stämme sind eher Äste, das ganze Wurzelwerk ist in Sackleinen gepackt, und bis sie Schatten spenden, dauert es noch ein halbes Leben.

Die Tür ließ sich von Susans Arm nicht aufhalten, deshalb stellte sie sich ihr mit dem ganzen Körper entgegen. Sie tat das ohne jegliche Verzweiflung. Fünfundzwanzig Etagen unter ihr, seelenloses Metall auf beiden Seiten.

Die Nannys ließen ihre Taschen fallen und preschten los. Eine stemmte sich gegen die Aufzugtür, und eine andere griff mit beiden Armen nach Susan und zog sie zurück in die Wohnung. In der Umarmung sah sie unbeholfen aus. Ihr Körper war nicht dafür gemacht, sich in einen anderen einzufügen. Er klappte regelrecht zusammen, wie ein Stuhl, der damit beworben wird, dass er platzsparend im Schrank aufgeräumt werden kann. Ahnungslos, ob er leer oder besetzt war, schloss sich der Aufzug, und beim Hinunterfahren surrte er leise.

Auf einmal kam es mir widernatürlich vor, dass ich erst in so vielen Stunden wieder auf festem Boden sein würde und dass sich so viele meiner Nächte in gefährlichen Höhen abspielten. Es war gesetzlich vorgeschrieben, dass die Fenster sich nicht öffnen ließen. Was für eine Art von Leben erhöhte sich selbst auf solche Weise?

»Lass mich los«, sagte Susan in Richtung des Ellbogens der Nanny. »Ich bin spät dran.«

Anstatt zu antworten, öffneten die Nannys die Schnallen an Susans Schuhen. Susan strampelte in die Luft und trat ihnen halbherzig gegen die Handgelenke.

»Wo willst du hin?«, fragte ich.

Sie funkelte mich an.

»Ich will nicht, dass du mich kontrollierst.«

»Okay«, antwortete ich. »Weißt du, wann du zurückkommst?«

Susan leckte ihren Daumen an und rieb energisch über das Lackleder. Sie fing an zu weinen.

»Nein, weiß ich nicht«, sagte sie. Die Schuhe polterten zu Boden. Unter Tränen schnappte sie nach Luft. Mir kam es unfair vor, wie klein ihr Mund war.

»Hol erst mal tief Luft«, sagte die erste Nanny.

»Tieeeeef einatmen«, sagte die zweite.

Sie machten es ihr vor.

»Mach, du weißt schon, was«, sagte die dritte.

Susan sah sie ein paar Sekunden lang an. Dann legte sie die Arme um ein imaginäres Bündel und wiegte es. Sie atmete lang und rasselnd aus und starrte entschlossen auf das Nichts in ihrem Arm.

»Selbstberuhigung«, flüsterte mir die erste Nanny zu.

»Kümmere dich um das Baby«, sagte die zweite und klopfte sich zur Verdeutlichung auf die Brust. Sie hatte einen beachtlichen, mütterlichen Busen. Ich fragte mich, ob meine flache Brust ein Aushängeschild für meine berufliche Inkompetenz war. Sah man mir an, dass ich keinen inneren Kompass hatte? Ich trug dünne Stoffteilchen, die man Bralettes nannte. Meine Fantasie hatte ich noch nie bewusst kontrolliert.

»Im Kühlschrank steht Gatorade.« Mit einem Pling verkündete der Aufzug, dass er wieder da war, und die dritte Nanny hielt ihn den anderen beiden auf. Sie hatte ungewöhnlich viel Kraft im Unterarm. Ihre Venen sahen aus wie die Stiele von Wildblumen. Ich stellte mir vor, wie darin Blut und, warum auch immer, Milch floss. »Trink was, wenn du dich ausgeweint hast«, sagte sie. Dann schlossen sich die Türen, und sie waren weg.

Ich drehte mich um, und Susan sah mich an. Sie zitterte vor Anstrengung, aber weinte nicht mehr.

»Es ist nicht echt«, sagte sie und hielt mir das Baby hin.

Ich nickte, hob es aber trotzdem aus ihrem Arm.

»Ich muss gleich los«, sagte sie.

Liebevoll sah ich in meine Armbeuge.

»Aber du kommst zurück«, antwortete ich und wiegte sanft die Arme.

»Vielleicht.«

»Wirst du uns vermissen, wenn du weg bist?«

Susan umfasste meine Handgelenke. Ihre Hände waren warm, genau wie sie sein sollten. Bevor ich es verhindern konnte, riss sie meine Arme auseinander. Ich zuckte zusammen und kam mir blöd dabei vor. Einen Augenblick lang standen wir da und schauten auf den Boden – oder auf das Baby am Boden.

»Sei nicht albern«, sagte sie, und wir gingen Zähne putzen.

Wünsche und Bedürfnisse

In dem Sommer, in dem Val fünfundzwanzig wurde, zog ihr Quasi-Stiefbruder zu ihr nach New York. Er war neunzehn, und als er mit zwei Paar Schuhen, die vom Rucksack baumelten, und einer Dose Cola, von der er kräftige Schlucke nahm, vor ihrer Haustür auftauchte, sah sie ihn zum ersten Mal. Vor Jahrzehnten war Zekes Mutter mit Vals Vater verheiratet gewesen.

Abends kam Val mit nassen Achseln und sich ablösenden Blasenpflastern von der Arbeit, und Zeke erzählte ihr von seiner Kindheit. Er war mit Mantras, Wokgerichten und einem Whirlpool im Garten aufgewachsen. Zweimal täglich stieg sein Vater hinein, und die Düsen machten das Wasser genauso milchig weiß wie sein Brusthaar. Aus Umweltgründen wusch Zekes Mutter sich nur mit einem Schwamm und ließ dabei eine App laufen, mit der man dreizehn verschiedene Arten von Regen abspielen konnte. Frühlingsregen und Winterregen, Regen auf Asphalt, Regen auf Sand, Regen auf einer Plane, Regen auf dem Blätterdach im Dschungel. Dort, wo sie in Kalifornien lebten, gab es häufig Dürren, und manchmal war es verboten, den Gartenschlauch zu benutzen.

Bei jeder Geschichte, die er erzählte, rechnete Val nach

und ordnete ihr eine eigene zu. Er segelte im selben Jahr durch den Golf von Mexiko, in dem sie keine Begleitung für den Schulball hatte. Seine Eltern zeigten ihm, wie er mit den Leinen helfen konnte, Hand über Hand über Hand über Hand. Er brach sich das linke Handgelenk, während sie studierte, und das rechte während ihres ersten einsamen Frühlings in Queens, als jeder Krokus – sie waren zu früh dran – falsche Hoffnungen weckte.

Im Austausch für die Erinnerungen erteilte Val praktische Ratschläge. Sie erklärte Zeke, dass man Wohlstand zum Beispiel anhand des Wasserdrucks einschätzen konnte. Wenn er zur Uni gegangen wäre, sagte sie, wüsste er, dass man beim Duschen Badeschlappen trug. Im Eckladen kaufte sie ihm Flip-Flops aus festem Gummi und erklärte, dass auch Jungs Spülung verwenden sollten.

An einem Morgen hörte Val durch die dünne Badezimmerwand, dass Zeke Sex mit ihrer Mitbewohnerin hatte. Um sich zu vergewissern, stellte sie das Wasser ab. Eine Weile stand sie unter der unregelmäßig tropfenden Duschbrause, sah zu, wie ihr der Schaum vom Bauch glitt, und lauschte dem schweren Atmen. Später erzählte Val Zeke, dass ihre Mitbewohnerin aus einer Stadt in Connecticut kam, die für ihren Wohlstand bekannt war. Im Haus ihrer Familie gab es im Elternbad ein Urinal und ein Bidet.

»Das Ganze hier«, sagte Val und zeigte auf die verspachtelten Wände, den nicht aufgehängten Spiegel und die Zimmerpflanzen in der rissigen Erde, »ist für sie nur ein Experiment.«

»Genau wie du«, fügte sie hinzu.

Val nahm Zeke mit zu einer Dinnerparty mit acht Käsesorten und einem riesigen Salat. Die Gäste waren ausnahmslos Frauen.

»Erzähl ihnen, dass deine Mom Tarotkarten legt«, sagte sie. »Das gefällt ihnen bestimmt.«

Sie reichten den Wein herum und machten Witze, dass sie Salatmädels seien.

»Du darfst auf keinen Fall zu einer Karikatur werden«, sagte eine zu Zeke und legte ihm die Hand auf den Arm.

»Davon gibt es so viele«, stimmte eine andere zu, als würden sie über eine ansteckende Krankheit sprechen.

Zeke aß drei Teller Salat, während die Frauen über eine gemeinsame Freundin sprachen. Seit Kurzem arbeitete sie als High-Class-Escort.

»Sie kriegt Geld dafür, tiefe Ausschnitte zu tragen und teures Sushi zu essen.«

»Nicht Sushi«, sagte eine andere. »Steak.«

»Es gibt keinen körperlichen Kontakt.«

»Die Männer wollen einfach nur eine Begleitung fürs Abendessen.«

»Männer wollen *nie* etwas einfach nur so.«

Val sah zu, wie jemand die Rinde von einem Stück spanischem Käse abschälte. »Das Wachs ist essbar. Das kannst du mitessen.«

»Will ich aber nicht.«

»Die Armseligen sind die Männer«, sagte eine andere und spießte mit Nachdruck eine Tomate auf. »Macht das aus ihr dann nicht die Überlegene?«

Als Val und Zeke später bei ihr auf dem Sofa saßen – kratziger Karostoff, ein Relikt aus dem Büro des Großvaters von irgendwem –, machte sie sich über sie lustig.

»Jede Einzelne auf der Dinnerparty ist bloß eine bessere Empfangsdame«, sagte sie.

»Sind das nicht deine Freundinnen?«, fragte Zeke.

Sie zögerte. »Doch, eigentlich schon.«

Einige Jahre lang hatte Val bei einer bekannten Produktionsfirma Drehbücher gelesen und abgelehnt. Die Manuskripte kamen von Jugendlichen, verurteilten Verbrechern und Masterstudierenden, die von Ehrgeiz nur so strotzten. Am Anfang schrieb Val noch lange, ausführliche Absagen. Am Ende antwortete sie gar nicht mehr. Irgendwann während dieses allmählichen, vielleicht unmerklichen Übergangs lernte sie die Salatmädels kennen. Sie waren weltgewandt. Sie waren in Oxford und in der Oper gewesen und kannten die korrekten Adjektive für Wein. Hin und wieder schlugen sie vor, einen Buchklub zu gründen. Aber vor allen Dingen beschwerten sie sich über ihre Jobs, und sie wussten, wie man Beschwerden in Geschichten verpackte. Da war der Chef, der sein Ohrenschmalz aß, der Chef, der Kaffee mit zerlassener Butter trank, der Chef, der seinen Kindern einen Hund aus Florida bestellt und innerhalb einer Woche wieder zurückgeschickt hatte. (Eine der Salatmädels führte in einer E-Mail häufiges Urinieren und Kläffen als Gründe an, um eine vollständige Rückerstattung zu verlangen.) Besonders lustige oder besonders traurige Geschichten schrieb Val in einem kleinen schwarzen Notizbuch auf.

Als Zeke bei ihr einzog, war Val inzwischen Rechtsanwaltsfachangestellte geworden, und auch sie beherrschte nun die Kunst des Geschichtenerzählens. Eine Zeit lang hatte sie ihren Spaß daran: jedes Detail in genau der richtigen Abfolge preisgeben, die Aufmerksamkeit der Mädels fesseln und mit verschwörerischem Lachen belohnt werden. Irgendwann verlor das Verschwörerische seinen Reiz – sie schrieb die Geschichten nicht mehr auf –, aber sie beklagte sich trotzdem weiter.

Die Couch war klein, kaum größer als ein Zweiersofa, und sie und Zeke saßen mit dem Rücken an den Armlehnen. Ihre Schienbeine berührten sich fast.

»Das Traurige ist, ich wäre gern mutig genug, um im Internet auf Kleinanzeigen zu antworten«, sagte Val. »Du weißt schon, irgendwas Unüberlegtes machen.«

»Etwas, das man nicht vergisst«, sagte Zeke.

»Ich bin stolz darauf, dass ich nicht auf Internetanzeigen klicke«, sagte sie.

»Was wäre denn daran so schlimm?«

Er drehte ihnen einen Joint, was Val zufolge nicht als unerlaubt galt, weil sein Vater ihm gezeigt hatte, wie man das machte.

»Ich tu immer nur so, als würde ich rebellieren.«

Zeke trug ein Hanfarmband und ein Hanffußkettchen. Das Hanfhalsband hatte ihm Val, kurz nachdem er angekommen war, mit einem Nagelknipser abgeschnitten. Sie war der Meinung, Halsbänder seien nur etwas für Teenager.

Wenn Zeke kein Shirt trug, schaute Val automatisch hin. *Pectus excavatum*, erklärte er. Eine nach innen gewölbte Brust. Es sah aus, als wäre etwas aus ihm herausgeschöpft oder in ihn hineingedrückt worden. Die Brust sank nach innen, und die Rippen ragten nach außen – wie ein gekentertes Ruderboot. Val hatte den Impuls, die Stelle zu berühren. Sie sah an sich selbst hinunter und war entsetzt über das Gewicht ihrer Brüste.

»Noch eine Katastrophe hätten meine Eltern nicht verkraftet«, sagte Val.

Zeke murmelte zustimmend, während er die Klebekante des Joints anleckte.

»Glauben deine Eltern überhaupt an Katastrophen?«

Der Grasgeruch lockte Vals Mitbewohnerin aus der Küche. Zeke legte ihr die Füße auf den Schoß. Seine Boxershorts waren alt, der Bund kräuselte sich von seiner Hüfte wie eine geschürzte Lippe, und aus einem bestimmten Blickwinkel konnte Val seinen Hodensack sehen – eher grau als rosa. Irgendwann verschwanden die beiden im Zimmer der Mitbewohnerin, und Val blieb auf ihrer Sofahälfte sitzen. Hinter der Tür kicherte die Mitbewohnerin.

Während sie ihnen beim Lachen zuhörte, fuhr Val die Narbe über ihrer Kniescheibe nach. In schlechten Fernsehsendungen wurden Opfer von Verbrechen immer anhand von Muttermalen oder Narben an ungewöhnlichen Stellen identifiziert, an Stellen, die nur jemand gesehen hatte, der einen wirklich gut gekannt hatte. Val hatte nach besonderen Merkmalen gesucht, etwa nach einer Sommersprosse in der Achsel oder einem Muttermal innen am Oberschenkel, aber nie etwas gefunden. Die Narbe am Knie konnte jeder sehen, und sie wusste selbst nicht einmal mehr, woher sie sie hatte.

Als Val achtzehn Jahre alt war, scheiterte ihr älterer Bruder an dem Versuch, sich zu erhängen. Bis zu ihrem Schulabschluss waren es nur noch ein paar Wochen. Ihre Lehrer befreiten sie von den Abschlussprüfungen, und einer ihrer Freunde war der Meinung, dass die Geschichte sich gut als Essay für die Uni gemacht hätte.

Vals Eltern wandten sich an einen Familientherapeuten,

und es folgte eine halbherzige Aufarbeitung, bei der Val und ihr Bruder zum ersten Mal von der früheren Ehe ihres Vaters hörten. Dem Therapeuten zufolge waren Geheimnisse schädlich. Widerwillig erzählte ihr Vater ihnen, wie er seine Ex-Frau Naomi kennengelernt hatte. Sie waren auf einem Campingplatz in Colorado, sagte er, beide knöcheltief in einem Bach. Er wusch seine Sandalen, und sie schürfte nach Gold. Noch nie im Leben hatte Val ihren Vater in Sandalen gesehen.

Vals Bruder nahm umgehend Kontakt mit Naomi auf, in der Hoffnung, jemanden zu finden, der ebenso wütend auf seine Eltern war wie er. Naomi entpuppte sich als Enttäuschung. Sie schrieb selten und mit schlechter Zeichensetzung. In den E-Mails reihte sie elliptisch Sätze und Halbsätze mit Auslassungszeichen aneinander. Sie meinte, sie fahre den Computer nur selten hoch und jedes Mal erschrecke er sie: ein Tier, das surrend zum Leben erwacht. Sie habe die Wut damals zugelassen und hege inzwischen keinen Groll mehr gegen ihren Ex-Mann. Vielleicht war seine Anwesenheit schwerer zu ertragen gewesen als seine Abwesenheit, schrieb sie. Sie erwähnte ihren Mann und Sohn, aber nie mit Namen. Die E-Mails wurden kürzer, die Ellipsen länger, und schließlich kam nichts mehr.

Val machte sich nicht die Mühe, Kontakt zu suchen, und mehrere Jahre vergingen. Ab und zu erzählte sie jemandem von ihrer verloren geglaubten Nicht-ganz-Stieffamilie, wenn sie mit einer guten Geschichte punkten wollte. *Verrate uns etwas von dir, das wir nicht vermutet hätten.*

Jahre später meldete sich dann Zeke. Er schickte Val eine Nachricht auf Facebook, wo sie sich öfter, als sie zugeben würde, einloggte und nachsah, wo sich die Ex-Freundin ihres Ex-Freunds herumtrieb. Val redete sich ein, dass das eine originelle Form der Kontrolle war, weil sie eher von Neugier motiviert war als von Eifersucht. Wenigstens verschwendete sie keine Zeit an *ihn*.

Inzwischen war Vals Bruder nach San Francisco und Bali und North Dakota gezogen. Arbeit gefunden hatte er in einem Frozen-Yogurt-Shop, in einem Aschram, auf einer Bohrinsel. Rückzahlungsbescheide für Studienkredite und Vorladungen zum Geschworenendienst stapelten sich bei Adressen, an die er sich gar nicht mehr erinnern konnte. Zwangsläufig zog er wieder zurück ins Elternhaus, in dem sein Zimmer – das Gästezimmer – altrosa oder altrosé gestrichen worden war, was davon, konnte sich nie jemand merken. Er ließ den Koffer unausgepackt, und immer wenn es ihm möglich war, legte er Geld für die Stromrechnung in die Küche, obwohl das niemand von ihm verlangte. Seine Mutter sagte: *Fühl dich wie zu Hause*, aber er betonte: *Ich bin nur zu Besuch*.

Für Val war ein Stiefbruder eine willkommene Abwechslung. Auf Zekes alten Profilbildern guckte er aus einem Zelt und hatte einen ungleichmäßigen Pubertätsbart. Er sprang in die Luft, streifte mit den Fingern ein Frisbee. Er steckte einem Mädchen eine weiße Blume ans Satinkleid.

Val war es leid, sich auf die Komplikationen in ihrem Leben zu konzentrieren. Vielleicht gab es die gar nicht. Sie ließ ein paar Tage verstreichen, und dann schrieb sie Zeke zurück.

An einem Nachmittag Mitte August, als die schicken Stadtteile wie leer gefegt waren, fuhren Val und Zeke mit der Staten Island Ferry, bis es dunkel wurde. Sie hatte Geburtstag, was sie aber nicht verriet. Die Tickets waren kostenlos, und die Aussicht war schön. Sie hatte eine Flasche Wein dabei, der nach einer Hin- und Rückfahrt von der Sonne lauwarm war. Val hatte sich vorgestellt, dass die Eintönigkeit etwas Luxuriöses hätte. Die anderen Passagiere würden ein- und aussteigen, getrieben von einer unsichtbaren, bedeutungslosen Verpflichtung – irgendwohin gehen, irgendwo ankommen. Sie dachte, die Entschlossenheit, an Ort und Stelle zu bleiben, die eintreffende und aufbrechende Schar zu beobachten, sich auf dem leer gewordenen Deck auszustrecken und die Weinflasche hin und her zu reichen, hätte etwas Beeindruckendes.

In Wahrheit rochen die Männer nach Bier und die Kinder nach Sonnencreme. Der Motor im Leerlauf war laut. Unter den Bänken raschelte Abfall. Der Wein wurde warm, und die Unterhaltung geriet ins Stocken. Immer wenn jemand ein Handy hochhielt, um ein Foto zu machen, stellte Val sich vor, dass es über Bord fiel und vom weißen, schäumenden Kielwasser verschluckt wurde.

In dem einzigen Restaurant, das von der Anlegestelle fußläufig zu erreichen war, aßen sie mit Parmesan überbackene Auberginen, dazu zwei faustgroße Frikadellen, und kaum waren sie zu Hause, fing Zeke auch schon an, sich zu übergeben. Unentschlossen blieb Val vor der Badezimmertür stehen und hörte ihm beim Würgen zu. Eine ganze Minute lang lief der Wasserhahn. Als Zeke wieder auftauchte, fand Val, dass er gelblich und irgendwie eingesunken aussah, aber vielleicht bildete sie sich das auch nur ein.

In der Nacht kotzte er noch dreimal. Zwischen dem zweiten und dritten Mal kaufte Val ihm einen Liter neonfarbenes Gatorade und eine Packung Spiraltrinkhalme. Beim vierten Mal öffnete sie die Tür, obwohl er sie gebeten hatte, das nicht zu tun. Er hustete vor allem Schleim aus, der hier und da mit schwarzer Auberginenschale gesprenkelt war. Sein Rücken fühlte sich kalt und feucht an. Als er sich zu ihr umdrehte, lag Verzweiflung in seinem Blick – Angst, die ihn entweder extrem jung oder extrem alt aussehen ließ. Die Angst interpretierte sie als Ehrlichkeit, und sie war verbittert über die ganzen anderen Gesichter, die sich ihr nicht hatten zeigen wollen. Sie rieb ihm Vaseline auf die rissigen Lippen. Sie übertrieb. Um den Mund herum glänzte die Haut.

Am nächsten Tag ging es ihm wieder gut, und Val hatte ein schlechtes Gewissen, weil sie sich wünschte, dass die Magenverstimmung länger gedauert hätte. Ihre Mitbewohnerin kam und ging, zog sich einmal, ein zweites und ein drittes Mal um. Bürokleidung, Sportklamotten und ein Kleid, das die ganze Wirbelsäule zeigte. Offenbar nahm Zeke ihr die Gleichgültigkeit nicht übel, darum tat Val es stellvertretend für ihn.

Sie hatte sich krankgemeldet, weil sie mit einer langsamen Genesung gerechnet hatte, aber am Nachmittag war Zeke wieder wohlauf.

»Ich komm schnell wieder auf die Beine«, sagte er achselzuckend.

Er machte sich mit dem Rad davon, und Val hatte keine Ausrede, als eine Freundin sie auf einen Kaffee einlud. Während sie auf die Getränke warteten, bemerkten sie wie immer, wie viele Läden in den letzten Monaten eröffnet hatten. Ihre Freundin hatte etwas Schaumiges mit unbekanntem gesundheitlichem Nutzen bestellt. Die ersten Schlucke von Vals Kaffee schmeckten künstlich.

»Hast du deinen Eltern erzählt, dass Zeke bei dir wohnt?«

Val zerknüllte ein Päckchen braunen Rohzucker, öffnete es aber nicht.

»Auf der Arbeit habe ich im Internet nach Haustieren gesucht«, sagte sie, ohne den Blick zu heben. »Meinst du, das ist ein Kündigungsgrund?«

»Val.«

»Was? Die sind nicht mal mit ihm verwandt.«

Neben ihr zerbröselte eine Frau mittleren Alters ein Scone in winzig kleine Stückchen und sprach laut in ihr Handy. »Ich kann dir nur raten, nie in einem Gefängnis zu arbeiten«, sagte sie. »Du wärst die perfekte Kandidatin dafür, dich in einen Insassen zu verlieben.« Sie zerdrückte mehrere Krümel mit dem Zeigefinger.

»Ich bin ja nicht mal selbst mit ihm verwandt.«

Der Rest von Vals Kaffee wurde schnell kalt. Das Getränk ihrer Freundin war fast leer, aber zwischen den Schlucken pustete sie trotzdem.

»Du kannst jetzt auf keinen Fall einen Hund kaufen.«

»Einen Hund retten.«

»Ich verurteile dich nicht«, sagte die Frau ins Handy.

»Was will Zeke von dir?«

»So ist das nicht.«

»Okay«, sagte ihre Freundin. Ihre leere Tasse hatte knallgelbe Flecken.

»Du musst echt mal aufhören mit deinem Helfersyndrom«, sagte die Frau. Sie haute auf den Tisch, aber niemand drehte sich hin.

Nach dem Suizidversuch ihres Bruders gab ihnen der Familientherapeut Hausaufgaben. Als Erstes sollten sie üben, die eigenen Wünsche und Bedürfnisse auszudrücken. Er zeigte ihnen einen Stapel Karten – auf der einen Hälfte stand ICH WÜNSCHE MIR, auf der anderen stand ICH BRAUCHE. Ein paar hatte er schon exemplarisch ausgefüllt:

Neue Kleidung

Demokratie

»Manche sind persönlich, andere eher allgemein«, sagte der Therapeut. »Sie haben das sicher bald selbst raus.«

Sie nahmen die Karten mit nach Hause, und Val breitete sie in der Küche auf der Arbeitsplatte aus. Ihre Mutter formte die Wörter lautlos mit den Lippen:

Einen Hund.

Einen Psychiater.

Vals Vater nahm eine Karte in die Hand.

»Lob und Anerkennung?« Er lachte gehässig.

In der nächsten Woche fuhr er den Therapeuten an. Sie gaben ihm doch nicht so viel Geld für Spielzeug.

»Nicht Spielzeug«, sagte der Therapeut. »Werkzeug.«

Manchmal fragte der Therapeut Val, wie sie sich fühlte, aber sie sagte nie viel. Meistens zog sie bloß mit einem Miniholzrechen Muster in einem mit Sand gefüllten Rahmen. Wenn ihre Mutter ihr die Hand drückte, drückte sie zurück. Val hatte nicht gewusst, dass die letzte Sitzung die letzte war, aber es blieb auch keine Zeit, sich zu fragen, warum. Sie zog zum Studieren weg, und alle sagten, sie seien sehr stolz.

Ende August verbrachte Zeke ein Wochenende mit Vals Mitbewohnerin in Connecticut. Val simste ihm zu oft. Er schrieb, alles sei *nice* oder *wyld* oder *fresh*. Die Bäder fand er schick, aber klein. Das Urinal und das Bidet hatte er nicht gesehen. Daraufhin zweifelte Val an sich. Vielleicht waren das alles nur Gerüchte. Sie blieb vor ihrem Ventilator sitzen, bis die Wangen kribbelten, und fragte sich, wie viele ihrer Erinnerungen von zuverlässigen Zeugen bestätigt werden konnten. Wie viele davon waren nur ihre?

Am Sonntag wechselten die Textnachrichten von Blau zu Grün. Wo waren sie, dass der Empfang immer wieder abbrach? Val stellte sich romantische Filmszenen vor. Als ihr die Ideen ausgingen, googelte sie *Liebe gestehen im Film*. Sie sah nach, ob es in Connecticut regnete. In den besten Liebesszenen regnete es immer.

Val fragte sich, ob das Eifersucht war, dabei wollte sie eigentlich gar nichts von Zeke. Ihr fehlte die nötige Energie, um an der Geschichte beteiligt zu sein, die sie sich für ihn ausdachte. An der Geschichte, die ihn von einer Küste zur anderen führte und vielleicht wieder zurück, zu der Umwege, Sackgassen und unüberlegte Entscheidungen gehörten, aber keine Pläne, weil er daran glaubte, was man ihm gesagt hatte: Der Weg ist das Ziel. Sie ärgerte sich über ihn, weil er an Klischees glaubte, aber beneidete ihn auch darum. Die Erfahrung hatte gezeigt, dass Küsse im Regen besser aussahen, als sie sich anfühlten. Wasser sammelte sich im Mund und tropfte von der Nase wie Rotz.

Bei Sonnenuntergang, der Himmel war wassermelonenpink, ging der Ventilator kaputt. Als Val zwischen YouTube-Videos von Filmküssen und den Pornos in ihren Lesezeichen hin und her klickend masturbierte, sickerte der Schweiß unter ihr ins Sofa. Die Polster verfärbten sich von Hellbeige zu Dunkelbeige. In ihrer Fantasie war auch Zeke verschwitzt, und Flüssigkeit sammelte sich in der Mulde in seiner Brust. Sie stellte sich vor, wie ihre Mitbewohnerin sich über ihn beugte und daraus trank. Wie sie selbst in das Bild passte, wusste sie nicht so recht. Sie malte sich aus, dass sie ihnen den Schweiß von den Gesichtern, aus den Achseln oder Kniekehlen leckte, aber das brachte sie nur zum Lachen. Sie konnte sich nur vorstellen, dass sie – kühl und trocken – in einer Zimmerecke saß. Zerstreut kam sie zum Ende und klappte den Laptop zu, der mittlerweile so heiß war, dass man ihn kaum noch anfassen konnte. Was für ein Mensch, dachte sie, täuscht sich selbst einen Orgasmus vor?

Ohne zu duschen, ging Val in die Bar. In die drei Straßen weiter statt die an der Ecke, damit sie sich vormachen konnte, sie würde sich anstrengen. Auf jedem Tisch stand eine Blockkerze, und alle Drinks waren garniert. Hauchdünn gehobelter Rettich in Lila und Grün. Als Val das billigste Dosenbier bestellte, wirkte der Barkeeper erleichtert. Sie gab ihm einen Shot Whiskey aus, und er mixte ihr einen Cocktail, der nach Holzkohle roch. Sie gab ihm einen Shot besseren Whiskey aus.

Die Paare in der Bar beugten sich über die Kerzen, als würden die winzigen Flammen sie wärmen. Vertrauten sich einander an und nippten unvorstellbar langsam an ihren Getränken. Die Frau neben Val ließ das Eis in ihrem Cocktail zu fingernagelgroßen Quadraten schmelzen. Beim nächsten Shot warf Val demonstrativ den Kopf in den Nacken. Der Alkohol landete in ihrer Nase und brannte.

Als die Bar endlich geschlossen hatte – die Theke und Tische gewischt und die klebrigen Ausgießer zum Einweichen in Gläser mit blauem Spülmittel gestellt waren –, hatte Val im Kühlraum, wo die Fässer standen, Sex mit dem Barkeeper. Unter dem Hemd hatte er ein Tattoo von einem Greifvogel und die Verse eines Gedichts, das sie überall auf Instagram gesehen hatte. Er saugte an ihrem Hals, und sie machte sich Sorgen, dass daraus ein Knutschfleck werden würde. Von der Kälte ließ ihr Rausch nach. Sie bemühte sich, mehr Einsatz zu zeigen oder sich fallen zu lassen, und der Versuch machte sie noch nüchterner.

Während sie sich anzogen, kam eine Nachricht von Zeke. Ein Foto von dem Urinal – sauberes weißes Porzellan mit goldenem Abfluss. *Du hattest recht.* Draußen überprüfte der Barkeeper zweimal das Schloss und zog hinter ihnen das Gitter herunter. Als er sie nach ihrer Nummer fragte, überlegte Val, ob sie Nein sagen sollte, sagte dann aber Ja und fragte sich schon, wie oft sie ihm antworten würde, bevor sie seine Nachrichten ignorierte.

Du hast immer recht.

Und warum gab ihr das keine Genugtuung?

Den ganzen Sommer über erkundigte Zeke sich kein einziges Mal nach ihren Eltern. Ihren Bruder erwähnte Val nicht, und eigentlich deutete auch kaum etwas darauf hin, dass es ihn überhaupt gab. Ein Polaroid als Lesezeichen in einem Roman, den sie seit Monaten nicht mehr angerührt hatte. Ein Kontakt in ihrem Handy. Was für ein schlechter Dank dafür, dass er überlebt hatte: trotzdem aus ihrem Leben gestrichen zu werden.

Sie wollte von ihnen erzählen – sie wollte, dass Zeke sie alle verstand –, aber sie wusste nicht, wo sie anfangen sollte. Wenn sie morgens im Café aßen, bestellte ihr Vater Frühstücksflocken. Ihre Mutter konnte es nicht leiden,

Geschenke auszupacken, wenn jemand zusah. Ihr Bruder hatte ein fotografisches Gedächtnis, was, wie er betonte, ein Fluch war. Zu viel Chaos im Kopf.

Wer waren diese Leute, die sie mit einem bunten Klebestift aus lückenhaften Erinnerungen und Gedächtnisfetzen zusammenbastelte wie eine Collage? Sie klangen wie Figuren aus den Geschichten der Salatmädels, namenlose Gestalten auf einer Bühne. Sie stellte sich alle vier von oben in der Praxis des Therapeuten vor: die Leberflecke auf dem Kopf ihres Vaters, den silbernen Ansatz der Mutter, ihren eigenen zu straff gebundenen Pferdeschwanz. Hatte ihr Bruder lange oder kurze Haare? Eine Glatze? Zum ersten Mal war sie weder wütend noch traurig, sondern zerknirscht.

»Meine Mom spart für eine Rhinoplastik«, erzählte Val Zeke an einem Abend, während sie Selter tranken und kifften.

»Eine was?«

Sie antwortete nicht. Ihr Selter prickelte. Sie wollte ihm begreiflich machen, wie sehr sie das Gesicht ihrer Mutter vermissen würde, wie sehr sie sich wünschte, dass sie glücklich war, aber egal, was sie sagte, sie wusste jetzt schon, ihre Erklärung würde der Sache nicht gerecht werden.

»Egal.« Sie trank ihr Mineralwasser zu schnell aus. Ihr Hals brannte. Um Zeke zum Lachen zu bringen, rülpste sie laut.

Am Labor Day bot Val an, eine Abschiedsparty für ihn zu schmeißen, und rechnete damit, selbst für Gäste sorgen zu müssen. Doch Zeke hatte Freunde, auch wenn Val noch nie von ihnen gehört hatte. Einen Jungen mit ungeschnürten Skaterschuhen. Den Inhaber des Bagelshops um die Ecke. Eine Frau im Alter ihrer Mutter. Val fühlte sich hintergangen.

»Ich kann einem Teenager keinen Alk geben«, sagte sie aufgebracht und zeigte auf den Jungen in Sneakers.

»Ich bin auch ein Teenager«, sagte Zeke verwirrt.

Den Großteil der Party verbrachte sie in der Küche und schenkte allen, die sich aus dem Wohnzimmer zu ihr verirrten, einen Drink ein, geizte aber mit dem Alkohol. Eine Literflasche Cola light spritzte ihr ins Gesicht. Die heiße Wohnung wurde immer heißer. Zeke öffnete die Fenster und erlaubte dann allen, sich die Oberteile auszuziehen.

»Also nicht, dass ihr meine Erlaubnis bräuchtet.«

Die Brustmuskeln des Bagelladenbesitzers erinnerten Val an Hühnchen aus dem Supermarkt. Eine Frau hatte eine Blinddarmnarbe, eine andere ein Bauchnabelpiercing. Irgendwann zogen alle in eine Bar weiter, und Val war allein. In der leeren Wohnung duschte sie kalt, damit sie sich vorstellen konnte, wie sich ihre Poren zusammenzogen. Sie ertrug den Gedanken nicht, dass ihre Haut von Löchern übersät war.

Val nahm tiefe, angestrengte Atemzüge – von der Kälte fühlte sich ihre Lunge starr an –, als die Tür aufging und Zeke hereinkam. Der Duschvorhang war überwiegend durchsichtig und mit einer knallbunten Weltkarte bedruckt. Hinter Südamerika versteckte sie ihr Schamhaar. Zeke hatte sein T-Shirt halb ausgezogen; nur ein Arm steckte im Ärmel.

»Küssen wir uns noch, bevor ich gehe?«, fragte er.

Val drehte das Wasser ab.

»Du bist betrunken.«

»Gar nicht wahr.«

»Du bist mein Bruder.«

»Gar nicht wahr.«

Wahrscheinlich weitete sich die Haut bereits wieder von der Hitze. Sie stellte sich das Öl darunter vor – gelb und gastromäßig, wie etwas, worin man Pommes frittierte. Zeke kam bis an den Duschvorhang und drückte die Nase in Grönland hinein. Schielend betrachtete er die gezackte Küste, dann schaute er auf und sah sie direkt an.

»Du hast darüber nachgedacht«, sagte er. »Gib's zu.«

Die ersten Anzeichen von Schimmel färbten die Fugen zwischen den Badfliesen grau, und dort, wo mal Flaschen gestanden hatten, waren orangefarbene Ringe. In Vals Kopf nahm eine To-do-Liste Gestalt an – Stahlwolle und Sprühflaschen mit aggressiven Reinigern. Die Liste beruhigte sie.

»Was hat das mit nachdenken zu tun?«, fragte sie gereizt, den Blick entschlossen auf Nordkanada gerichtet.

Zeke machte einen Schritt zurück, und einen Moment lang spürte sie beinahe, wie sie sich in die Lücke stürzte, die zwischen ihnen entstanden war. Nackt zu sein gab ihr einen Kick. Ihre Brüste sahen gut aus, so, wie sie es sonst nicht taten.

»Man sieht's dir an, wenn du daran denkst«, sagte er.

Und mit einem Mal war ihr Verlangen verpufft. Sie hasste ihn. Hasste, dass er jung und dünn und frei von Ironie war, hasste vor allem, dass er es ihr so einfach machte zu sagen: *Du kennst mich nicht.* Im Spiegel hinter ihm konnte sie seinen Hinterkopf sehen, den Haarwirbel im Nacken. Sie sah Teile von ihm, die er nicht sehen konnte.

Am Morgen nachdem sie nicht miteinander geschlafen hatten, verpasste Zeke weder seinen Flug noch simste er ihr nach der Landung. Val hatte ihn nicht gebeten, von sich hören zu lassen. Sie putzte das Bad.

Alles war wieder beim Alten.

Sie schaute nach vorn.

Beides stimmte nicht, aber Val versuchte sich dennoch für eins davon zu entscheiden. Was hörte sich besser an – nach vorn oder zurück?

Manchmal, auf dem Weg zur U-Bahn, spürte sie einen Anflug von Panik, weil sie plötzlich davon überzeugt war, dass ihre Bewegung nur eine Täuschung war, ausgelöst durch die Bewegungen der Körper um sie herum. Den Rest des Wegs hielt sie den Blick auf die Füße gerichtet, um sich zu vergewissern, dass jeder Schritt sie auch wirklich irgendwohin führte. An der Haltestelle kaufte sie sich jeden Tag eine neue Fahrkarte, obwohl das teurer war. Ihr tat es gut, um etwas zu bitten und es zu bekommen.

Es war wieder Sommer, als ihr Bruder eine E-Mail schickte. Sie hatte einen neuen Deckenventilator und eine neue Mitbewohnerin. In der Mail stand, dass er sich ein Ticket nach Kalifornien gekauft hatte, wo er jemanden kannte, der Zitrusbäume und ein sparsames Auto besaß. In dem Jahr brannte es überall an der Küste. Val las, dass das Feuer über die Highways sprang, und sah Fotos von Hügeln, die orange waren wie bei einem Vulkanausbruch. Am Tag vor der Abreise ihres Bruders war das Haus seines Bekannten abgebrannt. Er flog trotzdem hin. In einem klimatisierten Motelzimmer las er die Nachrichten. Am Straßenrand und vor Supermärkten wurde den Feuerwehrleuten auf selbst gemalten Schildern gedankt. *Einsatzkräfte* –, schrieb er, *ist das nicht ein tolles Wort?*

Ein paar Tage lang antwortete Val nicht. In New York

regnete es lange, was ihr ungerecht vorkam. Sie schloss alle Fenster und ließ die Luft in der Wohnung warm und stickig werden. Auf einer Website konnte man in Echtzeit die Brände beobachten, und Val sah stundenlang auf den Bildschirm mit den orangefarbenen und roten Punkten, die zuckten, größer wurden und alles verschlangen, was sie berührten. Im Traum klingelte sie an der eigenen Haustür, und alles zerfiel zu Asche. Als sie aufwachte, zog sie die verschwitzten Kleider aus und sah nach den Bränden. Die Seite lud langsam. *Bitte*, flehte sie und hasste sich dafür, *lass sie nicht weg sein.* Der Regen prasselte ans Fenster. Im Dunkeln tanzten die Punkte.

Brenda

Brenda wohnt in einem Wohnwagen in der Einfahrt des Hauses, das sie gekauft, niedergerissen und aufgegeben hat. Der Wohnwagen ist frisch geputzt, und auf dem kleinen Herd zischt ein Tee, weil gleich eine ihrer Studentinnen vorbeikommt. Beim Warten scrollt Brenda durch die wichtigsten Schlagzeilen des Nachmittags und prüft die Verfallsdaten der Lebensmittel im Minikühlschrank. Da wären Milch und Pseudomilch, ein Stückchen Butter und Joghurt mit angesammeltem Joghurtwasser in der Mitte.

Das College, an dem Brenda arbeitet, ist klein und unschön. Gebäude aus Schlackenstein und eine Mensa mit einem Angebot von vorgestern – Götterspeise und in jedem Salat Croutons. Sie geht zu Fuß zu den Seminaren. Was Brenda unterrichtet, nennt sich *Kreatives Schreiben.* Vor nicht allzu langer Zeit hieß es noch *Sachbuch schreiben*, aber das *Sach* schreckte die Leute ab. Die Fachbereichsleiterin, eine Frau mit silbergrauem Haar und einem Paar eleganter Ohrringe, die sie zu jedem Anlass trägt, erinnert Brenda gern daran, dass genreübergreifendes Schreiben in Mode ist. Sie sagt *in Mode* mit einer gewissen Mattheit. Männer, sagt sie ebenso matt, schreiben sich nicht in ein Seminar ein, das *Memoir* heißt.

Am ersten Tag dieses Jahres – ihr sechstes als Dozentin – kündigte Brenda an, dass die Sprechstunden bei ihr zu Hause stattfinden werden. Dass das Seminar persönlich wird, ist unvermeidlich, erklärte sie den Studierenden, und das ist die Wahrheit. Wahr ist auch, dass Brenda das Büro zunehmend meidet: ihre Kollegen und Abgabetermine, die dreckige Tastatur und die Notizbücher, auf denen etwas ausgelaufen ist.

Im Grunde fallen Brendas Studierende in drei Kategorien. Da wären die Studierenden mit einem wirklich dramatischen Leben, über das sie ehrlich, aber schlecht schreiben. Sie haben Überschwemmungen und Kriege hinter sich. Große Geschichten, böse Figuren. Vor langer Zeit ist die Schwester von jemandem verschwunden. Dann gibt es die Studierenden, die glauben, sie hätten ein dramatisches Leben, weitschweifig über Lappalien schreiben und den Sinn ihrer Geschichte – den Sinn ihres Lebens – in zwei, drei abschließenden Sätzen servieren. Aus diesen Geschichten kennt Brenda die Namen von Familienhaustieren und erfährt von den vorhersehbaren Irrungen und Wirrungen von Scheidungen. Schließlich sind da noch die Studierenden, deren größte Angst es ist, gar kein Drama im Leben zu haben. Sie kommen in Brendas Büro und sagen ihr, sie hätten nichts zu erzählen, zumindest nichts, was es wert wäre, erzählt zu werden. Sie schreiben lange, präzise Absätze über Objekte – eine Papaya, ein Flussbett, das Kinn eines alten Mannes – und vermeiden so, über etwas anderes zu schreiben. Am meisten vermeiden sie Handlung.

Diese Studierenden mag Brenda am liebsten. Sie macht Häkchen an den Rand. *Das glitschige Fleisch in einer Melo-*

ne. Sie ist fest davon überzeugt: Jeder hat eine Geschichte zu erzählen.

Als Brenda und ihr Freund Sam herzogen, machten sie sich Gedanken darüber, was sie alles zurückließen. Davor hatten die beiden immer in Großstädten mit Tausenden von Restaurants gelebt, in denen der Flughafen – und das Wasser – nie weiter als eine halbe Stunde entfernt war. Sam konnte seiner Arbeit fast überall nachgehen und Brenda anscheinend fast nirgends. Die Anzahl von Lehraufträgen war nun mal begrenzt. Sie nahmen, was sie kriegen konnten. Das College war sowohl in der Nähe der Wüste als auch der Berge, aber die Stadt selbst machte nicht viel her. Kieseinfahrten, winzige Pools und Kinder, die auf breit bereiften Fahrrädern über rote Ampeln rasten. In den ersten Jahren mieteten sie Wohnungen und kauften sich bei jedem Umzug neue Pflanzen. Sie konnten nicht fassen, wie erschwinglich das war. Brenda füllte einen zusätzlichen Vorratsschrank mit blauen Wasserkanistern, weil alle vor dem Leitungswasser gewarnt hatten. Als würde man Schädlingsbekämpfungsmittel trinken, sagten ihre Studierenden. Das zweitschlimmste im Land, erklärten sie mit einem Hauch von Stolz. Brenda fand, dass die Pflanzen alle ein bisschen wie Waffen aussahen: scharfe Stacheln und Blätter, die Schilde hätten sein können.

Der Makler bemerkte das Zögern. Die Zukunft ist ein Ort, sagte er, zu dem man bewusst aufbrechen kann. Sie lächelten trotzdem.

Sie unterschrieben den Vertrag, rissen das Haus ab und waren fasziniert von der Größe der Grube im Boden. Sie hatten ein paar gute Monate. Wenn die Grube vom Regen matschig wurde, hüpften sie wie Kinder in die Pfützen. Sie hämmerten mit Nägeln zwischen den Lippen und machten sich einen Spaß daraus, sich gegenseitig auf die Stahlkappenstiefel zu treten, weil sie nichts spürten.

Von den Bau-Metaphern konnten sie gar nicht genug bekommen: Mauern einreißen, ein Fundament legen. Das Geräusch der aufheulenden Elektrowerkzeuge war Freude und Angst zugleich.

»Als wäre man high«, sagte Sam, als die Motorsäge verstummte.

»Nein«, sagte Brenda mit Haaren und Augenbrauen voller Sägemehl. »Als wäre man so richtig lebendig.«

Dann, letztes Jahr, zog Sam weg. Er buchte einen Flug nach New York, wo seine Schwester und ihr Mann in einer Wohnung lebten, die sie sich eigentlich nicht leisten konnten. Sie waren ehrgeizig und ständig müde. Ein Gästezimmer hatten sie zwar nicht, aber ein Sofa.

Einen besonders guten Grund für die Trennung gab es nicht. Sam weinte mehr als Brenda. Vielleicht wegen der Schuldgefühle oder aus Kummer oder einfach weil er selbst davon überrascht war, dass er geheime Gemeinheiten laut aussprach – überrascht, dass er jemand war, den man nicht bewundern, dem man sich aber auch nicht entziehen konnte.

Danach noch weiterzubauen war unmöglich. Nachts flatterten die Planen laut, und überall waren Nägel. Brenda hielt den Wohnwagen sauber und schlicht und sah aus dem Fenster, während in der Abenddämmerung das Holz und die Ziegel unheilvolle Gestalt annahmen. Auf einmal waren die Metaphern hässlich. Im Grunde hatten sie sich nur ihr eigenes Grab geschaufelt.

Die Studentin, die zu Brenda kommt, hat keine Eltern. Casey war noch ein Kind, als die beiden aufgrund einer Verwechslung vor einer schicken Cocktailbar getötet wurden. Aufgezogen wurde sie von reichen, unfreundlichen Großeltern. Vermutlich steht noch mehr Tod ins Haus.

Brenda schenkt dunkelroten Tee ein, und Casey sieht sich im Wohnwagen um.

»Gemütlich.«

»Sie sind höflich.«

Auf Caseys Tasse sind drei Zeichentrickhunde mit rosa Zungen. Die farblich passenden aufgeblähten Buchstaben bilden den Satz *Wer hat wen gerettet?* Die Tasse ist ein Geschenk von Brendas Mutter, die sich hingebungsvoll um einen kleinen Terrier kümmert, den sie am Straßenrand aufgegabelt hat. Ihren neuesten Text hat Casey ausgedruckt auf festem Papier in einer Mappe dabei. In dem Aufsatz sind in der dritten Person nüchtern und auf den Punkt gebracht die Fakten ihres Lebens aufgelistet. *Casey wurde 1998 geboren.*

Als Brenda mit dem Lehren anfing, tat sie alles, was in ihrer Macht stand, um den Studierenden ihre Versagensängste zu nehmen. Es gibt keine falschen Antworten, sagte sie. Um die Kategorien *gut* oder *schlecht* geht es nicht. Die Studierenden zogen sie liebevoll auf. Manche ahmten ihre beruhigende, mütterliche Stimme nach.

»Okay«, sagt Brenda und hält sich die warme Tasse an die Wange. »Wie wär's mit der ersten Person?«

Unsicher betrachtet Casey die Seiten vor sich. *1999 wurde Casey zur Waise.*

»Macht das den Text besser?«

»Wahrscheinlich schon.«

Früher hatte Brenda abgedroschene Phrasen von sich

gegeben und selbst daran geglaubt. Früher hatte sie den Studierenden noch gesagt, dass die Welt nachsichtiger ist, als sie dachten.

Mit einem dunklen Stift streicht Casey in jedem Satz ihren Namen durch. Sie ist fleißig und will dazulernen – in vielerlei Hinsicht ist sie eine Musterstudentin. Als sie fertig ist, wimmelt es auf der Seite nur so von *Ichs* – die *I*s erinnern Brenda an I-Träger, ein unsichtbares Metallskelett. Sie besprechen die Anmerkungen, die Brenda an den Rand geschrieben hat. Am liebsten würde sie Casey sagen, dass die Kommentare klein und unbedeutend sind, aber das würde ihre Autorität untergraben. Wäre Casey nicht ganz so gewissenhaft, dann hätte Brenda vielleicht etwas mehr Respekt vor ihr.

Später, als Casey weg und der Himmel immer noch grau und regenlos ist, sind die Teebeutel ausgetrocknet wie totes Laub oder wie die leeren braunen Hüllen, die Zikaden zurücklassen, und Brenda wirft sie zurück in die Tasse. Sie schwellen wieder zu ihrer alten Form an, dick und schwer und rot, obwohl das Wasser schon längst kalt geworden ist.

In den ersten Monaten, in denen sie allein lebte, hörte Brenda nichts von Sam. Sie ergänzte seinen Nachnamen in ihren Kontakten, um sich bewusst zu machen, wie viele andere Sams sie kannte. An einem Abend fand sie eine Website, die howmanyofme.com hieß.

»Es gibt in diesem Land 54591 Menschen, die genau Sams Namen haben«, erzählte sie ihrer Mutter am Telefon. »Vor- und Nachname.«

»Hm«, sagte ihre Mutter. Brenda hörte den Hund bellen und das Klackern der Krallen auf den Küchenfliesen.

»Du musst das nicht aussprechen.«

»Was denn?«

»Ach, du weißt schon.« Brenda hielt kurz die Luft an. »Dass wir alle einzigartig sind.«

»Tja«, sagte ihre Mutter, während das Bellen näher kam, »sind wir aber.«

Dann, ein halbes Jahr nachdem Sam verschwunden war, rief er zum ersten Mal an. Sein ganzer Name erschien auf Brendas Display. Es war Februar, und es regnete nicht so viel, wie es sollte. Sie verbrannte absichtlich zwei Scheiben Toast. Auf einer Kochplatte ließ sie den Rand eines Omeletts knusprig werden.

Verschwunden war nicht das richtige Wort. Wenn sie darüber sprach, sagte sie einfach, dass er weg war – was für ein langweiliges, nichtssagendes Wort. Aber wie sonst sollte sie erklären, warum sie jeden Morgen aus einem handlungslosen, hektischen Traum hochschreckte, in dem sie überall nach ihm suchte – im Schrank, in der Wertstofftonne, im Kofferraum neben alten Handtüchern und Starthilfekabeln – und ihn nirgends fand?

Das Handy klingelte ununterbrochen, und verbranntes Brot hüpfte aus dem Toaster. Sie hob nicht ab, betrachtete aber das aufleuchtende Display, bis sein Name verschwand. Brenda mochte es schon immer, wenn Essen zu gut durch war: den bitteren Geschmack von schwarz gewordenem Brot, die zähe Konsistenz von Fleisch, das eher grau als rosa war. Sam hatte immer betont, wie edel er rohe Speisen fand. Schicke Restaurants servierten blutige Steaks, seidigen Fisch und schaumig geschlagene, emulgierte Gerichte, die man nur noch hinunterschlucken musste. Die feinsten Desserts waren immer weich. Brenda steckte ihr

Handy unter ein Kissen und schabte sich das Omelett auf den Teller.

Danach rief Sam einmal die Woche an. An verschiedenen Tagen, aber immer morgens, wenn sie Zähne putzte oder Tee aufbrühte und noch kein Wort gesagt hatte. Im Grunde machte sie genau das fertig: dass er der Erste wäre, mit dem sie sprechen würde. Mit der Zeit achtete sie darauf, wie ruhig ihr Alltag war, voller unaufdringlicher Geräusche – der fließende Wasserhahn, ihre schlurfenden Schritte. Eine Schwarznuss fiel auf das dünne Aludach, und sie zuckte zusammen.

In Brendas Vorstellung rief er von lauten Orten aus an: in der U-Bahn, von Spielplätzen, im Starbucks. Sie stellte sich vor, dass er in einer Menschenmenge stand. Irgendwo, wo man sich nicht einmal selbst denken hören konnte, irgendwo, wo man sich verlaufen könnte. Brenda ging nie ran, und Sam sprach nie auf die Mailbox. Stattdessen schrieb er ihr nach den Anrufen E-Mails, die alle gleich anfingen: *Tut mir leid, hab dich vermisst.*

Brendas Lieblingsstudentin heißt Emily. Im Oktober reicht sie einen Aufsatz über Föten ein. Vor Kurzem hat sie ein starkes Medikament gegen Akne verschrieben bekommen. Ihr Arzt, ein Mann mit buschigen Augenbrauen und einem großen Adamsapfel, der beim Sprechen auf und ab hüpfte, erklärte ihr, sie dürfe während der Einnahme nicht schwanger werden. Emily benutzt Kondome und hat sowieso nicht viel Sex, aber trotzdem lässt sie der Gedanke an den Fötus nicht los. Das Problem ist, dass das Medikament bestimmte Hormone unterdrückt und die männliche Entwicklung in der Gebärmutter stören könnte. Was genau schiefgehen würde, hat der Hautarzt nicht näher erklärt.

»Er könnte effeminiert sein«, sagte er.

»Feminin?«

»Genau.«

»Und was ist mit einem weiblichen Fötus?«

»Was soll damit sein?«

»Wie wäre sie?«

»Normal, denke ich.«

»Mädchenhaft?«

»Ich bin Dermatologe«, sagte er ungeduldig.

Emily wollte das Rezept, also stellte sie keine Fragen mehr. An der Wand des Sprechzimmers hingen riesige Plakate mit pickeligen Kinnen, Tränensäcken und Gesichtern, die so fleckig waren wie Zierkürbisse.

Wenn sie an den Fötus denkt, stellt sie sich perfekte Haut vor. Dünn und milchfarben wie ein hart gekochtes Ei, Augen wie schwarze Oliven, Schwimmhäute zwischen den Zehen und nichts, wo der Penis sein sollte. Am besten ist dieses Nichts. Manchmal erscheint er ihr im Traum, paddelt fröhlich in einer Badewanne oder einem Schlagloch vor sich hin oder liegt zufrieden eingerollt auf einem feuchten Kissen.

Ein Junge im Seminar sagt, dass er den Aufsatz gruselig findet.

»Auf eine gute Art?«, fragt Emily.

Er lehnt sich zurück, zwei Stuhlbeine sind in der Luft. Er zuckt die Achseln.

Es dauert Wochen, manchmal sogar Monate, bis das Medikament anfängt zu wirken, und Emily hat immer noch mehrere gerötete Pickel in der Falte unter dem

Mund. Ihre Wangen sind vernarbt und die Wimpern lang und schön.

Viel mehr haben die Studierenden nicht über Emilys Aufsatz zu sagen. Er ist der beste in diesem Semester, aber das behält Brenda für sich.

An einem Montag findet sie nach dem Seminar eine E-Mail von Sam – sie ist länger als sonst. Seit einer Weile lässt Brenda das Handy in der Schreibtischschublade, weil sie sonst das Bild nicht aus dem Kopf bekommt, dass sich in ihrer Hosentasche alles Mögliche anhäuft. Wahlergebnisse und Vermisstenmeldungen, Hundefotos und unheilvolle Textnachrichten: *Ruf mich an* und *Komm vorbei* und *Hast du mal ne Minute?* Hat nicht jeder immer ne Minute? Das ist bestenfalls eine kurzfristige Lösung. Während sie unterrichtet, häufen sich in der Schublade neben zahllosen grünen Kugelschreibern die Nachrichten an und warten auf sie.

In der E-Mail steht, dass das Baby von Sams Schwester nicht überlebt hat. Brenda braucht einen Moment, um das zu begreifen. Bis gerade eben hat sie nicht einmal gewusst, dass es überhaupt ein Baby gab. Sie versteht nur langsam. Als würde man den Deckel von etwas nehmen, in dem heilloses Durcheinander herrscht, wie in einer Schachtel mit zu vielen Verpackungschips. Brenda stellt sich den Bauch von Sams Schwester vor, der normalerweise straff und gebräunt ist. Sie ergänzt das Bild um ein Baby. Der Bauch wird straff und gebräunt und rund. Sie zieht das Baby ab.

Der E-Mail zufolge hätte es bis zur Geburt noch ein oder zwei Monate gedauert. Es gab keinerlei Anzeichen. Eines Morgens wachte Sams Schwester mit einem flauen Gefühl auf. Als wäre sie ein Radio, das nicht mehr funktioniert, oder ein Telefon mit Kabel – irgendein altes Gerät aus Plastik, von dem bald keiner mehr weiß, wie man es benutzt.

In den darauffolgenden Tagen tat Sam alles, was von ihm verlangt wurde. Von dem Mann seiner Schwester, von der Ärztin. Er kaufte Maxi-Binden und elektrolytreiche Getränke. Inzwischen hatte er eine eigene Wohnung, aber er fütterte die Katze seiner Schwester und goss ihre Grünlilien. In diesen Tagen, schrieb er, wurde ihm bewusst, wie sehr es ihm gefiel, wenn jemand auf ihn zählte. Er steckte einen Finger in die Blumenampel, und die Erde war feucht. Er borgte sich eine Leiter. Er googelte, wie man Glühbirnen entsorgt. In diesen Tagen wurde ihm bewusst, wie gern er Vater wäre.

Brenda wünscht sich, sie säße am Laptop, damit sie ihn zuknallen könnte. Auf der anderen Seite der Wand hustet der Professor für moderne Lyrik, und Brenda kann hören, dass sein Hals verschleimt ist. Sie ist froh, etwas zu haben, worüber sie sich ekeln kann. Die E-Mail zieht sie an den Bildschirmrand in den Ordner, der *unbenannt* heißt, weil sie es nicht über sich bringt, ihn *Sam* zu nennen.

An Halloween kommt fast die Hälfte der Studierenden kostümiert: ein Zombie, eine American-Girl-Puppe und jede Menge Katzenohren. Emily hat sich Kunstblut an die Wangen und den Hals geschmiert. Das Blut hat denselben Rotton wie die Pickel, und es sieht aus, als wäre ihr Gesicht explodiert oder hätte sich selbst angegriffen.

Den Feiertag hatte Brenda ganz vergessen. In diesem Teil des Landes wechseln die Blätter nicht die Farben, und in der Sonne werden die Kürbisse weich. Selbst wenn sie daran gedacht hätte, wäre sie nicht auf die Idee gekommen, sich zu verkleiden. Ist das nicht was für Kinder? Sie selbst war nie mit dem Spruch »Süßes oder Saures« von Tür zu Tür gezogen, denn das gehörte zu den vielen Dingen, die ihr Vater verboten hatte: Geburtstagsfeiern, Bücher mit Zauberern und Schimpfwörter, die ihre Studierenden nicht einmal als Schimpfwörter erkennen würden.

Statt eines Kostüms trägt Brenda die Strickjacke, die sie jeden Tag trägt und die sie das ganze Jahr über im Büro lässt, um sich gegen die zu kalt klimatisierte Luft zu schützen. Sie glaubt, dass sie leichter Gänsehaut bekommt als die meisten. Schon bei einer sanften Brise zieht sich ihre Haut zusammen, als hätte sie Angst, den Halt zu dem darunterliegenden Körper zu verlieren.

Casey bietet Brenda eine Plastikkrone an.

»Schon okay«, sagt Brenda. »Aber danke.«

Sie sieht sich ihre Notizen an. Heute soll es ums Überarbeiten gehen. Oben auf die Seite hat sie *niemand ist beim ersten Versuch perfekt* geschrieben. In Gedanken übt sie den Satz und fragt sich, ob er glaubwürdig rüberkommen wird. Inzwischen sitzen alle auf ihren Plätzen, ein Halbkreis erwartungsvoller Gesichter. Sie warten darauf, dass sie etwas sagt. Zu Beginn jedes Semesters bittet Brenda um einen Raum mit einem großen Tisch anstatt Einzelplätzen mit Schreibplatten. Auf dem Stuhl neben ihr nimmt sich ein Junge mit schönen Augen und dünnem, stoppeligem Hals Vampirzähne aus dem Mund, die voller Spucke sind. Das Mädchen neben ihm lutscht einen Lolli. Sie wirken wie Kinder. Natürlich werden sie ihr glauben; sie glauben alles, was sie sagt.

Brenda schreibt eine Aufgabe an das Whiteboard, und

die Studierenden beugen sich über ihre Notizbücher. Als sie die Köpfe betrachtet – Lockenperücken und Metallic-Haartönung, aus dem Gesicht geschobene Billigmasken –, stellt sie überrascht fest, dass sie sich ausgeschlossen fühlt. Während sie schreiben, schleicht sie sich aus dem Zimmer und durch den Gang zu dem Automaten, an dem man Tüten mit zerbröselten Brezeln und in Plastik verpackte, leuchtend gelbe Stücke Rührkuchen kaufen kann. Noch nie hat sie etwas aus dem Automaten gekauft, der ihr wie ein Artefakt aus längst vergangenen Tagen vorkommt. Die Hälfte der Reihen ist leer, die Schildchen sind alt und verblasst.

In den Monaten nach dem Tod ihres Vaters, als Brenda ein Teenager war, aß sie alles, was sie in die Finger bekam – je süßer, desto besser. Sie aß in Wirbeln aufgetürmtes Softeis, ganze Kekspackungen, lila, pink und blau gefärbten Zucker, den sie sich direkt in den Mund rieseln ließ. An dieser Art von Genuss hatten ihre Freundinnen schon lange das Interesse verloren – die unerlaubten Kicks, die sie jetzt suchten, kosteten mehr als ein paar Dollar –, und so war Brenda allein mit dem Heißhunger, der wunden Zunge und den Kopfschmerzen.

Brenda kauft sämtliche Skittles aus dem Automaten. Im Seminarraum sehen die Studierenden zu, wie sie die Süßigkeiten auf eine Serviette mitten auf den Tisch schüttet. Sie rollen in alle Richtungen – überall harte Regenbogenperlen. Mindestens eine fällt auf den Boden. Die Studierenden lächeln höflich. *Überarbeiten*, sagt Brenda und kritzelt schiefe Großbuchstaben an die Tafel. Sie unterstreicht *ARBEIT* dreimal, aber niemand schreibt mit. Langsam glauben sie ihr ein kleines bisschen weniger.

Nach dem Seminar liegen die Süßigkeiten immer noch unberührt da. Brenda sitzt allein am Tisch und steckt sich eine Handvoll in den Mund. Sie versucht zu kauen. Die Zuckerschicht schmilzt und fließt ihr langsam die Kehle hinunter. Durch das schmale rechteckige Fenster in der Tür beobachtet sie die Studierenden. Die Stimmen sind weit entfernt und die Gesichter gespensterweiß, blutrot und hexengrün. Sie sehen fröhlich aus. Als Brenda die Skittles ausspuckt, sind sie nass und verformt, und die ganze Farbe ist weg.

Auf dem Weg nach Hause kauft Brenda noch mehr Süßigkeiten. Was noch in den Regalen liegt, ist knallbunt oder schwer zu essen – Toffee und große Brocken Krokant. Weil alle Kürbisse ausverkauft sind, schnitzt sie ein Gesicht in einen orangefarbenen Paprika. Im Wohnwagen knabbert sie den Gummibärchen Arme und Beine ab und fragt sich, ob ihr Haus für ein Spukhaus gehalten wird.

Die Sonne geht unter, und der Gehweg füllt sich mit Stimmen. Hin und wieder bleiben Leute vor der Einfahrt stehen oder zumindest glaubt Brenda, dass sie stehen bleiben. Die armlosen Gummibärchen stellt sie in einer Reihe auf. Sie hört hohe und tiefe Stimmen, Kinder und Eltern, die Nein und Doch sagen. Die Gummibärchen fallen mit dem Gesicht nach unten um, aber sie stellt sie nicht wieder auf. Endlos ziehen sich die Stunden hin. Niemand klopft an. Die Geburtstagskerze im Paprika ist schon lange aus, der blaue Wachsklecks wird fest.

Die Nacht wird ruhig, wie immer in ihrer Straße, aber die Stimmen hört sie trotzdem. Es sind heimliche, höhnische Klänge. Das Geräusch, wenn man an der Hand genommen wird, das Geräusch, wenn man in die richtige Richtung gezogen wird. Dieses Haus hier, nicht das da. Das Geräusch, wenn einem gesagt wird, wohin man gehen soll.

Am Morgen wacht sie zu früh auf, früh genug, um zu hören, wie die Zeitung auf dem Gehweg aufschlägt.

»Ich höre das gern«, hat sie einmal zu Sam gesagt, als sie die Augen noch geschlossen hatten. »Das ist beruhigend.«

»Vorstädtisch ist das«, sagte er.

Aber ihr gefiel das trotzdem, weil es auf das Leben verwies, das sie eines Tages womöglich einmal führen würde: Haustiere und Babys, Gassi gehen und Dachrinnen reinigen, Schuhe binden und Knie waschen.

»Ein langweiliges Leben«, sagte Sam.

»Nur weil du das schon mal hattest.«

Natürlich hatten sie sich von ihrer Vergangenheit erzählt. Brenda hatte das Wichtigste schon früh umrissen und das Thema danach vermieden. Die Fakten klangen wie aus einem Film. Wenn sie darüber sprach, war Brenda erschöpft und durcheinander, als wären ihre Organe umgestellt worden, als führten alle Röhren in ihr – für Essen, Blut und Luft – in eine falsche Richtung. Mit dem Kopf unter Sams Kinn fiel sie in einen unruhigen Schlaf. Vielleicht hat sie gesagt: *Wäre langweilig denn so schlimm?*, aber vielleicht hat sie das auch nur geträumt.

Mitten in der Einfahrt findet Brenda die Zeitung und eine Eierschachtel, in der noch neun drin sind. Sie trägt weder Schuhe noch einen BH, und in strahlenden Rot- und Rosatönen geht die Sonne auf. Drei Eier sind angeknackst, und orangefarbener Dotter suppt in den Karton. An den Zweigen der Kräuselmyrte hängt aufgeweichtes Toilettenpapier. Sie stellt sich Jungs mit Puppenarmen, offenen Schnürsenkeln und einem Pony vor, den sie sich mit einer Kopfbewegung aus den Augen schleudern müssen. Aber es könnten auch Mädchen gewesen sein.

Sie hält ein Ei in der Hand. Die Schale ist glatt, kalt und wie die blaue Folie der Zeitung ein bisschen nass vom Tau. Sie fragt sich, wie fest sie drücken müsste, damit es zerbricht, damit das ganze Ding in Stücke zerspringt. Ihre Hände sehen seltsam aus, ein bisschen unförmig. Wenn sie das Ei schüttelt, hört sie den Dotter darin hin und her schlittern, und auch das ist seltsam.

Das erste Ei, das Brenda wirft, landet im überwucherten Blumenbeet und zerbricht nicht, also hebt sie es auf und wirft es fester, diesmal an den Zaun, den sie gebaut haben, um die Sicht auf die Nachbarn zu versperren – um den Nachbarn die Sicht auf sie zu versperren. Das Ei spritzt und tropft. Die Stücke der Schale sind winzig und scharf. Sie wirft eins nach dem anderen, während die Sonne aufgeht und der Himmel immer strahlender und dann auf einmal grau wird. Sie wirft sie auf Ziegelhaufen und Matschhaufen, auf Tyvek-Wände und die Eingangstreppe, die nirgendwohin führt. Als nur noch zwei übrig sind, zielt sie auf die Aluminiumverkleidung des Wohnwagens. Auf einen Fremden würde das Licht aus dem Fenster warm und einladend wirken.

Das letzte Ei bricht Brenda sauber entzwei, und sie sieht zu, wie das schleimige Eiweiß in den Gully glitscht. Den Dotter hält sie vorsichtig in der hohlen Hand, damit die Membran nicht reißt, und schleudert ihn, so weit sie kann, in die Grube, die früher einmal ein Haus war. Einen Moment lang ist er eine goldene Form in der Luft.

Jetzt wissen Sie, was Sache ist

Während sie das Rezept auf der Seite der Wheaties-Schachtel befolgte, erzählte mir meine Großmutter von den Seitensprüngen meines Großvaters. Er saß im Zimmer nebenan, war aber beinahe taub, und sie machte sich nicht die Mühe, die Stimme zu senken.

»Das ist wichtig«, sagte sie und zerschmetterte die Frühstücksflocken mit einem Fleischklopfer, bis die Arbeitsfläche mit feinem braunem Pulver bedeckt war.

Ich war erst zwölf Jahre alt, aber man hatte mich bereits als Geheimnishüterin auserkoren. In meiner Familie gab es nicht viele gute Zuhörer – sie schrien oft, auch wenn sie nicht wütend waren, als würde ihnen allein schon die Lautstärke Kraft verleihen – und während sie es verdächtig fanden, wenn einer von ihnen still war, sahen sie meine Schweigsamkeit als kostbares Gut. Mir etwas anzuvertrauen, sagten sie sich, war eine Investition.

»Eines Tages wird sie ein Buch darüber schreiben«, sagte meine Großmutter stolz.

»Stille Wasser sind tief«, stimmte meine Tante zu.

Sie spekulierten, ob ich Künstlerin oder Professorin werden würde – rätselhafte, beeindruckende Berufe, von denen sie nicht den leisesten Schimmer hatten. Geld war immer ein Thema, aber sie versicherten mir, es gebe keinen Grund mehr zur Sorge, wenn ich erwachsen sei.

Für mich ergab nichts davon Sinn. Ich behielt meine Geheimnisse für mich. Nur so, dachte ich, konnte ich sie zuverlässig verschwinden lassen. Meine Verwandten allerdings glaubten an eine andere Art von Zauber: Falls ihre Fehler meinen Erfolg anschüren konnten, falls aus einer bösen Geschichte beklemmende, unbestimmbare Kunst werden konnte, dann hätten die Geschichten am Ende nichts mehr mit ihnen zu tun.

Meine Tante erzählte mir von dem Anhalter, in den sie sich verliebt hatte und es eigentlich auch noch immer war. Mein Onkel erzählte mir, wo er die schlimmen Brandnarben auf dem Rücken herhatte – er zog nie sein Hemd aus, nicht mal im Meer –, und von den Albträumen, die er seither hatte. Mein Cousin, ein Elektriker in Santa Clara, erzählte mir, wie viele Frauen er verführt hatte, wenn ihre Ehemänner nicht zu Hause waren, und mein anderer Cousin meinte, dass *Verführung* eine großzügige Auslegung dafür sei. Er ist unser *Stief*cousin, betonte der echte. Meine Nichte – sie war älter als ich, so verknotet war unser Stammbaum – rief mich jedes Mal an, wenn sie auf einem neuen Trip war.

»Mach mir das bloß nie nach,« sagte sie.

Ein paar Jahre später, als ich fast sechzehn war, schickten meine Großeltern mich einmal quer durchs Land. Solange ich mich erinnern konnte, hatte ich bei ihnen mitten in Los Angeles gelebt. Unser Haus war klein und weiß, und drum herum wuchsen Pflanzen, die mehr Stacheln als Blätter hatten. Kaktusfeigen und Aloe und staubige gelbe Encelia-Sträucher. Einmal im Jahr blühte die Artischocke, eine grüne Granate, die aufplatzte und eine lila Krone präsentierte.

Meine Mutter war im selben Haus aufgewachsen. Als ich zehn Monate alt war, folgte sie einem Vogelbeobachter nach Südafrika und kam nicht mehr zurück.

»Sie waren verliebt«, sagte meine Großmutter manchmal ungläubig, manchmal traurig. Der Vogelbeobachter war reich – er hatte ein Flugzeug nach Neuseeland gechartert, weil er den berühmten Takahe sehen wollte –, aber er war nicht mein Vater. Dessen Namen kannte anscheinend niemand.

Ein paarmal im Jahr kamen Nachrichten von meiner Mutter, Fotos für meine Tante oder meinen Onkel, aber nie für mich. Die türkisfarbene Brust eines Bienenfressers oder der unglaublich lange Schwanz eines Honigvogels – doppelt so lang wie der Körper. Ein Pinguin lag mit erwartungsvoll ausgestrecktem Hals auf dem Bauch wie ein Baby, das noch nicht krabbeln konnte. Meine Mutter war nie auf den Bildern zu sehen, aber manchmal ein Stück von jemand anderem: eine Schulter, ein Turnschuh oder ein Finger, der auf etwas deutete, das wir nicht sahen. Die Fotos machten meine Großmutter entweder zornig oder traurig, und es war zu anstrengend, ihre Reaktion vorauszusagen. Darum hatten meine Tante und mein Onkel sich angewöhnt, die Bilder vor ihr zu verstecken. Ich hingegen galt als dankbares, ja sogar als notwendiges Publikum.

»Das musst du dir ansehen«, sagte dann jemand, und ich fragte nie: *Warum?*

Die Vögel sahen alle ein bisschen aus, als wären sie in den Farbtopf gefallen, und die seltsame, opulente Schönheit wirkte gewissermaßen gefährlich. Wie konnte man mit solchen Federn überleben?

Eines Abends, nachdem sie die Tonne an die Straße gerollt hatte, kehrte meine Großmutter mit Neuigkeiten von den Nachbarn zurück. Luke, der Junge gegenüber, zog von zu Hause aus. Er war vierzehn, und eine Reihe von Tests hatte schon jetzt erwiesen, dass er klüger war als seine Eltern. Eine namhafte Schule in Massachusetts hatte die Testergebnisse gesehen und ihm ein Vollstipendium zugesichert.

Ich kannte Luke schon mein ganzes Leben lang, hatte ihn aber fast nie reden hören. Er war nicht wie die anderen Jungs in der Straße, die Musik durchs offene Fenster schallen und die Motoren von Autos aufheulen ließen, obwohl sie noch nicht einmal alt genug waren, um sie zu fahren. Luke sah jung aus – muskellos, unkantiges Kinn –, aber er belegte Vektoralgebra am Community College, und wenn er abends mit dem Fahrrad hin- und zurückfuhr, zog ihn die Umhängetasche mit Büchern gefährlich in eine Richtung.

Meine Großeltern mochten Luke. Er war höflich und fleißig. Aber er gehörte nicht so richtig dazu, darum fürchteten sie ihn auch ein bisschen. Sie wussten, was passierte, oder glaubten zu wissen, was passierte, wenn jemand *im Leben sehr weit kam.* Sie dachten an Südafrika, Neuseeland, keine Briefe, keine Anrufe. Sie wussten, wie die Vogelart Sekretär aussah – ein Meter zwanzig groß, eine Federkrone wie Ausrufezeichen –, aber würden sie die eigene Tochter in einer Menschenmenge erkennen?

Darum waren sie überrascht zu hören, dass man Luke zwar wegholen, aber auch wieder zurückschicken würde –

quasi eine Rückgabe mit Verbesserungen. Sie glaubten an verheißungsvolle, sanft ansteigende Rasenflächen, marineblaue Uniformen und berühmte Absolventen. Ein Präsident und mehrere Gouverneure, prahlte Lukes Vater beim Müllrausbringen.

Als Luke im September fortging, wurde unsere Straße weder lauter noch leiser, aber jede Woche tauchte ein Elternteil mit dem Abfalleimer und guten Neuigkeiten auf. Das Essen war ausgezeichnet. Die Lehrer waren streng. Lukes Zimmergenosse hatte den Poeta laureatus getroffen. (Von dem Poeta laureatus hatten meine Großeltern noch nie gehört.) Bis Oktober war es beschlossene Sache, dass auch ich fortgehen sollte. In einer Schule jenseits der Hollywood Hills legte ich eine mehrstündige Prüfung ab. Nach der Hälfte der Zeit erbrach sich das Mädchen vor mir und spritzte meine Schuhe voll. Ein paar guckten zu uns rüber, aber dann widmeten sie sich mit zugehaltener Nase wieder ihren Multiple-Choice-Fragen. Schließlich begleitete sie jemand aus dem Zimmer, und ein Teil von mir beneidete sie um die Flucht.

In der Schule in Massachusetts war am Ende kein Platz oder es scheiterte am Geld, und so fand meine Großmutter stattdessen eine in Vermont. Eine Hochglanzbroschüre versprach Berge, die sich jedes Jahr orange und rot färbten. Ich hatte keine Lust, von zu Hause wegzugehen, aber mir war klar, dass Widerstand wenig überraschend wäre, und ich wollte kein rebellierender Teenager sein. Als an meiner Stelle meine Tanten und Onkel rebellierten – du *schickst* sie weg? –, war ich nur umso fügsamer. Unter den Absolventen waren, wie mir meine Großmutter versicherte, mehrere Geschäftsführer und ein berühmter Flötist.

»Ein Flötist?«, fragte ich.

»Ein Künstler.« Sie lächelte erwartungsvoll, als hoffte sie, dass ich ebenso begeistert war. »Du magst doch Kunst.«

Der Bundesstaat Vermont war mir auf der Landkarte immer nur aufgefallen, weil er sich ohne Zugang zum Wasser wie ein kantiger Liebhaber an New Hampshire presst. Ich lebte in einem Wohnheim aus rotem Backstein, in dem die Schlafzimmer, wie viele Klassenzimmer auch, mit dekorativen Kaminen ausgestattet waren, die man nicht verwenden durfte. Nach zwei Wochen musste meine Mitbewohnerin wieder nach Hause – ihr Vater war angeklagt worden, wie in der Zeitung stand –, und so wohnte ich allein. Der Unterricht war durchweg zu schwer. Ich belegte Algebra, während alle anderen Geometrie nahmen. Ich machte Bekanntschaft mit Altenglisch, was sich überhaupt nicht wie echtes Englisch anhörte.

Auf dem Feld hinter dem Haus des Schulleiters – weiße Säulen, eine Garage mit wer weiß wie vielen Autos – war eine Farm, zumindest nannten wir das so. Sie bestand aus einem Hühnerstall, einem Salatbeet und Kräutergarten und einer trächtigen Stute. Der Schulleiter selbst war Geschichtslehrer und ehemals Anwalt, aber seine Frau glaubte vor allem an die Natur. Sie gärtnerte in den alten Hemden ihres Mannes und war der Meinung, dass man manche Dinge nur im Schlamm lernen konnte. Außerdem unterrichtete sie Ökologie, was schon bald mein Lieblingsfach wurde: das schleichende Schmelzen der Gletscher und das Universum in einer Handvoll Erde. Ihr zufolge war die Erde keine Kugel, sondern ein Netz. Jedem in der Klasse wurde im Wald hinter den Tennisplätzen ein Fleckchen Erde zugewiesen, nicht größer als die Küche meiner Großmutter. Nicht um es zu besitzen oder gar zu pflegen, sondern einfach nur um es zu kennen, und zwar in- und auswendig. Als wäre es euer Zuhause, sagte sie, denn das ist es.

In die Schule gingen Jungs und Mädchen, aber mehr Jungs. Weil ich von Rivalität nichts hielt, blendete ich sie einfach aus. Nachmittags nach dem Unterricht zog ich mich auf mein Stück Land zurück und lief immer wieder die imaginäre Grenze ab, bis das Geräusch der Zweige und Blätter unter meinen Stiefeln unerträglich wurde, wie zu lautes Kauen, und dann blieb ich ruhig und zitternd sitzen, um der Stille Respekt zu erweisen. An einem der letzten Tage bevor die Uhren zurückgedreht wurden, saß ich da und hatte die Arme um mich geschlungen, als ein Mädchen, mit dem ich noch nie gesprochen hatte, am Rand meines Stückchens Land auftauchte. Sie war groß, dünn und hatte ein sommersprossiges Gesicht. Sie lehnte sich an eine Eiche, die ich – unwissenschaftlich – als die älteste in Sichtweite bestimmt hatte. Die Rinde war dick und zerfurcht wie eine topografische Karte.

»Hey«, sagte ich mit den Armen um die Knie. »Verzieh dich. Das ist mein Land.«

Das Mädchen lächelte. Sie drehte das Gesicht zur Borke und hob das Kinn, sodass sie am Baumstamm hinaufsah. Ein paar Sekunden lang blieb sie so stehen, dann gehorchte sie – sie verzog sich. Sie hatte leuchtend rotes Haar, das ich durch die Bäume verschwinden sah.

Den Rest des Nachmittags beschäftigte ich mich damit, die Blätter zu einem Haufen in der Mitte meines Stückchens Land zusammenzurechen und kleine Zweige, große Äste und vier schwere Baumstämme zu sammeln, mit denen ich die Grenzen meines Lands absteckte. Boden aus Erde, Wände aus Holz. Es entstand ein leeres Quadrat im Wald, Platz zum Entfalten. Als ich ging, blieb ich vor dem Baum stehen und legte das Kinn an die Stelle, wo ihr Kinn gewesen war. Ich schaute so weit hinauf, wie ich konnte: leere Äste, grauer Himmel, so viele Finger, die ins Leere griffen.

Am nächsten Tag umrundete ich den Platz, aber ich betrat ihn nicht. Ich wartete auf sie. Am Tag darauf kam ein Fohlen zur Welt. Das teilte uns die Frau des Schulleiters am Morgen mit, und nach dem Frühstück lehnten wir uns alle an den Zaun und beobachteten die ersten wackligen Gehversuche. Die Beine waren glitschig vom Blut und sahen aus, als würden sie leicht brechen. Ein Junge mit weißem Haar und weißen Wimpern, der fast immer eine Sonnenbrille aufhatte, sogar im Schatten, meinte, es sehe ängstlich aus, und alle stimmten zu.

Als ich am dritten Tag ankam, stand sie mitten auf dem Platz. Neue Blätter waren herabgefallen, in leuchtenden Farben, noch nicht braun und trocken oder braun und nass, und während ich näher hinging, hob ich eins nach dem anderen auf.

Sie hieß Madeleine. Das wusste ich schon, deshalb fragte ich nicht. Sie berührte mich, als wäre mein Körper eine Tür, die irgendwohin führte, sie drückte und zog, hielt mich – noch nie hatte mich jemand gehalten –, aber versuchte auch, durch mich auf die andere Seite zu gelangen, was auch immer dort sein mochte. Sie legte mir die Lippen um die Brüste, in die Achseln und schließlich zwischen die Beine. Sie zog ihr Oberteil aus, die Hose behielt sie an.

Plötzlich löste sie sich von mir und kauerte sich auf den Boden. Ihr Gesicht war zu einer Grimasse verzogen, die ich nicht deuten konnte – wie das Gesicht eines Kindes, voller Schmerz wegen eines unbekannten Entschlusses.

An das ordentlich gestapelte Holz gelehnt blieben wir eine Weile dort auf der kalten, bloßen Erde sitzen. Auf was ich mich auch vorbereitet hatte, auf einmal kam es mir unglaublich lächerlich vor. Aber nicht ich lachte, sondern sie. Ein raues, unbändiges Lachen, das nichts mit dem Klang ihrer Stimme zu tun hatte und auch nichts mit dem Klang tief in ihrer Kehle – einer Art Gurgeln, als wäre Freude eine Flüssigkeit in ihr.

Ich blieb im Wald, bis die Sonne unterging und drei meiner Finger keine Farbe mehr hatten. Ich dachte an das Fohlen und die Stute, an die weißen Wimpern und die ganzen Sommersprossen in Madeleines Gesicht. Um sie mir einzuprägen, sagte ich sie mir vor, weil ich das Gefühl hatte, ich könnte sie eines Tages brauchen. Baby, Mutter, Junge, Mädchen. Blut, Haare, Haut. Oder vielleicht hatte ich den Eindruck auch nur, weil sie dabei waren, mir zu entgleiten – ein orangeroter Schopf, der zwischen den Bäumen verschwand, ein Pferd, schon mit ruhigem, gleichmäßigem Gang, schon nicht mehr bemerkenswert.

Als ich im Sommer nach Hause kam, sagte ich meiner Großmutter, dass es in Vermont nichts mehr zu lernen gab. Sie widersprach nicht, aber sie wollte alles über die Jahreszeiten wissen. Sie lud meine Tante und meinen Onkel zum Abendessen ein, und ich erzählte ihnen, dass mir die Bäume im Winter am lebendigsten vorkamen. Beim Anblick der mit Eis überzogenen Äste fragte ich mich, was in ihnen eingeschlossen war, etwas Fließendes – ich stellte mir Adern vor –, das den Baum warm hielt. Manchmal beugten sich die Bäume unter dem Gewicht des Schnees, bis sie beinahe den Boden berührten, erzählte ich ihnen. Sie schnalzten hoch, wenn man sie freirüttelte – wie ein Hund, der sich Wasser aus dem Fell schüttelt.

»Und der Herbst?«, wollte meine Tante wissen.

»Die ganzen Farben«, sagte meine Großmutter.

Ich zögerte. Sie wussten mehr, als sie zugaben. Die Hügel um uns herum wurden jedes Jahr gelb, das Gras zerfiel zwischen den Fingern. Manchmal gab es morgens Frost und hin und wieder biblischen Hagel. Schnee kannten sie aus den Bergen.

Ich zuckte die Achseln.

»Sei nicht so egoistisch«, sagte meine Tante.

Ein paar Wochen lang riefen meine Schulfreunde an. Sie lebten in New York und New Jersey, und manchmal klingelte das Telefon, als wir noch schliefen. Zerstreut ging meine Großmutter ran. Sie brachte mir das Telefon ans Bett, blieb in der Tür stehen und beobachtete mich. Das Haar, das sie jeden Morgen zu einem festen Dutt aufwickelte, hing ihr als einzelner dünner Zopf über die Schulter wie eine Schlange. Die Gespräche verliefen stockend. Ich stellte mir meine Freunde im Garten vor – leuchtend grünes Gras, goldfarbene Hunde – oder auf dem Golfplatz.

»Sag nächstes Mal, dass ich nicht daheim bin«, bat ich meine Großmutter.

»Du bist immer daheim.«

»Sag, ich bin nicht zu sprechen.«

Sie kniff die Augen zusammen.

»Stimmt das denn?«

Ich nickte. In dem Sommer fuhr ich Fahrrad, zeichnete und fing allmählich mit dem Malen an, weil ich das alles allein tun konnte. Die Bilder beruhigten meine Großmutter, die mir erst Acrylfarben und dann Ölfarben, eine Mischpalette aus Holz und Pinsel aus Wieselschwanzhaaren kaufte. Ich stand früh auf, als es noch kühl und insektenfrei war und bevor das Radio der Nachbarn eingeschaltet wurde. Am Nachmittag breitete ich im betonierten Hof die Leinwände zum Trocknen in der Sonne aus. Ich kletterte gern aufs Dach und betrachtete sie von dort oben: Farbquadrat neben Farbquadrat. Auf die Entfernung waren die Fehler klein, nahezu unsichtbar.

Ich beschloss, ein Porträt von jedem zu malen, den ich kannte. Manche kamen und saßen mir Modell, weil uns das wie eine altmodische Ehrerweisung erschien. Das verschwitzte Gesicht meines Onkels, der angestrengt versuchte still zu sitzen. Das perfekte – nervige – eingefrorene Lächeln meiner Nichte. Meine Großmutter faltete die Hände im Schoß, und mein Großvater kratzte sich ständig hinterm Ohr. Andere malte ich aus dem Gedächtnis: den Nachbarn mit dem Laubbläser, den Koch aus Vermont, die Theaterlehrerin an der Schule, an die ich zurückkehren würde. Ich skizzierte das Mädchen aus der Saftbar, dem beim Mixen das Haar ins Gesicht hing und den rubinroten Nasenstecker verdeckte. Wenn mir die Leinwände ausgingen, drängte ich die Gesichter nebeneinander: Cousins, die hinter der Schulter eines anderen hervorguckten, Lukes Gesicht neben dem Profil des Jungen an der Ecke, der ins Gefängnis musste, weil er die Pistole von jemandem in der Hand gehabt hatte. Und wenn ich fertig war, lehnte ich die Leinwände an den Gartenzaun – Ausstellung nannten wir das. Meine Großmutter schritt langsam von Bild zu Bild, vor jedem blieb sie minutenlang stehen und begutachtete es mit gerunzelter Stirn und überzeugender Kennermiene. Mein Großvater ging pragmatisch vor. Er sah sich eins nach dem anderen an, beugte sich manchmal nach vorn – »Ist das *schwarz* oder *braun*?« –, und dann setzte er sich auf einen Plastikgartenstuhl, klappte die Brillenbügel zu und sagte: »Na, jedenfalls sehen alle genauso aus wie du.«

Meine Großmutter drehte sich um.

»Stimmt!«, sagte sie. »Dachte ich's mir doch.«

»Was denn?«, fragte ich.

»Die Augen – das sind alles deine Augen.«

Von da an malte ich keine Menschen mehr, denn ich wollte nicht von meinem eigenen Gesicht überrascht werden. Meine Großeltern verstanden nicht, was falsch gelaufen war. Ich füllte ein riesiges Blatt Papier mit grauen Quadraten und mit etwas weniger grauen Quadraten. Sie sahen einander besorgt an.

»Geh doch mal ins Kino«, sagte meine Großmutter.

»Hol dir doch mal ein Eis«, sagte mein Großvater.

Ich verstand: *Such dir doch mal einen Freund*, und darum aß ich, gewissermaßen aus Trotz, allein Waffeleis in rauen Mengen, bis ich Bauchschmerzen hatte. Das Eis lief mir über die Finger. Ich wischte mir die Hände an den Shorts ab.

Einmal schenkte ich mir spätnachts in ein Wasserglas Scotch ein. Meine Großmutter bewahrte den Alkohol unter der Spüle neben den Putzmitteln auf, weil meine Mutter gern mal getrunken hatte. *Gift*, hatte man mir beigebracht. Der Scotch war ein widerwilliges Zugeständnis an meinen

Großvater, der nach dem Essen nie auf einen Fingerbreit auf Eis verzichtete. Ich trank, bis sich alles gedämpft anfühlte. Das war ein einsames Experiment – das Geräusch meiner eigenen schlurfenden Schritte am anderen Ende des Flurs –, und ich wiederholte es nicht.

Nach dem Schulabschluss versuchten meine Großeltern alles, um mich von einem Studium zu überzeugen. Meine Zukunft beschrieben sie mit den ganzen typischen Metaphern: offene Türen, rosige Aussichten. Die Studiengebühren konnten sie sich zwar nicht leisten, aber sie versprachen mir andere Anschaffungen: ein Auto, einen Computer, einen Minikühlschrank oder was man als Studentin sonst so brauchte. All das lehnte ich höflich und irgendwann nicht mehr so höflich ab. Ich plapperte nach, was ich meine Klassenkameraden hatte sagen hören – Schule war langweilig, Schule war sinnlos –, aber was ich eigentlich meinte, war: Die Schule war schonungslos.

Anfang September ließ ich mich nach San Francisco mitnehmen. Unsere Nachbarin von nebenan, Tina, nahm den weiten Weg für ein Kätzchen auf sich. Tina war doppelt so alt wie ich, was man ihr aber nicht ansah. Sie trug zerrissene Jeansshorts und schminkte sich die Augen in knalligen Farben. Laut meiner Großmutter war sie vom Leben enttäuscht worden, aber was das genau bedeutete, wusste niemand. Ich sagte meiner Großmutter, dass ich ein, vielleicht zwei Monate in San Francisco bleiben und dann zurückkommen würde, aber sie glaubte mir nicht. Zum ersten Mal war meine Mutter als Jugendliche weggelaufen und dort gelandet, wo sie dann am Wasser geschlafen hatte.

»Sie ist mit einem Zelt zum Embarcadero losgezogen«, sagte meine Tante. »Irgendwann hat sie einen Typen mit einem Wohnmobil kennengelernt. Er hatte ein Lama als Haustier.«

»Nein, nein«, sagte meine Großmutter. »Er hatte ein richtiges Haus.«

Ihre Stimme war kalt und metallisch. Schwer zu sagen, ob sie meine Mutter verteidigte oder kritisierte.

Während der Fahrt hörte Tina eine Radiosendung, bei der Hörer anrufen konnten, und kaute ein Kaugummi nach dem anderen. Das Auto roch nach Zimt. Die Anruferinnen suchten Rat wegen schnarchender Ehemänner, fremdgehender Ehemänner, Ehemännern, die aufgrund der Arbeit oder des Internets alles um sich herum vergaßen, und Ehemännern, deren Doppelleben ans Licht gekommen war wie sich windende Kakerlaken unter der Küchenlampe. Die Moderatorin murmelte an genau den richtigen Stellen. Sie versprach nicht, dass die Männer verändert, kuriert oder gar bestraft werden würden.

»Jetzt wissen Sie, was Sache ist«, sagte sie mit sanfter, freundlicher Stimme.

Die Frau mit den Kätzchen lebte oben auf einem so steilen Berg, dass die Autos mit Backsteinen hinter den Reifen gesichert wurden. Ihr Haus war komplett einfarbig. Die Wände, die Tür, die Fensterrahmen und die Blumenkästen an den Fenstern waren alle im gleichen strahlenden Blau, als hätte man einfach einen Mantel über alles geworfen. Als die Frau die Tür öffnete, sah es aus, als käme sie unter etwas hervor – als enthüllte sie sich selbst. Schwarze Haare, weißes Shirt und Augen in der Farbe von Sand in der Sonne. Sie drückte sich die Katze an die Brust.

»Helen?«, fragte Tina.

»Das bin ich.« Sie klang überrascht oder vielleicht auch nur erheitert, als hätte sie gerade festgestellt, dass ihre Socken nicht ganz zusammenpassten.

Das Kätzchen riss erschrocken die Augen auf, als Helen es Tina hinstreckte. Doch dann hielt Tina sich die Katze an die Brust, ein weiteres warmes Klopfen, das nicht von dem anderen zu unterscheiden war, und das Kätzchen schloss wieder die Augen.

Helen bat uns herein, und so erfuhr ich, dass sie Malerin war, die erste, die ich kennenlernte. Das halbe Haus war der Arbeit gewidmet, und alles war mit Tüchern voller alter und frischer Farbe abgedeckt. Überall waren Zeichnungen an die Wände geklebt und Kreppband, wo mal Zeichnungen gehangen hatten. Die beigefarbenen Rahmen ließen weiße Rechtecke entstehen.

Helens Alter war schwer zu schätzen. Sie hätte dreißig sein können, näher an Tinas Alter als an meinem, aber sie strahlte etwas Kindliches, Unbesonnenes aus. Sie erzählte uns, dass sie ein paar Jahre Kunst studiert, aber kurz vor dem Abschluss abgebrochen hatte. Hinterm Ohr steckte eine einzelne weiße Strähne.

Tina wechselte das Thema. »Hast du ihr einen Namen gegeben?«

»Das mache ich nie.«

Tina nickte mitfühlend. »Bringt ja nichts, sich an sie zu gewöhnen.«

»Oh, auch nicht denen, die ich behalte. Die bekommen auch keinen.«

Tina sah sie verständnislos an.

»Ich will mir einfach nicht anmaßen, ihre Namen zu

kennen«, sagte Helen. Sie lächelte mich verlegen an. »Ja, klingt komisch.«

Ich schüttelte den Kopf, sagte aber nichts. Solche Prinzipien fand ich bewundernswert – ich hatte das Gefühl, selbst keine zu haben –, aber ich hatte Angst, dass meine Bewunderung blöd rüberkommen würde.

Während sie über die Katze sprachen, sah ich mich im Haus um. Die Wände waren zugepflastert, aber Möbel gab es kaum. Ein braunes Samtsofa, breit genug zum Schlafen, und sonst nur Holz: Barhocker und Fußbänke, ein Couchtisch mit einem länglichen Knoten in der Mitte, ein tränendes Auge, das mir entgegenstarrte. Ihre Gemälde waren alle groß – fast so groß wie ich und manche auch genauso breit. Die Farbe war großzügig aufgetragen worden und bildete Furchen, Wellen und Klumpen. Wenn man genau hinsah, erkannte man etwas darin oder darunter: untergehobenen Sand im körnigen Weiß oder von graugrünen Pinselstrichen flach gedrückte Blätter und Papierfetzen. In einem konnte ich die Form eines Kuverts und die zinnenförmigen Kanten einer Briefmarke ausmachen.

Das einzige Zimmer ohne Bilder war das für die Babykatzen. Vier waren noch da. Ich setzte mich und ließ sie auf mir herumklettern, weil ich dort zwischen den blanken Wänden und warmen Tieren, die schamlos und verzweifelt nach meiner Kleidung krallten, besser nachdenken konnte. Als Helen die Tür öffnete, stand ich auf, und die Kätzchen klammerten sich an den Saum meines Oberteils. Tina war hinter ihr.

»Wohin jetzt?«, fragte sie und klang ein bisschen ungeduldig.

Ein Kätzchen krabbelte mir am Bein hinunter.

»Oh.« Ich hatte einen ungefähren Plan. Die Freundin eines Freunds. Ein Schlafsofa.

Die Adresse stand auf einem Zettel. Laut Helen war das auf der anderen Seite der Bucht, und so kam es, dass sie sagte, Tina könne los und ich könne bleiben. Sie versprach mir, mich nach der Rushhour selbst hinzubringen.

Als Tina weg war, machte Helen zwei Gläser Saft in einem Gerät mit zig Teilen. Die Küche hatte ein riesiges Fenster im Dach, und es war ein paar Grad wärmer als im restlichen Haus. Sie stopfte einen ganzen Apfel in das Gerät. Der Saft war sämig und beige, ganz anders als das klare Zeug aus dem Laden.

»Das Zeug dort sieht aus wie Pisse«, sagte Helen.

Wir tranken schweigend, und Fruchtfleisch blieb innen am Glas kleben. Dann sagte ich: »Ich würde gern Malerin werden.« Ich sagte nicht *auch*.

Helen runzelte die Stirn. »So, wie du das sagst, klingt das wie ein Geständnis.«

»Vielleicht ist es das ja.«

Sie stand genau unter dem Fenster, und über ihrer Lippe bildeten sich Schweißperlen.

»Und, wie fühlst du dich jetzt?«, fragte sie. »Frei?«

Sie kam aus Texas, erzählte sie mir, aus einer kleinen Stadt, wo fast alle an Gott glaubten. Ihre Eltern nicht, aber sie waren Ärzte: Auch sie retteten Menschen. Von alldem hatte Helen nichts wissen wollen. Erst hatte sie Keramikerin werden wollen, vielleicht sogar Bildhauerin, weil sie gern etwas herstellte und auch gern zerstörte, vor allem, wenn man die Teile, mit denen man angefangen hatte, wiederbekam – ein verdrehter Tonklumpen auf einer Töpferscheibe. Auch am Malen gefiel ihr die Struktur am meisten.

»Hätten sich deine Eltern gewünscht, dass du auch eine Retterin wirst?«, fragte ich.

Sie hatte sich von mir abgewandt und sah aus dem Fenster in den kleinen überwucherten Garten.

»Du kannst Malerin sein«, sagte Helen. Draußen stolzierte die Katzenmutter vor einer Reihe Farn hin und her. »Jetzt gleich. Du musst nicht auf das Okay von jemand anderem warten.«

Ich wollte etwas sagen, ließ es aber bleiben. Helen drehte sich wieder zu mir. In der Luft zwischen uns schwebte Staub – schön sah das aus.

»Ich weiß«, sagte sie lächelnd.

Als ich auf der anderen Seite der Stadt das Sofa auf- und zuklappte wie ein arthritisches Skelett und mir die Brücke, das Wasser und die steilen Straßen zwischen dieser Couch und ihrer Couch vorstellte, hörte ich sie das immer wieder sagen. Ich malte mir aus, wie Helen im Garten meiner Großeltern zwischen meinen ganzen Leinwänden stand und ein Dutzend unbekannte Gesichter, ein Dutzend Mal meine Augenpaare betrachtete. Ich stellte eine Liste mit allem zusammen, was sie wissen sollte, ich aber nie erklären könnte: meine Mutter, meine Großmutter, die nackte Brust von jemandem mitten im Wald. Einmal hatte ich versucht, eine Skulptur zu machen, aber aufgegeben – eine grobe Form, die ich immer wieder neu modelliert hatte, bis der Ton von der Wärme meiner Finger weich und unbrauchbar geworden war.

Anstandshalber schlief ich ein paar Nächte lang mit meiner Wirbelsäule auf der Wirbelsäule des Sofas, dann nahm ich drei Busse dorthin zurück, wo ich hergekommen war. Den Hügel ging ich zu Fuß hinauf, und die Autos lehnten sich mir entgegen, als lechzten sie danach, befreit zu werden. Als Helen die Tür öffnete, diesmal mit leeren Händen und einem Gesichtsausdruck, als hätte ich sie in ihrer Konzentration gestört, wollte ich fragen: War dir das klar? War dir klar, dass ich wiederkommen würde?

Ein Jahr lang blieb ich in San Francisco. Meine Großmutter sagte: *Wusste ich's doch*, und ich ließ ihr die Genugtuung, recht gehabt zu haben. Eine kleine, gemeine Freude wie die letzten bitteren Schlucke einer Flasche Wein, die man eigentlich gar nicht hatte trinken wollen. Ich erzählte ihr, dass ich bei einer Freundin wohnte.

Ich malte mehr als je zuvor – meine Farben neben Helens, an der Wand, am Boden, an unseren rauen Fingerkuppen. Die Katze nannten wir *Süße* oder *Baby* oder *Eure Majestät.* Es gab noch einen Wurf und vier weitere Fremde, die sie abholten und froh waren, Verwendung für ihre anonymen Herzschläge zu haben. Irgendwann bekam ich eine Stelle als Gärtnerin. Der Mann, für den ich arbeitete, war Landschaftsarchitekt und trug in die Hose gesteckte Hemden und Schuhe, die er sich nicht schmutzig machte. Ich jätete und mulchte. Von Bäumen zog ich Zeltraupennetze ab – dichte weiße Schleier wie im Regen vergessene Halloweendekoration. Ich lernte die Namen und Farben von Blumen: Salsa Red, Infrared Apricot, Elfin White.

Ich arbeitete frühmorgens, wenn alles in Nebel gehüllt war, und manchmal arbeitete Helen die ganze Nacht durch. Mit der Zeit malte ich immer weniger. Wenn ich nach Hause kam, war ich müde und schreckte vor Helens Energie zurück. Sie aß Ginsengwurzel und schaufelte sich M&Ms in den Mund. Ihr Haar war wie ein Pfauenschwanz aufgefächert, wenn sie am Boden lag und mir eine Idee nach der anderen erzählte. Manchmal fragte sie mich, woran ich arbeitete, und dann war mein Kopf leer oder aber es blitzte etwas auf – keine Gedanken, vielmehr Eindrücke, die unbestimmbare Farbe von Möglichkeiten –, und ich konnte nichts tun, außer zuzusehen. Zum Glück schlief ich traumlos.

An einem regnerischen Freitag wurde ihre Ausstellung eröffnet. Für den Anlass kaufte ich mir ein Kleid mit Wasserfallausschnitt. Helen lachte und trug ein T-Shirt. Mit geschürzten Lippen stand ein beinahe wichtiger Kritiker vor einem Gemälde namens *Selbstporträt.* Gestalten kamen in Helens Werken nie vor, aber manchmal erkannte ich trotzdem welche: den Wirbel eines Ohrs, das Geflecht verschränkter Hände.

Im nächsten Sommer, als sie zwei Gemälde verkauft hatte und dachte, sie würde bald ein drittes verkaufen, verkündete Helen, wir würden nach Italien reisen. Wer Kunst liebt, sagte Helen, muss einmal in Rom gewesen sein. Eine Künstlerin nannte sie mich nicht, wahrscheinlich weil ich noch keine war.

Noch nie zuvor hatte ich das Land verlassen. Am Flughafen vor dem Sicherheitscheck schlängelten wir uns fast eine Stunde durch das Personenleitsystem. Auf einmal krümmte sich die Frau hinter uns vor Schmerzen, stöhnte kinoreif und wurde direkt nach vorne durchgewinkt. Ich fragte mich, ob das bloß Show war, und wünschte mir, ich hätte auch das Zeug dazu, eine Show abzuziehen.

Helen sah den Mann, während ich vornübergebeugt meine Schnürsenkel öffnete. Mit ausgestreckten Armen stand er strümpfig im Körperscanner. Als ich mich aufrichtete, hatten sie bereits Blickkontakt. Er war älter als Helen und hatte kurz geschorene Haare, die allmählich grau wurden, aber er war groß und muskulös und hatte eine auffallend gute Haltung. Er hätte Tänzer sein können. Helen hielt die Hand hoch, ohne zu winken. Der Scanner rotierte um den Mann. Er ließ die Arme zu früh sinken und hob sie gleich wieder. Mit den Lippen formte er eine Entschuldigung an jemanden, den wir nicht sahen.

Auf der anderen Seite der Sicherheitskontrolle wartete er auf uns, den Gürtel wieder umgeschnallt, und er sah auf die Uhr.

»Das klingt wie eine Ausrede«, sagte er. »Aber ich darf meinen Flug wirklich nicht verpassen.«

Eine lange Pause entstand, in der mich Helen nicht vorstellte. Der Mann erzählte Helen, er habe die neuesten Kritiken gelesen. Er sagte zwar nicht *Herzlichen Glückwunsch*, aber Helen bedankte sich trotzdem. Sie hielt sich die Hand an den Hals, ihre Schuhe waren nicht zugebunden, und die Zungen waren lose.

Von dem Mann hatte ich noch nie etwas gehört, aber hinterher erfuhr ich alles über ihn. Jahrelang waren sie ein Paar gewesen. Er hatte das Haus ausgesucht – das Haus gekauft – und blau gestrichen. Er war ein preisgekrönter Dramatiker und flog ständig nach New York. Irgendwann hatte man ihn zu einem Genie erklärt.

»Was soll das heißen: erklärt?«, fragte ich.

»Egal«, sagte Helen.

Mit Haustieren hatten beide nicht viel anfangen können. Sie mochten Tiere, liebten sie geradezu, aber Domestikation lag jenseits ihrer Vorstellungskraft. Vor der Hintertür trieb sich eine räudige getigerte Katze herum, und eines Tages legte sie drei Babys unten vor die Dachrinne. Mit dem Wurf in Helens T-Shirt gewickelt fuhren sie zur Tierhandlung. Schon eine Woche später verließ sie der Mann, und als Allererstes ging Helen zurück zu dem Laden. Ein Kätzchen war noch da.

Rom war heiß, und mein Körper klebte regelrecht. In der Hitze aßen wir zu wenig und tranken zu viel. Wir stritten uns. Wir blieben so lange wie möglich wach, weil die Nächte kühler waren, und so lernten wir die Streunerkatzen der Stadt kennen. Sie waren überall, und ich konnte ihre Gegenwart nicht von der Gegenwart des Mannes unterscheiden, als wäre er es, der um die Ecken schlich, sich näherte und zurückzog, erst neugierig, dann gleichgültig.

Ich hatte eine große, sperrige Kamera dabei und vergaß ständig, sie zu benutzen. Eines Abends saßen wir draußen vor einem Restaurant an einem Tisch, von dem nur drei Beine den Boden berührten, und neben uns an der Wand tauchte ein lang gestreckter Schatten auf: ein Katzenbuckel wie im Trickfilm. Wir waren so nahe, dass wir im Schatten die einzelnen Haare erkennen konnten. Ich stand auf und ging mit der Kamera in die Hocke.

»Was machst du da?«, fragte Helen in einem ungeduldigen, scharfen Ton.

Ich antwortete nicht. Stattdessen hielt ich die Kamera auf den Schatten und drehte mich langsam Richtung Katze. Kurz rührte sie sich nicht und erwiderte meinen Blick, dann machte sie einen Satz auf die Straße – lange Beine, angenagtes Ohr, reptilienartiges Fauchen.

»Was machst du da?« Jetzt klang Helen verzweifelt,

und etwas an ihrer Verzweiflung wirkte befreiend auf mich. Ich schoss ein Foto nach dem anderen. Die Katze schlug majestätisch mit dem Schwanz.

Als ich an den Tisch zurückkehrte, war die Weinflasche leer und die Rechnung bezahlt.

»Das Foto wird furchtbar.«

Bei unserer Rückkehr war San Francisco nieselig und ließ nichts Gutes erahnen. Nach nicht einmal einem Monat flog ich zurück nach Los Angeles. Das Ticket hatte Helen gekauft. Zum ersten Mal in meinem Leben rief ich ein Taxi, obwohl sie mir angeboten hatte, mich zum Flughafen zu fahren. Während ich unten am Hügel wartete, überlegte ich, ob ich meine Staffelei an den Briefkasten lehnen und einfach dort zurücklassen sollte. Die demonstrative Abkehr hätte etwas Befriedigendes, dachte ich. Am Ende siegten praktische Überlegungen – sie war nicht billig gewesen, was würde meine Großmutter sagen –, und das kam mir wie Willensschwäche vor, wie ein Beweis, dass mein Leben ganz anders war als in meiner Vorstellung. Hier war das Material, aber was war mit der Gestaltung?

Ich hatte gehofft, ich würde die Filmrolle in meiner Kamera vergessen. Ich malte mir aus, dass ich sie Jahre später finden würde, wenn ich gar nicht mehr wusste, was darauf war – was ich einzufangen versucht hatte. Dann wäre die Vergangenheit erstaunlich, sie wäre glänzend und neu. Stattdessen bekam ich die Fotos nicht aus dem Kopf. Der Mann, der sie entwickelte, entschuldigte sich. Helen hatte recht gehabt: Sie waren furchtbar. Ein verschwommener grauer Fleck über dem anderen. Die Katze saß nie still, und wenn doch, dann sah sie mich mit riesigen gelben Augen direkt an.

Zwei Jahre später kamen Helens Gemälde nach Los Angeles. Eine neue Ausstellung, ihre bislang größte. Mein Großvater war gestorben, und ich war wieder ins Haus meiner Großmutter gezogen. Wir taten, als würde sie mir damit einen Gefallen tun: Die Stadt veränderte sich, die Mieten waren unglaublich. Aber in Wahrheit brauchte sie Hilfe. Sie wohnte im Erdgeschoss, um keine Treppen steigen zu müssen, und fast die ganze Nacht hustete sie laut. Das Geräusch hielt mich wach, aber das tat die Stille auch.

Ich bekam eine neue Stelle als Gärtnerin, die ein bisschen besser war als die erste. Der Schmutz an meinen Knien und unter den Nägeln gefiel meiner Großmutter nicht, aber sie war auch froh. Sie erzählte meiner Tante, ich würde die Karriereleiter hochklettern. Solange es draußen hell war, arbeitete ich so viele Stunden, wie ich konnte, und pflanzte hohe Gräser und niedrige Sträucher auf alle möglichen Flächen, die der Stadt gehörten: in Parks, auf Mittelstreifen, in die riesigen Betontöpfe vor Verwaltungsgebäuden. Der Plan war, sich auf heimische Pflanzen zu beschränken, um Wasser und Geld zu sparen und die Bienen und Schmetterlinge zu retten. Wenn ich nach Hause kam, wartete meine Großmutter immer auf mich. Ich fragte nie, was sie den ganzen Tag gemacht hatte, weil ich Angst hatte, dass die Antwort *Nichts* lautete. Sie sah mir beim Essen zu und erzählte mir Geschichten, von denen sie dachte, sie wären mir neu.

»Dein Onkel«, sagte sie in verschwörerischem Ton, »ist farbenblind.«

»Das ist kein Geheimnis, Nana.«

Sie war gekränkt.

»Gut ist es jedenfalls nicht.«

Ihr Blick wurde abwesend. Sie rieb die Tischdecke zwischen Daumen und Zeigefinger – rote und gelbe Blumen, Ranken in kräftigem Grün.

»Ich sterbe vielleicht«, sagte sie, »aber Farben kann ich noch sehen.«

»Du stirbst nicht, Nana.«

Ihr Blick war wieder da. Sie sah mich an.

»Wir sterben alle.«

Ich nahm sie mit in die Ausstellung, kurz bevor die Gemälde abgehängt wurden und als ich mir sicher sein konnte, Helen nicht zu begegnen. Meiner Großmutter erzählte ich, dass ich die Künstlerin flüchtig kannte – über Ecken.

Sie las den Namen an der Wand vor: »Helen.« Sie sagte das ebenso erstaunt wie Helen, wenn sie auf etwas Unbekanntes gestoßen war. Hatte sie so eine Verwunderung in all den Monaten jemals in meiner Stimme gehört? Ein Teil von mir, der ängstliche Teil, hoffte, dass sie das nicht hatte.

Ich hatte mich darauf gefasst gemacht, was ich in der Ausstellung sehen würde. Denn ich hatte gedacht, das würde mich davor schützen, überrumpelt zu werden, falls ich etwas wiedererkannte. Natürlich klappte das nicht. Ich erkannte die Gemälde, und mir war, als würden auch sie mich wiedererkennen. Wir starrten einander quer durch den Raum an, und ich versuchte mich als Gewinnerin zu sehen: Die Gemälde konnten sich immerhin nicht abwenden.

Die Farben waren üppig und komplex. Das wurde in den Kritiken, die ich allesamt gelesen hatte, durchweg lobend erwähnt. »Farbe, so dick, dass sie zum Gegenstand wird.« »Die Farbe enthält sogar tatsächlich Gegenstände.« Sie überlegten laut, was das alles zu bedeuten hatte.

»Was ist denn da drin?«, fragte meine Großmutter und beugte sich vor. »Das sieht ja aus wie Haare.«

Sie betrachtete die Ecke eines großen rötlichen Gemäldes. Sie hatte recht. Unter den dicken Klumpen Karmesinrot steckte Haargewirr, wie man es aus der Dusche kennt. Daneben waren ein paar einzelne kurze Härchen – fliegendes Haar – und ein Knäuel gekringelter Schamhaare. Außerdem feine Fasern, vielleicht Wimpern. In der Mitte der Leinwand war ein Häufchen Zehennägel.

»Interessant«, sagte meine Großmutter.

Die Zehennägel waren meine. An einem Morgen hatte Helen meine Füße angesehen, die über die Bettkante hingen, und gefragt, ob sie sie haben könne: zehn Halbmonde. Sie hatte meinen Fuß in den Schoß genommen und lachend losgeknipst.

Ich war dabei gewesen, als sie Farbe über die Nägel gestrichen hatte. Kadmiumrot, Alizarin-Krapplack und gebranntes Siena. Aber als ich vor dem Bild stand – *Nicht berühren*, so das Schild –, bekam ich Zweifel, ob das wirklich meine waren. Sie konnten jedem gehören. Einer Frau, einem Mann. Ich fragte mich, welche Teile von mir ich auf jeden Fall wiedererkennen würde, welche Teile ich in einer Menge identifizieren könnte.

In Wahrheit waren die Gemälde sogar dicker, als die Kritiker dachten. Unter jedem Bild war noch eins, manchmal zwei oder sogar drei. Schlechte Werke – Helens Worte – aus früheren Phasen, die sie einfarbig überstrichen hatte, damit sie noch einmal von Neuem beginnen konnte. Das war gar nicht so ungewöhnlich. Viele Künstler, die nicht berühmt waren, sparten auf diese Weise Geld. Also brachte es sozusagen Glück, sagte sie, Bilder zu haben, die man nicht mochte oder zu denen man nicht stehen wollte.

Langsam ging meine Großmutter durch den Raum, wobei sie ab und zu aufstampfte, damit ihr Fuß nicht einschlief, wie sie mir erklärte. Vor dem besten Werk im Raum blieb sie stehen. Gigantisch und blau und von Nahem schwer zu erfassen. Helens bestes Gemälde, in dem drei ihrer schlechtesten steckten. An das dritte, das direkt unter der Oberfläche, erinnerte ich mich noch, aber ich hatte keine Ahnung, wie das erste und das zweite aussahen – vielleicht hatte ich sie auch nie zu Gesicht bekommen. Helen meinte, sie vergesse die Bilder selbst oft, und nachsehen konnte man nicht mehr. Die Schichten ließen sich nicht abziehen wie eine Tapete.

Ich stellte mir vor, wie ich daran herumkratzte und die Farbe stückchenweise abblätterte, was unserem Gedächtnis vielleicht, vielleicht aber auch nicht auf die Sprünge helfen würde. Meinem, ihrem. Schließlich würden wir was von der Leinwand sehen. Ein kleines, nicht ganz reinweißes Stück, als würden wir auf Knochen stoßen. Aber ich glaube nicht, dass wir das gern sehen würden. Ich glaube, sobald wir das gesehen hätten, würden wir aufhören.

Eingewöhnung

Ob sie mit ihm ausgehen möchte, fragte er sie am Stausee, wo sie im Sommer nackt baden ging. Frühmorgens, bevor die Jugendlichen kamen, oder manchmal auch spätnachts, wenn alle Wassergeräusche lauter klangen: plätschern, platschen, Frösche. Sie rubbelte sich gerade die Haare trocken, als er auftauchte, und sie hatte keine Hose an. Ihr Schamhaar war nicht getrimmt.

Kate war überrascht, aber sie sagte Ja. Während er wegging, fiel ihr der unsichere Gang auf den Steinen und der Ausschlag auf, der sich wie etwas Ausgehustetes sprühnebelartig den Rücken hinunter bis in die Badehose zog. Seinen Namen hatte sie schon wieder vergessen.

Als sie im Restaurant ankam – weiße Tischdecken, schwere Speisen, ein Körbchen mit Brot, das zum Warmhalten in ein Tuch eingeschlagen war –, trug er eine riesige Brille. Er stand auf, und die Serviette fiel ihm vom Schoß. Von der Seite sah man, wie dick die Brillengläser waren – trüb wie eine Duschkabine aus Milchglas. Er hieß Nick, und als sie sich an dem Abend in ihrem Schlafzimmer auszogen und seine Hände über ihre Haut wanderten, war sie davon überzeugt, dass er sie zum ersten Mal richtig sah.

Nach zwei Jahren waren sie verheiratet. Die Sache mit

der Hose – die Hosenlosigkeit – war eine beliebte Anekdote geworden. Wie zu erwarten war, kam sie auf der Hochzeit in einigen Trinksprüchen vor. Zur Veranschaulichung wurde die Brille abgelegt. Er sieht wirklich nichts! Nick lächelte gutmütig und tastete verzweifelt in der Luft herum, um alle zum Lachen zu bringen. Der Ausschlag kroch unter dem weißen Kragen hervor.

Jemand fuhr sie nach Hause, und im letzten Moment forderte Nick ihn auf abzubiegen. Sie checkten in einem Hotel ein, einem billigen, und nahmen lachend den Aufzug. In übertrieben gestärktem Bettzeug hatten sie Sex. Von Flitterwochen hielten sie nichts, da waren sie sich einig gewesen.

»Also, was soll das hier«, sagte Kate lächelnd. Sie wedelte Richtung Nachtschränkchen aus Kunststoff in Holzoptik. Zum minderwertigen, gewellten Aquarell von einem französischen See über dem Kopfende.

»Na ja«, sagte er. Das war eben eine Fehleinschätzung gewesen.

So lange wie möglich ließ er die Brille auf. Sie küsste ihn. Ihr Schamhaar war getrimmter als früher. Er schmeckte sie.

»Die brauchst du nicht«, sagte sie und nahm ihm die Brille ab. »Du kennst mich.«

»Stimmt.«

Nach zwei Jahren waren sie verheiratet, und nach drei Jahren war er tot. Sie hatten keine Gelegenheit für überstürzte Entscheidungen gehabt. Bis sie vielleicht über ein Haus nachgedacht und in unbezahlbaren Vierteln den Motor im Stand laufen gelassen, Pläne geschmiedet und Erspartes verpulvert hätten, trugen sie bereits die Diagnose mit sich herum. Kate stellte sie sich auf einem kleinen Zettel vor – in Hosen- und Handtaschen, bei langen Fahrten im Handschuhfach, in der unaufgeräumten Küchenschublade, in der sie billige, unentbehrliche Utensilien aufbewahrten. Sie vergaßen nie, wo sie war. Die Arztrechnungen stapelten sich auf dem Nachtschränkchen, und wenn nichts zu tun war, außer abzuwarten, sortierte Kate den Stoß immer wieder aufs Neue und schob die Kanten fein säuberlich übereinander. Die Rechnungen waren groß und schwer zu entschlüsseln. Nummern, die sie nachschlagen mussten und die Codes für Wörter waren, die sie ebenfalls nachschlagen mussten.

Sie sagten: »Wir müssen das mal durchrechnen.«

Nie sagten sie: »Wir müssen vorausplanen.«

In der Nähe des Krankenhauses fanden sie eine Zweizimmerwohnung mit Bad, Gäste-WC, rosa Zierleisten und rosa Schranktüren, die wie Gliedmaßen von den Scharnieren hingen.

Alle sprachen übers Kämpfen – darüber, ein Kämpfer zu sein.

»Für Frischverheiratete kämpfen wir ziemlich viel«, sagte Nick, als sie auf die Ärztin warteten, die gleich bei ihnen sein sollte.

Am Ende hatte er noch Zeit, selbst Vorbereitungen zu treffen.

»Natürlich keine Reden.«

»Natürlich?«

»Stell einfach ein paar Snacks hin«, sagte er. »Würstchen im Schlafrock.«

»Das ist lächerlich.«

»Und Pringles.«

»Hast du kein Lieblingsgedicht?«

»Mach doch einen Scherz daraus«, sagte Nick. »Das würde es bestimmt leichter machen.«

Kate hielt sich an seine Bitte, weil es genau so sein sollte, wie er es sich vorgestellt hatte. Er hatte Angst gehabt – als er die Angst schließlich zugegeben hatte – vor dem Ausmaß der Zukunft, vor den eigenen verzweifelten Prognosen, vor der schlichten Frage, auf die nur die Zeit eine Antwort geben konnte, aber nicht ihm: Was jetzt?

Sie schnitt Würstchen klein und wickelte sie in Teig aus der Dose, so eine, die man drehen musste, damit sie aufsprang, was sie trotz der warnenden Aufschrift auf der Packung jedes Mal zusammenzucken ließ. Sie stapelte die Würstchen zu Pyramiden auf und stellte überall Servierplatten hin. Zu viele. Auf den rosa Kaminsims und auf die Schränkchen. Im Flur für die Wartenden vor dem Gäste-WC. Die Schüsseln mit Chips trug sie von einem zum nächsten, lauter unverstellte Gesichter und Tränen, die scheinbar nichts mit ihr zu tun hatten. Ihr wurde Hilfe angeboten, aber Kate drückte sich die Schüsseln fest an die Brust. Und als alle weg waren und die Pyramiden fast noch vollständig, setzte sie sich und weinte über seinen Scherz.

Der nächste Schritt war nicht, dass sie darüber hinwegkam – das geschah eigentlich nie –, aber sie zog in eine andere Stadt, in der sie sich jeden Tag dem Leben stellen musste. Arbeit fand sie in einem Kindergarten. Sie mietete sich ein Mansardenzimmer mit türkisfarbenen Dachschrägen. Am Wochenende wurde sie von dem Poltern in der Gemeinschaftsküche geweckt. Vertraute, gedämpfte Geräusche, die sie gleichzeitig in echt und in der Erinnerung hörte. So blieb Kate liegen; durch die Lider brachen Morgenfarben.

In dem Kindergarten, in dem sie angestellt war, stand gerade die Eingewöhnung der neuen Kinder an. Ein Fachbegriff dafür, sich selbst überlassen zu werden. Die Eingewöhnung umfasste mehrere Schritte in einer festgelegten Reihenfolge, und keiner durfte übersprungen werden.

Zuerst verließen die Mütter das Zimmer für fünf Minuten. Das war nur zur Übung. Mit ihren am Handgelenk baumelnden Armbanduhren stoppten sie die Minuten, und sobald der Sekundenzeiger es erlaubte, kamen sie wieder herein.

»Tada«, sagten sie und warteten darauf, dass sich die Erleichterung in den Gesichtern der Kinder spiegelte.

Als Nächstes verabschiedeten sich die Mütter wirklich. Kate bat sie, im Gang zu warten – nur für den Fall. Manchmal krabbelten Kinder mit einem Kipplaster durch die Tür oder schoben einen Einkaufswagen mit Obst und Gemüse aus Plastik in den Gang und stellten erstaunt fest, dass ihre Mütter sich dort auf Kinderstühlen in Grundfarben versteckten. Sie fuhren die Laster gegen die im Weg stehenden Pumps oder praktischen Ballerinas.

»Tut, tut«, sagten sie.

Und: »Weg da.«

In dem Kindergarten blieb Kate zu viele Jahre. Ihre Arbeitskolleginnen hatten graues oder orangerotes Haar und Arme, die beim Tischewischen wabbelten. Kate fragte sich, ob sie wirklich dorthin gehörte. Zwischen den Hüftknochen wölbte sich ihr Bauch nach innen, und unter der Haut zeichneten sich Muskeln ab. Sie fand nicht, dass das attraktiv aussah. Sondern ein bisschen grotesk.

Jedes Jahr gewöhnte Kate eine neue Gruppe Kinder ein. Manche Mütter beneideten sie um ihren Bauch oder den sehnigen Hals. Ihr ungeschminktes Gesicht war ein Vorwurf an ihre Gesichter, die sie sich mit Zeit, die sie eigentlich nicht hatten, golden oder rosa schminkten. Manchmal, dachte Kate, verachteten sie sie. Wenn sich niemand mehr an ihre Kleider klammerte, wenn sie das Zimmer betraten und niemand mehr aufblickte. Oder in der ganzen Zeit dazwischen, wenn ihnen am Schreibtisch, an der Spüle oder im Stau an einer Kreuzung plötzlich ihre Kinder einfielen und den Müttern bewusst wurde – der Gipfel von Angst und schlechtem Gewissen –, wie lange sie schon nicht mehr an sie gedacht hatten.

Am Ende jedes Arbeitstags stand Kate allein in der Mitte des Teppichs mit grellbuntem Schachbrettmuster. Sie verteilte die unfassbar kleinen Rucksäckchen. In einem Jahr war unter den Müttern auch ein Vater. Er hatte ein breites, fast schon hässliches Gesicht. Aber er war groß und gebräunt, und seine Stimme war so sanft und schön, dass Kate sich zu der Vermutung hinreißen ließ, sie sei von der gleichen Trauer erfüllt wie ihre.

Als sie seine Zunge auf ihrer Haut beobachtete, glaubte sie ihrem eigenen Körper nicht. Während sie sich auf ihn setzte, wünschte sie sich, sie hätte Lendengrübchen und Fleisch auf den Hüften, an dem er sich festhalten könnte. Er kochte ihr Soßen mit Sahne und Fleisch und kaufte teuren Käse, der Fäden zog. Einen Monat lang schlief sie mit ihm und hoffte, ihre Figur würde sich verändern. Er sagte ihr, sie fühle sich innen warm an, aber sie schüttelte ungläubig den Kopf.

»Fass dich an.«

Er stützte sich auf den Ellbogen und beobachtete sie. Kate ließ den Zeigefinger in sich gleiten. Die Vagina fühlte sich glatt und weich an, außer wo sie rau war. Gab es noch andere Muskeln, die man berühren konnte? Sie hatte das Gefühl, als würden die Wände ihres Körpers sich um den Finger schließen. Noch nie war ihr in den Sinn gekommen, dass sie Wände hatte.

Dann, eines Nachmittags, als sich der Gruppenraum leerte, hielt sie dem Sohn des Mannes den Rucksack hin. Sie half ihm, die Arme durch die Schultergurte zu schlängeln, als eine Frauenstimme ihn beim Namen rief – hoch, freundlich und unbekümmert. Kate ging zusammen mit ihnen raus. Auf dem Parkplatz blieb sie stehen und winkte der eigenen Spiegelung im Autofenster der Mutter.

Kate machte sich auf und davon. Noch Jahre später wiederholte sie die Redewendung, so sehr gefiel sie ihr. Auf und davon, aufbrechen, einen Abflug machen. Ein Haus, das einfach vom Fundament abhebt. Sie stellte sich den Augenblick vor, in dem das ganze holzverschalte Ding über der eigenen Standfläche schwebte und einen Schatten auf die Erde warf.

Sie arbeitete in einer Nische im Großraumbüro, wo sie an zwei Telefonen Gespräche entgegennahm und auf vielen Blöcken Notizen machte. Manchmal zog sie die Stecker und lauschte dem penetranten Klingeln und dem körperlosen Kritzeln auf der anderen Seite der grauen Trennwand. Laut Firmenpolitik hatten die Telefone exakt eineinhalbmal zu klingeln. Es war langweilig; es machte ihr Freude.

Die Frauen im Büro trugen Kleider mit Gürteln und Schildpatthaarspangen. Sie hatten Spaß daran, Kate zu verkuppeln. Die Männer hatten alle anständige Berufe, vermutlich selbst im Großraumbüro oder manchmal auch, wie sie dann gern betonten, in Büros mit mehreren Fenstern.

Während einer Verabredung mit einem Mann, der zwei Fenster hatte, lernte sie ihren zweiten Ehemann kennen. Sie warteten beide auf ihr Wechselgeld, und an den Gläsern in ihren Händen bildete sich Feuchtigkeit. Kate sah ihn im Spiegel hinter der Bar, wo sein Gesicht über zwei Flaschen Gin schwebte. In der anderen Ecke des Spiegels, neben den Likören, sah sie den Hinterkopf ihrer Verabredung.

»Kann man im Spiegel Blickkontakt haben?«, fragte der Mann über dem Gin.

»Was?« Sie nahm die Scheine vom Tresen.

»Wenn ich dich von der anderen Seite des Raums aus ansehe«, sagte er, »und du mich ansiehst. Dann wissen wir beide, dass wir uns angucken.«

»Ach so«, sagte sie. »Aber wenn ich dich im Spiegel ansehe und du mich im Spiegel ansiehst …«

»Ja«, sagten beide gleichzeitig.

Als Kates und Felix' Tochter alt genug für den Kindergarten war, sprach Kate ein Machtwort. Leah war drei. Sie hatte feines blondes Haar – wie Felix – und zu viele Zähne.

»Noch nicht«, sagte Kate.

Felix rief bei mehreren Kindergärten an. Er fand einen mit reformpädagogischem Ansatz und Kaninchenbabys im Gruppenraum. Reptilien gab es keine. Leah konnte Reptilien nicht ausstehen.

»Sie ist so weit«, sagte er.

»Komm mir nicht mit den Standardfloskeln«, schrie Kate. »Die kenne ich selbst am besten.«

Normalerweise schrie sie nicht.

»Nächstes Jahr«, sagte sie versöhnlicher. »Ein Jahr, was macht das schon?«

Leah klammerte sich an Felix' Bein. Er hob sie hoch über den Kopf und brachte sie zum Lachen. Sie strampelte mit den Füßen und tat, als hätte sie Angst, erst schlug sie ihm gegen die Brust, dann auf die Nase.

»Vorsicht«, sagte Kate, als Felix Leah noch höher hob.

»Schon okay. Nichts passiert.«

Kate ging nach oben. Sie setzte sich an den Schreibtisch und hörte ihnen beim Lachen zu. Sie gab sich selbst Aufgaben: einen Haufen Büroklammern entwirren, prüfen, ob die Kulis noch schrieben. Ihr Schreibtisch war voll mit Fotos, Postkarten und Zetteln. Die meisten waren von Nick. Ein Streichholzbriefchen, eine Rechnung mit seiner Unterschrift, ein Klebezettel vom Kühlschrank: *Brauchen noch Ketchup.* Jedes Jahr nahm sie sich vor, sie durchzusehen. Einmal hatte sie sie *Überreste* genannt, und ihr war peinlich, wie dramatisch das Wort klang.

Irgendwann – bald – würde sie alles auf den Dachboden bringen, denn diese Version der Geschichte gefiel ihr am besten. Leah, groß, schlank und mit weniger Zähnen, würde oben auf allen vieren Schachteln im Kriechboden herumschieben. Zwei Etagen weiter unten würde Kate die Augen schließen und auf den Moment warten, in dem ihre Tochter voller Staub und Neugier auftauchte und fragte: Wer ist das denn?

Zu Kates Geschichte kam es nie. Sie beschriftete die Schachteln und stapelte sie auf dem Dachboden, aber nie ging jemand dorthinauf, und Leah machte sich sowieso nichts aus Fotoalben. Ein paar Wochen lang hatte sie an einem Fotografiekurs teilgenommen, sich aber nie an die Kamera und die ganzen grausamen Geräusche gewöhnt. Das Klicken und Blitzen, der bedrohliche Zoom. Wenn sie ein Foto von sich sah, zuckte sie zusammen.

Als Leah fünfzehn wurde, fing sie an zu hungern. So etwas taten Jugendliche eben, das wusste Kate, aber sie hatte sich das anders vorgestellt. Das machten nur eitle oder langweilige Mädchen, hatte sie gedacht, Mädchen mit festem Freund und glitzerndem Make-up. Oder vielleicht traurige Mädchen, Mädchen mit schlechten Eltern oder heimlichen Schwangerschaftsabbrüchen – Belastungen, die sie zermürbten. Leah führte ein ausgeglichenes, reibungsloses Leben.

Monatelang hatten sie nichts bemerkt. Inzwischen waren Leah alle Kleider zu groß, und sie fror ständig. Kate fragte sich, wie sie bloß so dumm hatten sein können.

»Was, wenn uns das früher aufgefallen wäre?«, sagte sie zu Felix.

Leah wuchsen am ganzen Körper Haare, für die die Ärztin eine besondere Bezeichnung hatte. Das gleiche Haar wie das von Neugeborenen. Weich und farblos, und im richtigen Licht sah es aus wie ein strahlender Heiligenschein. Sobald die Ärzte mit im Boot waren, gab es strenge Regeln. Fünf weiße, reichhaltige Mahlzeiten am Tag: Vollmilch, echte Butter und Joghurt mit Rahmschicht. Leah musste erst aus dem Schwimmteam und später aus dem Leichtathletikteam aussteigen. Als Felix sie mitten in der Nacht dabei erwischte, wie sie Sit-ups machte, rief Kate den Ernährungsberater auf dem Handy an.

»Sie soll ordentlich frühstücken«, schlug er vor.

»Zum Beispiel?«

»Na ja.« Der Ernährungsberater klang erschöpft. »Wie wär's mit einem Frischkäsebagel?«

Die Regeln brachten Leah zum Weinen. An alle anderen hatte sie sich doch gehalten, oder? Keine Drogen, kein Sex, keine Autofahrten ohne Führerschein.

»Das ist keine Bestrafung«, sagte Kate.

Leah starrte auf den Bagel. Sie leckte sich den Finger ab und aß einzeln die Sesamsamen.

»Hetz mich nicht.« Tränen flossen ihr in den Mund.

»Wir haben Zeit«, sagte Felix. »Alle Zeit der Welt.«

Kate kaufte ihm das nicht so richtig ab. Auch sie hielt sich an die Regeln, quasi um Buße zu tun. Mittags Kartoffelchips, Eis nur wenige Stunden vor dem Abendessen. Einmal wurde ihr Kaffee mit Magermilch – wässrig, fast blau – serviert, und sie ließ ihn zurückgehen. Jeden Tag stellte sie sich auf die Waage, weil sie sehen wollte, wie die Zahlen anstiegen. Aber nichts änderte sich. Wenn überhaupt, bekam sie reinere Haut und glänzenderes Haar.

An einem Nachmittag kam Kate früher nach Hause und fand Leah im Bad. Blut floss ihr am Bein entlang über den Fuß. Sie stand in der Badewanne, und das Wasser färbte sich rosa. Kate hatte von Müttern gehört, die im Adrenalinrausch zu Heldentaten fähig waren – über Zäune sprangen oder sich ins Meer warfen. Also sagte sie sich, als sie in Aktion trat und ihr vor Panik die Schläfen brummten und der Hals eng wurde, dass Rettungsgeschichten nun einmal so abliefen. Als sie neben der Wanne kniend das Schienbein ihrer Tochter in die Hand nahm, wollte sie wissen: »Wer hat dir das angetan?«

»Was?«

Kate sah zu Leah auf, die groß und ruhig wirkte, fast wie eine Fremde.

»Mir geht's gut.«

Aus der Nähe sah Kate, dass der Schnitt klein war. Sie ließ los, und die Finger waren blutig. *Sammel dich*, sagte sie sich, weil sie sich das bildlich vorstellen konnte: ein rückwärtslaufender Film über zerbrochenes Glas, dessen Scherben sich wieder nahtlos zu einem Ganzen zusammenfügten. Als sie wieder sprach, tat sie es in ihrer Erzieherinnenstimme. Sie suchte Papiertücher und Pflaster und presste den letzten Rest Salbe aus der Tube. Leah setzte sich in Unterwäsche in die Wanne, die Socken hingen über dem Rand. Ihre Hüftknochen waren zwei scharfe Klingen. Das Pflaster leuchtete rot. Kurz überlegte Kate, neben ihr in die Wanne zu steigen, mit dem Rücken gegen den Wasserhahn gedrückt und die Tochter vor den Knien. Aber Leah sah sie nicht an – weder flehend noch prüfend oder sonst irgendwie, wie es Blicke angeblich taten –, darum blieb sie, wo sie war.

Als Leah von zu Hause auszog, entschied sie sich für eine Stadt auf der anderen Seite des Landes. Dafür gab es keinen bestimmten Grund – weder die Uni oder Arbeit noch eine Fernbeziehung. Eine Stadt, die sie nur von Postkarten kannte.

An einem Abend, als sie sich noch an das leere Haus gewöhnen mussten, schlief Kate in Leahs Bett. Sie hatte schlimmen Husten. Felix sagte, dass er sowieso einen festen Schlaf hatte, aber sie bestand darauf. Die Lunge brannte, und die Rippen schmerzten. Stundenlang warf sie sich im Bett herum. Als sie aufwachte – wie hatte sie es endlich geschafft einzuschlafen? –, war sie kurz orientierungslos. Bei Tageslicht wirkte ihr Körper in dem schmalen Bett riesig. Die Steppdecke war eindeutig die eines Kindes. Felix kam und setzte sich wie ein Vater an die Bettkante. Eine Weile blieben sie so, ohne etwas zu sagen, und sahen sich im Zimmer um, als wäre es ein Museum oder ein Traum.

Sie erholte sich – es war ja nur ein Husten –, aber danach war das Zimmer ein wenig beklemmend. Als Felix vorschlug, die Küche zu renovieren, stürzte Kate sich in die Planung. Entwürfe und Farbkarten, zehn verschiedene Griffe.

Der Umbau begann. Kate wollte bleiben und zusehen, aber Felix war der Meinung, sie sollten sich unbedingt überraschen lassen – es wäre spannend zu sehen, wie viel Veränderung an einem einzelnen Tag möglich war. Zwischen Frühstück und Abendessen verschwanden alte Wände, und bis zum nächsten Abend tauchten neue auf. Zum ersten Mal sahen sie, was unter den Dielen war. Löcher wurden mit Glas gefüllt. An einem Abend kamen sie nach Hause, und die Tapete war falsch herum. Sie hatte ein schlichtes geometrisches Muster, und es war zugegebenermaßen nicht ganz klar, was oben und was unten war. Sie ließen sie so. Schon bald gefiel sie ihnen so besser.

Sonntags rief Leah an. Meistens ging Felix beim ersten Klingeln ran. Sie erzählte ihm von der Arbeit und ihrer Freundin, vom Gemeinschaftsgarten um die Ecke – von den Tomaten, Gladiolen und den beiden orangefarbenen Hühnern. Hinterher erfuhr Kate die Einzelheiten, immer dann, wenn Felix ihr davon erzählte. Sie stellte sich die Hühner mit der vorgewölbten Brust und den Dinosaurierfüßen vor. Den Namen ihrer Freundin wusste er nicht mehr.

»Hast du überhaupt gefragt?«

»Fragen ist nicht immer eine gute Idee.«

In der Woche darauf schaltete er, als Leah mitten im Satz war, den Lautsprecher ein, und ihre Stimme erfüllte die leere Küche. Kate und Felix sahen auf das Handy zwischen ihnen. Man vergaß erstaunlich leicht, dass in Wirklichkeit eigentlich nichts darin enthalten war. Kate wollte wissen, ob die Hühner Eier legten.

»Ich klinge irgendwie anders«, sagte Leah.

Hier waren zu viele harte, glatte Oberflächen. Kate sah vom Handy zu Felix. Leahs graue Augen und blonde Wimpern. Sie wollte nichts Falsches sagen. *Eier?*, fragte sie lautlos.

»Ich kann mein Echo hören.«

Am silbernen, unverschmierten Kühlschrank war noch die Plastikfolie. In der Arbeitsplatte war ein spülenförmiges Loch.

»Ich nehme dich mit in ein anderes Zimmer«, sagte Felix. »In eine weichere Umgebung.«

Er trug das Handy in den Flur, die Stimme kam blechern aus seiner Hand, wurde leiser und war weg.

Danksagung

Das Buch begann in meinem Kopf, und da wäre es auch geblieben, hätten nicht ein paar Menschen erkannt, was daraus werden könnte, und darauf beharrt, dass es entsteht. Einige davon haben meine Arbeit durch Anmerkungen bereichert und alle durch ihre Unterstützung.

Bill Clegg schrieb mir die E-Mail *Schick den Rest*, und damit hat er alles verändert. Er ist mein Berater, mein Mentor. Annie Bishai lektorierte die Geschichten mit vollem Einsatz, wodurch sie nicht nur besser, sondern auch tiefgründiger geworden sind. Kishani Widyaratna und Gillian Fitzgerald-Kelly brachten sie über den Ozean. Das gesamte Team von The Clegg Agency und von Knopf – insbesondere Simon Toop, David Kambhu, Victoria Pearson, John Gall, Amy Hagedorn, Elizabeth Bernard und Morgan Fenton und viele andere, deren Arbeit unsichtbar, aber unendlich wertvoll war – half dem Buch vom Start bis hin zur sicheren Landung.

Verschiedene Versionen dieser Geschichten sind in *The New Yorker*, *Harper's*, *The Paris Review* und *Electric Literature* erschienen. Lektoriert wurden sie wohlwollend und elegant von Willing Davidson, Christopher Beha, Emily Nemens und Halimah Marcus.

Was Henry Finder und David Remnick mit Worten tun, bewundere ich am meisten: Sie eröffnen Welten. Dank ihnen ist meine größer. Von Jess Henderson, Leily Kleinbard, Sharan Shetty, David Wallace, Hannah Wilentz und R. L. Lipstein habe ich so viel darüber gelernt, was eine Geschichte ausmacht.

Die Dozierenden und Studierenden im NYU Creative Writing Program ließen mich erst an meiner Fähigkeit zweifeln, ein Buch zu schreiben, und dann halfen sie mir, daran zu glauben.

Navy, Emily, Emma, Lucy, Zanny und Dylan sind wahre Kompasse und noch wahrere Freunde. Die Freude daran, so zu tun, als ob, versteht niemand so gut wie Alice. Ben ist mein ältester Coach und mein treuester Fan.

Eddie ist überall – an den Rändern in jedem Buch und auf der anderen Seite von jedem Traum. Ich schreibe dir immer einen Brief.

Meine Eltern brachten mir das Lesen, Schreiben und schließlich das Überarbeiten bei. Ihre Geduld, Weisheit und Liebe bedeuten mir unheimlich viel.

Dafür, dass ihr aus erfundenen Erzählungen etwas Echtes gemacht habt, danke ich euch allen.